Newton Compton Editores

Título original: *The Cat of Yule Cottage*

© 2019, Lili Hayward. Publicado por primera vez en Gran Bretaña
  por Storyfire Ltd, bajo la marca Bookouture.
© 2024, de la traducción por Cecilia Fernández Santomé
© 2024, de esta edición por Antonio Vallardi Editore S.u.r.l., Milán

Todos los derechos reservados

Primera edición: noviembre de 2024

Newton Compton Editores es un sello de Antonio Vallardi Editore S.u.r.l.
Pl. Urquinaona, 11 3.º 1.ª Izq., Barcelona, 08010 (España)
www.newtoncomptoneditores.com

Gruppo editoriale Mauri Spagnol S.p.A.
www.maurispagnol.it

ISBN: 978-84-10080-62-1
Código IBIC: FA
DL: B 14.899-2024

Diseño y composición de interiores:
David Pablo

Impreso en noviembre de 2024 en Puntoweb s.r.l., Ariccia (Roma), en Italia.

Lili Hayward

El gato que descubrió la Navidad

Traducción de Cecilia F. Santomé

Newton Compton Editores
Barcelona, 2024

Y así, cada familia tenía al menos un gato en el saco.

CHRISTOPHER SMART,
«Así pues, consideraré a mi gato Jeoffry»,
en *Jubilate Agno*

La casa se llama Enysyule.

«Enysyule». La palabra se adhiere a mis labios como la miel a la cuchara. Enysyule: gris y verde. Piedras antiguas. Árboles viejos. Ese ocre suyo con líquenes. Un pradito, bañado por el sol, con la hierba tan alta que llega hasta la cintura y el riachuelo que lo atraviesa –un hilillo de agua fresca que corre hasta desembocar en mar–. La casa se yergue solitaria, la única vivienda que hay en lo más hondo de un valle profundo. Acurrucada en un huequecito como si de un objeto precioso se tratara.

Recorro el sendero que lleva hasta ella haciendo crujir las piedras, machacadas por el tiempo, bajo mis pies. Sobre mi cabeza, los árboles se tocan formando arcos. Sus abrigos de hojas crecen pobres y deshilachados, pero aún motean el suelo con la luz que los atraviesa. Se me hace raro verme metida en este caminar silencioso sin nada más que una mochila a la espalda, una maleta en la mano y, en lugar de la mugre de la ciudad, una capa de polvo campestre en la suela de los zapatos.

El sendero va a dar a la entrada. Me detengo, escuchando aquí y allá el trino de los pájaros. Podría pasarme así tanto minutos como apenas unos segundos. De todas formas, da la impresión de que en este lugar el tiempo no existe; solo hay estaciones y siglos, medidos en árboles que retoñan o que se derrumban. Hasta la llave es antigua. Es pesada y maciza, pulida en infinitud de bolsillos. Por fin, la introduzco en la cerradura y la giro con un golpecito. Al otro lado me espera una vida muy diferente.

Respiro hondo y abro la puerta de un empujón. Se queda balanceándose en la oscuridad, chirriando hasta detenerse. El aire, que ha permanecido estanco durante meses, sale en tromba y me envuelve. Cierro los ojos y lo inhalo. Piedra gastada y ceniza fría, el olor a pan cocido, la dulzura de las vigas de madera. Y algo más, algo que no consigo identificar, un aroma a especias, a brotes verdes y a nieve que se desvanece en cuanto le pongo nombre...

Espero a que la vista se me acostumbre a la oscuridad. Ante mí se extiende una estrecha habitación de techo bajo, que se funde al fondo en una inmensa chimenea, tan ancha como las fauces de una fiera. El adoquinado está cubierto de alfombras hechas jirones. En un rincón, hay un sillón hundido que tiene la tapicería desgarrada. No hay muchos muebles, solo una mesa larga y un aparador de madera oscura con una banqueta al lado. El aroma inicial de la casa se diluye, sustituido por otros olores menos acogedores. A polvo y humedad. A moho y calumbre, a putrefacción y herrumbre. En el interior, todo es quietud. Doy una vuelta de reconocimiento por la parte delantera, hacia el prado. Nada. Solo un cuenco más bien plano junto a la entrada, lleno de agua estancada con verdín.

Dejo caer la mochila en el suelo con un golpe seco.

¿Dónde demonios me he metido?

Algo se mueve en la penumbra, bajo los viejos acebos. Unos ojos parpadean como si se desperezasen. Son del amarillo del sebo, amarillos como el maíz. Son unos ojos arcaicos,

salvajes como los de un halcón; y ahora se clavan en la casita de campo.

Voy dejando huellas por el suelo. El polvo queda suspendido en el aire y forma remolinos al darle la luz. Después de inspeccionarlo todo con más detenimiento, no es que la cosa haya mejorado. El yeso de las paredes está cuarteado y tiene manchas de humo. Hay grietas en los adoquines. Varios de los cristales de las ventanas, con su forma de diamante y tan idílicos en la foto, están rotos y tapados con trozos de tela.

La culpa es del viejo. Si no hubiese ido a la oficina de la inmobiliaria, si no me hubiese picado... Yo solo quería ver este sitio, visitarlo solo una vez, nada más. Pensé que con eso me bastaría. No podía prever un encontronazo con un vecino furioso echando pestes porque hubiesen puesto en alquiler la casita de campo de su tía. Lo llaman «Roscarrow». El señor Roscarrow. Tiene una cara como una patata de siembra.

«Aunque esa pajarraca no me haya dejado a mí la casa —dijo, rabioso—, aunque no lo haya hecho, no pienso permitir que la gente de la ciudad campe a sus anchas por aquí y destruya las cosas de valor invadiendo sin permiso nuestro pasado y dejándola vacía once meses al año. A Enysyule, no».

La agente inmobiliaria trató de dar la cara por mí. A lo mejor le daba apuro que yo hubiese venido desde Londres y me diese de bruces con un viejo echándome un sermón. Le dijo que no la iban a alquilar para las vacaciones, que el testamento de su tía estipulaba que la casa se arrendara como residencia permanente; pero ni con esas se calmó.

«¡Paparruchas! –me soltó con una mueca–. ¡Esta no sería capaz de vivir allí! Conozco ese sitio. No aguantaría ni una noche».

Y, entonces, me entró un arrebato. Sin pensármelo dos veces, ya le estaba diciendo a la agente inmobiliaria que me quedaba con la casa. Supuse que el viejo atacaría con otra oferta mejor, pero lo que no me esperaba era que fuese de farol. Para cuando la agente inmobiliaria masculló algo sobre las «salvedades» y los «requisitos» de la propiedad, yo me encontraba en un estado de asombro tal que me limité a asentir en señal de acuerdo. A continuación, me tendió un bolígrafo, me dio la mano y así, sin más, me convertí en la inquilina de una casita de campo.

Observo el techo lleno de manchas, las mugrientas ventanas, el valle que se divisa a través de la puerta abierta y que se vuelve cada vez más frío a medida que va cayendo la tarde. He pasado a ser la inquilina de esta casita de campo.

Lanzo un suspiro y tomo impulso para levantarme del sillón hundido y empezar a hacer inventario de la planta baja. El anuncio decía que la casita se entregaba «amueblada», y, dejando a un lado un colchón nuevo y una bombona para la cocina, da la impresión de que nunca llegaron a vaciarla. Todavía hay libros en las estanterías y fotos colgadas de las paredes. El mueble de mayor envergadura es la mesa de la cocina. Es enorme y está ajada, con marcas que son fruto del paso del tiempo. Mi mano se recrea en un buen socavón que hay en la superficie. ¿Cuántas cenas se habrán comido aquí? ¿Cuántos rollos de tela se habrán cortado? ¿Cuántas cartas se habrán escrito? ¿Cuántos rasguños en las rodillas se habrán curado encima de ella?

Al parecer –y según la versión de la agente inmobiliaria–, voy a ser la primera forastera que viva en esta casita de campo. En sus quinientos años de historia, solo ha pertenecido a dos familias. Y aquí estoy yo, una escritora urbanita con la cabeza llena de pájaros que nunca se ha dedicado a cuidar ni de un jardín, por no decir de un valle entero.

Entro en lo que tiene pinta de ser una trascocina. En los estantes, aún hay dispuestos tarros y latas. Casi todos contienen algún tipo de pescado: sardinas, atún, sardinillas... Al fondo, hay un par de botellas de un líquido oscuro y pegajoso. Le doy la vuelta a una. En ella dice «vino de mora», escrito con una caligrafía temblorosa y fechado hace dos años.

La dejo en su sitio y, de repente, me siento muy sola en este valle profundo, con los escasos vestigios de la vida de una anciana como única compañía. Me gustaría poder hablar con alguien, aunque solo fuese un momento, pero aquí no hay línea de teléfono; y, aun habiéndola, ¿a quién iba a llamar? ¿A mi madre? ¿A mi hermana? Ya piensan que he perdido el juicio por completo al mudarme tan lejos... Además –y eso es lo peor–, les he mentido sobre la casa. Les he contado que la vi antes de firmar el contrato. Me puse toda poética hablándoles de la chimenea y del jardín, del techo de paja y de la intensa calma en plena naturaleza, donde pienso avanzar muchísimo la novela. Si supiesen que he firmado un año de arrendamiento tomando como referencia una mísera foto borrosa... Si conociesen las poco habituales condiciones del trato que he cerrado... No quiero ni pensarlo.

Los grifos del fregadero de la trascocina tienen los bordes oxidados y están para el arrastre, como todo lo demás. Los abro sin esperar gran cosa. Durante unos segundos, no se oye ni un ruido en las cañerías. Luego, se siente un borboteo lejano y el agua entra en tromba y a sacudidas. Viene marrón y arenosa pero, pasado un tiempo, se estabiliza y se aclara. Pongo las manos bajo el chorro helado.

Hay una ventana sucia que da al jardín, abarca el minúsculo pradito y llega hasta el bosque más allá. Agacho la cabeza y me mojo los ojos cansados con agua fría. Mientras pestañeo tratando de aclararlos, juraría que por el rabillo del ojo veo moverse una sombra. Cuando miro otra vez, ya no hay nada. «Es solo un pájaro», me digo a mí misma, aunque se me ponga el vello de punta con solo pensar que ahí fuera pueda haber algo o alguien vigilándome.

Rondando la casita de campo, andan unos pies más ligeros que los copos de nieve y van a dar a las zarzas que crecen vigorosas allí al lado. Ni lo arañan las espinas ni los últimos frutos –cargados como el cielo de estrellas– manchan el abrigo que se escurre bajo ellos. La hierba del prado se hiela. Los murciélagos revolotean. La oscuridad se acerca.

Dejo caer el paño mientras miro a mi alrededor y me rindo a la poca luz que queda. Apenas he avanzado nada. Sabía que era probable que el alquiler fuese barato por algo, pero no creí que ese «Se alquila en su estado actual» fuese a significar esto.

No hay superficie que no esté cubierta de una gruesa capa de polvo. Los alféizares están abarrotados de moscas muertas y avispas, que caen como confeti de las cortinas al sacudirlas. Los productos de limpieza que he traído conmigo se ven patéticos: una botella de lavavajillas, una esponja, unos trapos de cocina. ¿Qué pensaba hacer con eso? «Lo malo es que no lo pensaste –me dice una voz en mi cabeza–. Te imaginaste que sería perfecto».

Muy decidida, me dirijo hacia el enorme y oscuro aparador que acecha en un rincón. Al menos, es mejor limpiar que quedarme quieta y dejar que mi imaginación eche a volar. Paso el trapo con ímpetu por las estanterías y los libros que hay posados en ellas sin orden ni concierto. La mayoría están encuadernados en piel, combados por el paso del tiempo. Sus títulos, que tan bien conozco, me reconfortan como si me encontrase con unos viejos amigos a pesar de estar lejos de casa. Les sacudo el polvo a unas cuantas novelas de Dickens y de Hardy, a una Biblia que a punto está de desintegrarse, a uno o dos almanaques hechos unos zorros. Tentada, saco un librito con el lomo blanco y lo abro. Parece un cuaderno de bocetos, y en la cubierta lleva una firma muy ornamentada hecha con tinta: «Thomasina Roscarrow».

Cerca de la puerta abierta, percibo un movimiento fugaz que casi me hace tirar el libro. Formas oscuras, alas que se sacuden... Me acerco con cautela para echar un vistazo. Fuera ya se ha hecho de noche y los murciélagos se lanzan en picado y hacen piruetas en un cielo entre gris y púrpura, como las plumas de las palomas. Sus ridículos chillidos me hacen sonreír. Vuelvo adentro y busco la pera de la luz. Hay una junto a la puerta, tosca y anticuada. La acciono. No pasa nada. La acciono de nuevo, sacudiéndola arriba y abajo. Nada, ni un mísero destello.

La preocupación me atenaza el estómago. Exploro en el bolso en busca del cargador del móvil. En la pared hay un enchufe. Tiene pinta de ser de los años setenta, pero yo presiono igual el cargador y lo conecto con toda mi esperanza puesta en él.

«Sin cobertura», me dice el teléfono. Y sin electricidad. No es posible. «Piensa —me regaño con dureza—. En alguna parte debe de haber una caja con los automáticos». Casi no hay luz, las sombras van filtrándose en la casita de campo como el agua de una charca entre las rocas. Al final, doy con la caja de fusibles en la trascocina. Una araña se descuelga de su endeble marco de plástico. Por una vez, estoy demasiado nerviosa como para que me importe. Me limito a sacudirla y presiono el interruptor de reinicio.

Se limita a hacer un ruido sordo.

El pánico va apoderándose de mí y las emociones reprimidas en los últimos meses acuden raudas a tenderme una trampa. Dispongo del número de la agente inmobiliaria para casos de emergencia, pero no tengo cobertura. No tengo un coche en el que acercarme al pueblo. Y, aunque estuviese segura de en qué dirección ir –que no lo estoy–, no tengo linterna ... y aquí las noches son oscuras. No como la oscuridad del alumbrado callejero de la ciudad a la que estoy acostumbrada, sino la densa oscuridad del campo, que está cargada de elementos vivos y bien podría tragarse a una persona entera.

«Tranquilízate. Enciende un fuego. Localiza unas velas. La luz ayudará a que veas las cosas de otra manera». Me tiemblan las manos mientras abro las alacenas y los cajones en la trascocina, hurgando entre cubiertos pegajosos y platos con manchas de mugre. Ni rastro de velas.

Subo las escaleras a tropezones y entro en el dormitorio principal. Apenas consigo ver dónde piso. Hay una cama enorme, oscura y pelada; junto a ella, una manta que cuelga de la pared. A los pies de la cama, hay un baúl, pero está cerrado con llave.

Fuerzo la puerta del segundo dormitorio. Es el cuarto de los trastos: unas cuantas cajas, una lámpara rota... Está demasiado oscuro para distinguir nada ya. Muy pronto, estará demasiado oscuro para ver siquiera. Bajo corriendo las escaleras, que chirrían. Los cajones del aparador se atascan. Me peleo con ellos hasta abrirlos y hago que se caigan libros de las baldas.

Mis dedos encuentran papel y plástico, cordel y cristal antes de dar con algo de tacto ceroso y frío. A punto estoy de sollozar del alivio al sacar de allí una vela. Hay una caja de cerillas en la chimenea. Contengo la respiración mientras rezo para que funcionen. No se me ocurrió traerlas. «Estúpida, más que estúpida». Con las prisas, se me rompe la primera cerilla; pero la segunda refulge y brilla en todo su esplendor. En poco tiempo, un resplandor dorado inunda ese rincón de la habitación. Cojo la vela en la mano como si fuese un talismán, un objeto sagrado que me protegiese de la oscuridad.

«Conozco esa casa –me parece estar oyendo la voz del viejo–. Esta no duraría ni una noche en ella».

Me doy cuenta de que estoy temblando, tanto de frío como de miedo. La puerta sigue abierta. A toda prisa, la cierro de golpe y echo la llave. Sea lo que sea que haya fuera, que se quede ahí. Pienso resistir esta noche sin ayuda de nadie. El viejo se equivoca conmigo. Me aferro a ese pensamiento y trato de que la rabia me haga entrar en calor.

Mis primeros intentos de encender un fuego se frustran en forma de humareda pero, al final, prende una fajina, luego un tronco y las llamas van lamiéndole los costados. Me dejo caer de rodillas, satisfecha de mi éxito. Fuera es noche cerrada. Paso las cortinas mohosas y, por un momento, entreveo algo que sale corriendo al otro lado del cristal como si se tratase de una sombra. Echo otro tronco al fuego para que arda con más brío, para que ilumine más.

No pienso abandonar la protección de las llamas. Esta noche, no. En lugar de eso, arrastro el viejo sillón junto al hogar, desenrollo el saco de dormir y me arrebujo en él. Intento leer, intento dejarme llevar por el suave crepitar de la madera. Intento no escuchar los chirridos y los quejidos de la casita de campo ni la solitaria llamada de un búho cual espíritu en la oscuridad.

Llegado un punto, me harto. Cojo una de las velas. Su luz vacilante me ilumina el camino a la trascocina. Lejos de la chimenea, los adoquines están fríos y húmedos. No miro por la ventana, me limito a coger una de las botellas que he visto antes y me apresuro a regresar a mi círculo luminoso.

Al acercarlo al fuego, el líquido resplandece como si fuera un rubí. Quito el tapón, doy un sorbo prudente. Su dulzor me inunda la boca. Cierro los ojos, paladeando los setos cargados de bayas, el sol en el resplandeciente contorno del fruto. Como quien no quiere la cosa, me sirvo otro trago de ese licor de moras mientras pienso en la anciana que debió de elaborarlo. ¿Soy el tipo de inquilina que tenía ella en mente cuando redactó su testamento? ¿Le disgustaría encontrarme aquí sentada? Al final, mecida por el calor del fuego y por el vino, noto que empiezo a cabecear.

No por mucho tiempo. Me despierta de sopetón un ruido y me quedo alerta en la oscuridad, aguzando el oído. Viene de la puerta delantera. Algo rasca y araña con las uñas la madera, tratando de meterse dentro. Me vienen a la cabeza leyendas y cuentos populares, historias de almas extraviadas, hadas y perros del demonio, fantasmas condenados a vagar de noche eternamente... Estoy demasiado aterrorizada como para abrir la puerta y echar un vistazo, demasiado aterrorizada como para hacer otra cosa que no sea echarme el saco de dormir encima de la cabeza, taparme los oídos y esperar a que pase.

Debo de haberme quedado dormida así, acurrucada en el saco de dormir como una niña, porque acabo soñando. No con lugares o gente; sueño con una canción. Y va llenándome la cabeza poco a poco como si fuese niebla, tan hondo como la mena oculta bajo tierra. No soy capaz de reproducir ni una sola palabra de la letra ni consigo tararear la melodía y, sin embargo, de algún modo sé lo que significa.

Es una canción que empieza con el invierno. Oigo el susurro de la nieve, la risita disimulada de la helada arrastrándose por el suelo. Oigo la hierba que se quiebra bajo las pisadas, el quejido del agua congelada en un torrente. Siento que mi sangre corre más lenta, que en mis venas van formándose cristales de hielo y, justo cuando estoy convencida de que voy a morir congelada, se produce un cambio: el frío amaina y todo se funde para recibir la primavera.

Se produce un estruendo de corazones que palpitan mientras se abren paso en este mundo un centenar de criaturas recién nacidas. Puedo oír la oscuridad acechándolos sigilosa, con sus zarpas listas para atacar, tan imposible de controlar como la marea. Con todo, oigo esas mismas garras retozando, brincando al llegar el verano para atrapar los rayos de sol. Oigo bayas, pájaros y torrentes de flores que perfuman noches apasionantes que duran un suspiro.

Luego, oigo esa eclosión llegando a su apogeo y desplomándose al ir cara al otoño. La canción se ralentiza, intensificándose en forma de mañanas de nieblas, de noches largas y oscuras hasta apagarse cara al final del año. Oigo las hojas secarse en los árboles y las llamas que arden la víspera del Día de los Fieles Difuntos. Oigo sonar los cuernos de una montería, a sus jinetes que atraviesan el cielo a la carrera persiguiendo el año que ya termina. Oigo una noche de atmósfera delirante en la que el orden desaparece del mundo.

La canción está a punto de alcanzar su zenit y, entonces, caigo en la cuenta de que todo lo que he oído –absolutamente todo– conducía a esto. La melodía va apagándose con la suavidad con la que cae la nieve por las fiestas de Yule. Es una noche en la que lo viejo y lo nuevo se reúnen alrededor del hogar encendido, momento en el que el ahora, el antes y el después se fusionan; en el que la mala sangre queda olvidada y una sola palabra en voz baja puede hacer que cambien los corazones. Y me doy cuenta de que estoy llorando de lo bonito que es todo eso. Avanzo hacia quien canta...

Me despierto con el brazo extendido. Intento recordar la canción, la melodía, pero, en apenas un suspiro, las notas se van deshilachando, descomponiéndose. Por un instante, parece que la casita de campo está llena del olor del follaje de los árboles, fresco, recién cortado. Luego, también este se desvanece.

Fuera, en la oscuridad, se escucha un sonido cada vez más fuerte; pongo la oreja, esperanzada. Pero no se trata de la canción –cuya belleza soy incapaz de describir con palabras– sino de un gato maullándole a la luna.

La canción dura la noche entera. Ha sido entonada al inicio de cada estación durante miles de años y seguirá siéndolo mil más. Es una canción antigua, siempre la misma y siempre diferente. Dura hasta que el cielo se vuelve gris, hasta que los pájaros que no han huido del frío comienzan sus tímidos saludos matutinos. Quien canta permanece a la escucha. La mujer duerme.

Abro los ojos y pestañeo. A través de las cortinas, se filtra una luz tenue. Desde el exterior, me llega el canto de un pájaro que se extiende por todo el valle. La luz del día. He sobrevivido. Ha sido la noche más larga de mi vida, pero la he superado.

Con los miembros rígidos, me libero de mi improvisada cama en el sillón. El fuego está a punto de apagarse, solo quedan unas cuantas brasas en medio de las cenizas. Tendré que buscar más leña. También tendré que atreverme a ir al baño exterior. Me recorre un escalofrío mientras me pongo los zapatos. A mi alrededor, hay esparcidas muestras de mi noche de vigilia: los cajones abiertos del aparador, las velas consumidas, los libros desparramados de las estanterías... A la luz del día, resulta todo bastante ridículo. Aun así, no se me olvida el miedo que pasé o la canción que se coló en mis sueños.

Abro la puerta. Fuera, hace una mañana de otoño ideal. La niebla rasa pende sobre el valle, las hojas incendian de naranja y dorado las copas de los árboles. Tomo una bocanada profunda de ese aire vigorizante; el optimismo me invade de nuevo. Al pisar el sendero, algo se mueve entre las ramas de un árbol, una presencia demasiado grande para ser un pájaro. Siento unos ojos posados en mí.

—Sal —le advierto, y mi voz desentona entre tanta calma—. Sé que estás ahí.

Como era de esperar, se arma un rebumbio de hojas y una enorme silueta oscura salta a mis pies. Su pelaje es negro como el carbón y en él —erizado a causa del frío— lleva prendidas varias hojas y ramitas. En la ciudad, quizá me habría acercado a él haciendo soniditos y extendiendo la mano para acariciarlo, pero aquí no. No sería conveniente.

El gato levanta la mirada y, por un instante, esos ojos del amarillo del sebo, amarillos como el maíz, me dejan clavada en el sitio.

—Así que tú eres el gato que vive aquí... —digo, preguntándome por qué me siento tan rara.

El gato bosteza sin mostrar mayor interés y empieza a lamerse una patita.

–¿He de suponer que el de anoche eras tú? –continúo–, ¿el que rascaba la puerta y ha estado maullando durante horas en el tejado mientras yo intentaba dormir?

Parece que estoy aburriendo al gato. Empieza a batir con la cola en el camino y mira hacia otro lado.

–A ver, si vamos a vivir juntos, tendremos que llegar a una especie de acuerdo, ¿vale? –le digo con sensatez–. Nada de despertarme en plena noche, nada de aullidos o arañazos en la puerta. Si quieres entrar, tendrás que pedírmelo antes de que me vaya a la cama.

El gato se levanta y va al acecho de algo que hay en el prado, levantando la cola en actitud altiva.

–Un día sola y ya me he convertido en una chiflada con gato –murmuro mientras me dirijo al baño arrastrando los pies.

Me esmero al máximo para estar presentable aunque –cómo no– el calentador está estropeado, así que tengo que conformarme con usar agua fría. Ayer, cuando me entregó las llaves, la señora Welwyn, la agente inmobiliaria, me invitó a comer con ella el domingo en el *pub*. Según sus palabras, para darme la bienvenida al vecindario. Resulta evidente que tenía en mente la actitud hostil del señor Roscarrow.

Hace un día espléndido para dar un paseo. Los colores del otoño lucen en todo su esplendor, y eso que estamos a las puertas del invierno. Sentada en el escalón de la entrada, despliego un mapa. Lo encontré mientras volvía a colocar los libros en los estantes. Está dibujado a mano, y a saber lo antiguo que es, con ese papel amarillento y esa funda de piel que se ha deteriorado con el paso del tiempo. El título reza «Enysyule». Observo el mapa, presa de la incredulidad, y niego con la cabeza. La casa está rodeada por cinco hectáreas y media de bosque, que se prolongan sobre los escarpados bordes del valle.

Trazo una ruta que baja por el lado este hasta una flecha que lleva el cartelito de «Lanford» y apunta hacia el pueblo. Junto a ella, en los confines del valle, alguien dibujó un círculo y puso la palabra «Perranstone».

Me dirijo hasta donde se supone que empieza el camino, al borde del prado. Entre la vegetación, cubierta de rocío, distingo lo que parecen losas, restos de una calzada que probablemente tenga siglos de historia. Me asalta una duda. Está casi cubierta de hierba y ortigas. Quizá sería mejor que diese un rodeo y cogiese el camino más largo, el que sube por la colina y va a dar a la pista. Miro a mis espaldas, tengo la impresión de que me observan. El gato debe de andar por aquí, en alguna parte. Hasta el momento, mis esfuerzos por ganarme su amistad han sido infructuosos. He abierto una de las latas de atún de la despensa, he vaciado el agua limosa del cuenco y he vuelto a llenarlo con agua fresca. Y solo he conseguido que me ignore. Me lo he encontrado después comiendo lo que parecía una polilla muerta. Me fijo en algo negro que acaba de aparecer sobre el techo de paja. Ahí está el gato, sentado al sol mientras me mira desde las alturas como si me estuviese juzgando.

Pliego el mapa y lo guardo en el bolso, tomo aliento y me interno en el sendero. Los arbustos están plagados de insectos y, en más de una ocasión, me veo obligada a sacudirme y sacarme de la manga bichitos que me suben por ella. Tras unos minutos de caminata, la hierba pierde altura y el paso queda más despejado. El empedrado gana relieve entre el fango y el musgo y señala el camino de bajada hasta ir a dar en el mismo riachuelo. Que es, en realidad, un vado, por lo que veo. Lo cruzo chapoteando mientras trato de imaginar cómo sería esto hace cientos de años.

Mis pies van siguiendo el sendero sin necesidad de guía,

incluso en aquellos tramos en que este desaparece bajo las raíces de algún árbol o se pierde al resquebrajarse el empedrado. Voy tan enfrascada en mis pensamientos que no veo el claro hasta que casi estoy encima. Pero, cuando lo hago, me quedo petrificada. Ahogo un grito de sorpresa.

Hay una roca plantada en medio de un bosque de acebos. Su ramaje es tan denso que recuerda una urdimbre, casi como un muro infranqueable de no ser por un único hueco en cada uno de los extremos. Los acebos deben de ser antiguos, con sus más de nueve metros de altura en algunas zonas, y entre esas hojas de un verde brillante, anidan las sombras. Pero es que la roca parece aún más antigua, deteriorada por el paso del tiempo y cubierta por un manto de musgo y líquenes. Es tan alta como yo y de una anchura como mis brazos extendidos. En el centro, se aprecia una perforación en forma de círculo.

Un escalofrío me recorre el cuerpo. ¿Qué diablos es esto? Saco el mapa. Ahí, en los márgenes del valle, está ese círculo dibujado con tinta y acompañado de la palabra «Perranstone». Esa cosa antigua y extraña marca el límite de la finca de Enysyule. Intentando no hacer caso del nudo que tengo en el estómago, entro con precaución en el claro.

Al instante, me zumba la cabeza, como si hubiese penetrado demasiado rápido. Se me nubla la visión, me pitan los oídos y, por un momento, lo veo todo negro. Oigo ramas a merced del temporal y alas batiendo, el relincho de un caballo y una mujer que llora.

Pestañeo y se me pasa. El valle recupera su aspecto original: trinos a lo lejos, el sol de otoño… Miro fijamente la roca, que no es más que eso: una roca muy muy antigua plantada en silencio en medio de un claro. Veo también que el sendero empedrado surge de nuevo al otro lado y se interna en el bosque. ¿Por qué no me habló de esto la señora Welwyn? No es poca cosa tener un monolito en el jardín trasero. Si es que es eso. Quizá creyó que no tenía importancia. Puede que ni siquiera sepa que exista... De no ser por el mapa, yo no me habría enterado.

Bordeo el claro varias veces, manteniéndome a cierta distancia de la roca. En cuanto pongo un pie fuera del bosque de acebos –y cruzo así los límites de las tierras de Enysyule–, algo cambia. Es como si el tiempo cobrase entidad a mi alrededor y trajese consigo el mundo moderno. De repente, puedo oír el zumbido de un avión sobre mi cabeza, percibir el olor de un campo recién abonado, sentir a un perro que ladra en las inmediaciones.

Lo oigo muy cerca; de hecho, el sonido gana intensidad, va haciéndose más frenético. Levanto la vista justo cuando el matorral estalla en una tormenta de hojas y un perro viene a mi encuentro a toda velocidad sin parar de ladrar. Instintivamente, reculo hacia el claro.

El perro se detiene. Es una variedad de pastor escocés, con las orejas levantadas, la boca abierta y unos ojos castaños que no dejan de mirarme. Suelta un ladrido sordo y se agacha como si fuese a saltar, pero cambia de idea y se pone a gruñir un poco y a gimotear, corriendo ligero de un lado a otro, justo en la frontera entre el claro y el bosque.

–¿Maggie? –una voz masculina resuena entre los troncos de los árboles–. ¡Maggie!

Una silueta se materializa en mi campo de visión. Parka verde, boina, escopeta al hombro. Gruño para mis adentros. Pinta que se avecinan problemas. El hombre se para al verme. Lleva un faisán muerto colgado de la mano libre.

–¿Necesita ayuda? –grita.

Su voz tiene un deje de clase alta.

—Voy de camino al pueblo, nada más –le grito también, y siento que me pongo colorada–. O iba. Parece que su perro no está de acuerdo.

—Bueno –dice, acercándose y haciendo crujir las hojas bajo sus pies–, puede que sea porque está entrando sin derecho en una propiedad privada. ¿Qué hace aquí?

—No estoy entrando sin derecho en ninguna parte –contraataco–. Más que nada porque estas tierras son mías. Más o menos.

El hombre responde a eso riéndose y echando el sombrero hacia atrás. Es joven. Caigo en la cuenta de que probablemente sea más joven que yo, con su pelo rubio oscuro y enmarañado, sus ojos grises y la barba de varios días que le cubre el mentón.

—En ese caso, disculpe. –Su sonrisa me desarma–. Pensé que era uno de esos historiadores aficionados que andan husmeando sin permiso.

—No, vivo aquí. Desde ayer.

Abre unos ojos como platos.

—¡Así que es la infame señorita Pike! –Se mete el faisán bajo el brazo y me tiende la mano–. Encantado de conocerla. Soy Alexander.

—Yo... –Le doy la mano sin pararme a escuchar lo que dice–. ¿A qué se refiere con lo de «infame»?

—Lanford es un sitio pequeño, señorita Pike. Y usted ha causado ya un buen revuelo.

Me suelta la mano. El aire frío viene a ocupar su lugar.

—No veo el motivo –protesto–. Aún no conozco a nadie.

—Basta con ser forastera –sonríe–. De todas formas, ya me ha conocido a mí.

Recula un poco y se queda mirándome. Me hace ser muy consciente de mi pelo, peinado a toda prisa y que me sale disparado en todas las direcciones, en lo poco que he dormido...

—Debo decir que no me la esperaba así en absoluto.

—Y eso ¿por qué? —con las manos en los bolsillos, intento no ponerme a la defensiva.

—Bueno, tengo entendido que entró arrasando en el pueblo y que untó a la agente inmobiliaria para hacerse con la casa, sin más, sin que le temblase el pulso. —Debe de verme la angustia reflejada en el rostro, claro, así que hace una pausa y adopta un gesto de arrepentimiento—. No son más que cotilleos estúpidos —dice—. En cuanto la conozcan, se darán cuenta de que no es cierto.

—Eso espero. —Me esfuerzo en esbozar una sonrisa—. De hecho, voy camino del *pub* del pueblo para conocer a la gente. O esa era mi intención... —Me quedo mirando al perro, que olisquea las raíces de los árboles.

El hombre suelta una carcajada.

—Ah, claro. Perdone, pero por algún motivo, Maggie no se lleva muy bien con esa vieja y enorme roca. —Señala con el mentón hacia la piedra agujereada—. Dicen que los animales sienten determinadas cosas, ¿no?

Pienso en el gato negro observándome desde el tejado, maullando toda la noche, y en su maullido infiltrándose en mis sueños...

—Prefiero no creer en eso —farfullo.

—Yo también —Alexander se echa la escopeta al hombro—. ¿Quiere que le indique por dónde queda el pueblo? Voy también para allá.

Por segunda vez en ese día, cruzo el límite de Enysyule.

—¿Así que usted es de aquí? —le pregunto de camino.

La luz del sol penetra entre los árboles y sus hojas caen lentamente como si fueran copos dorados.

–Exacto. –El hombre balancea su faisán–. Más de aquí, imposible. Mi familia lleva viviendo en este pueblo desde hace una eternidad.

–Como todo el mundo, excepto yo, por lo que parece. –Cae una hoja danzarina que me roza la mejilla. La cojo y me quedo embobada con el contraste entre su amarillo brillante y mi piel, que es más oscura que la de Alexander–. Es algo en lo que no había pensado.

–No se preocupe, acabará ganándose su cariño. Bueno, quizá no el del viejo Roscarrow, pero es un pobre cretino. Siempre anda poniendo el grito en el cielo por lo que sea. Ahora mismo, su caballo de batalla es la casita de campo. No tardará en encontrar otra cosa de la que quejarse y dejará de...

De repente, se calla.

–Roscarrow –frunzo el ceño–. Lo conozco, estaba en la inmobiliaria. ¿Dejará de qué?

–Nada, es una tontería. No se preocupe por eso.

–Dígamelo, por favor.

Se ruboriza ligeramente.

–Ha hecho una apuesta con unos cuantos hombres del pueblo –dice, jugando con las garras del faisán–. Sobre cuánto tiempo va a aguantar usted aquí. Ha estado barajando formas de hacerle poner pies en polvorosa.

Por un momento, me quedo aturdida. Sé que no debería de sorprenderme, tendría que haber previsto ese tipo de reacción pero... una cosa es prever la hostilidad y otra muy distinta oír en qué consiste.

–¿Señorita Pike? ¿Está usted bien? –pregunta Alexander–. Lo siento, no debería haber dicho nada.

–Estoy bien. –Mantengo el enfado bajo control. Ya lidiaré con eso más tarde. De repente, hacer amistades se ha convertido en mi mayor prioridad–. Y deje de llamarme señorita Pike. –Esbozo una sonrisa–. Me llamo Jess. Bueno, Jessamine, pero solo mi madre me llama así.

–Jessamine –repite–. Es bonito.

Advierto que mira de soslayo hacia el camino.

–Y supongo que te has mudado aquí en compañía de alguien, ¿no? ¿De tu novio? ¿De tu pareja?

–Nada de eso. –Esquivo de un salto un tronco caído–. Estoy sola.

–¿Has dejado a alguien en Londres?

Delante de nosotros, su perra, Maggie, se divierte lanzándoles a las hojas unos ladridos agudos. Cojo un palo para tirárselo.

–Mi familia está allí. Al margen de eso, no. Aparte de una persona a la que preferiría no volver a ver.

–Vaya. Lo siento.

Maggie nos interrumpe y nos hace reír al intentar arrastrar un arbolito por el sendero. Más adelante, la masa forestal pierde espesura, el camino hace una curva y, de repente, tenemos ante nosotros la reluciente agua verdosa. Es un río o un estuario, no lo tengo muy claro. En medio del canal, se mecen unos cuantos barcos, y hasta donde estamos llega el sonido de un motor fueraborda, con su característico chup, chup, chup. Bajando hacia la orilla no hay más que árboles, como si compitiesen por admirar su propio reflejo en el agua.

–Lanford –dice Alexander, deteniéndose junto a mí–. No tienes más que bordear el río y seguir por el puente que hay sobre la ensenada. En nada, estarás en el *pub*. Se llama «El Cordero».

Me quedo callada tratando de memorizarlo todo. En algún punto a nuestra espalda está Enysyule. Por primera vez, soy consciente de lo escondida que está la finca, como si fuera un enorme pliegue verde oscuro entre dos grandes colinas del mismo color. Miro hacia atrás y, claro, no alcanzo a verla. Sin embargo, sí vislumbro el reflejo del sol en una bóveda acristalada que corona una torre y sobresale entre los árboles.

—¿Qué sitio es ese? —pregunto, señalándola.

—Ah, es la casa grande —dice quitándole importancia—. ¿Y qué planes tienes para el viernes?

—¿Cómo? —Noto que me pongo colorada—. Pues... no gran cosa. A ver, tengo un montón de trabajo pendiente. Así que, probablemente, me quedaré trabajando.

—¿Trabajando? ¿Arreglando la casa?

—No, en un libro. En realidad, soy escritora. Se supone que tengo que terminar un manuscrito para Navidad, con lo que... —dejo la frase en el aire con un toque dramático.

—¡Escritora! —Sonríe—. Vaya, qué bien. Te lo pregunto más que nada porque es Halloween y voy a dar una pequeña fiesta. Quería saber si te gustaría venir y conocer a algunos vecinos más.

Me siento tan estúpida... ¿Por qué iba a hacerme esa pregunta?

—Pues..., vale.

—Sujétame esto. —Alexander me carga con el faisán, y yo me veo agarrándolo de esas patas escamosas que tiene. Me llega un ligero olor a sangre, que se mezcla con el ya típico a hojas muertas y al agua verdosa del río—. Aquí tienes —garabatea algo en un trozo de papel, que luego me entrega a cambio del faisán—. Es mi número. Llámame si cambias de opinión.

Se marcha antes de que pueda contestarle, silbándole a Maggie y caminando a grandes zancadas de vuelta al bosque.

—¡Aquí está! —retumba una voz desde la otra punta del *pub*. Está lleno de gente y hay ruido, además de docenas de ojos puestos en mí nada más entrar. Michaela Welwyn viene rauda a mi encuentro y yo noto que me pongo roja como un tomate.

—¡Señorita Pike, qué bien que haya venido! —Me besa en ambas mejillas, sepultándome en perfume—. ¿Le costó dar con el camino? ¿Qué tal en la casa? Voy a pedirle algo de beber. ¿Qué quiere? ¿Una cerveza? ¿Una sidra?

—Sí, gracias —consigo decir—. Tomaré una...

—Genial.

Y ya se ha marchado, dejándome plantada y convertida de nuevo en el foco de interés de los clientes del local. Desde el fondo de la sala, me saluda alguien con la mano. Identifico a Liza, la ayudante de la señora Welwyn, y le devuelvo el saludo.

El Cordero es un sitio acogedor, con su techo bajo, un montón de recovecos y sus asientos de ventana, bajos y acolchados. Las paredes están atiborradas de recuerdos: fotos y cuadros, monturas sobre placas de latón y platos conmemorativos. Huele a humo de leña y a lúpulo seco, a carne asada y a cerveza. Me pregunto si siempre habrá olido así.

—Me alegro de volver a verla —dice Liza mientras se recoloca en el hombro a un bebé somnoliento—. ¿La ha asaltado Michaela nada más entrar?

—Sí, ha ido a buscarme algo de beber. —Me río, sacándome el abrigo—. O eso creo que dijo.

—Ya se acostumbrará —sonríe Liza—. Hace tiempo, Michaela estuvo de encargada de los internos en un colegio. Creo que todavía no lo ha superado.

Me presenta al resto de la gente que hay en la mesa. Están su marido, Dan, que me dedica una sonrisa, y su hija pequeña, Daisy, que esconde la cara en la camisa del padre; Geoff, el marido de Michaela, que levanta la cabeza del papel y me hace un gesto; su amiga Julie, su primo Pete... Susurro un saludo, intentando quedarme con sus nombres.

—Esta es la señorita Pike —anuncia Liza—. Ha alquilado Enysyule.

¿Lo estoy imaginando o el volumen dentro del *pub* ha descendido de repente? El marido de Michaela levanta la cabeza con renovado interés.

—Por favor, llámenme Jess —digo mientras me siento.

El ruido aumenta de nuevo, con el tintineo de los vasos y las risas.

—Muy bien, Jess —Liza parece un tanto preocupada—. ¿Qué tal en la casita de campo?

—Mmm... Es... algo más rústica de lo que me esperaba —reconozco—. Y no hay luz.

—No me sorprende —me interrumpe el primo Pete—. Me parece increíble que se la alquilases en ese estado, Liz. ¿No la han tocado en qué, Geoff? ¿Veinte años?

—En veinte años —confirma el marido de Michaela antes de volver al papel que tiene delante.

—La vieja señorita Roscarrow estaba un poquito chiflada —dice Pete, como quien no quiere la cosa.

—Bueno, tampoco hay que exagerar —zanja Julie—. Era simplemente diferente. Todos los Roscarrow son así.

—Cuando éramos niños, pensábamos que era una bruja. —Dan sonríe, asomándose por encima de Daisy—. Solíamos retarnos a bajar a Enysyule para el Allantide, el festival de invierno. Aunque nunca tuvimos las narices de hacerlo.

—¿El Allantide? —pregunto, encantada de desplazar de mí el foco de la conversación.

—Halloween —aclara Liza—. Y que no se te ocurra ponerte a contarle historias de fantasmas y brujas, que acaba de llegar.

–¡No es solo Halloween! –responde Dan haciéndose el indignado–. ¡Es Nos Kalan Gwav!, la primera noche del invierno, cuando los espíritus recorren la tierra y nosotros prendemos fuegos para mantener a raya la oscuridad que se avecina.

Le suelta un sonido fantasmagórico a Daisy, que ríe encantada.

Y yo sonrío, recordando el miedo que se me metió en las tripas la otra noche, convencida de que me hallaba abandonada y sola en la oscuridad, con algo que me vigilaba entre las sombras. Para cuando regresa Michaela, que trae consigo dos pintas rebosantes, yo ya estoy empezando a contarles lo de la electricidad.

–No sabía qué querías –resopla–, si cerveza o sidra. Así que te he traído una de cada.

Los siguientes minutos consisten en una sucesión frenética de pedir comida y poner cubiertos. Le doy un sorbo a la sidra. Es turbia y ácida, me recuerda a las manzanas –pequeñas y duras como pelotas de golf– que solía coger del árbol de un vecino cuando era una niña. En cuanto vuelve la calma, Michaela se repantiga en su silla y me mira con aire serio por encima de esas gafas rosa que lleva.

–Y qué, ¿ya has conocido al gato?

Todos me están mirando.

–Sí –digo un tanto incómoda, y me pregunto a qué viene tanta extrañeza por su parte–. Pero no es que parezca muy amistoso.

Michaela y Liza intercambian una mirada.

–Bueno, por ahora no le des más importancia –susurra Michaela–. Ya os acostumbraréis el uno al otro.

–Supongo que no nos queda otra. –Le doy un buen sorbo a la sidra–. ¿Qué dicen las cláusulas del alquiler, para ser exactos? A ver, no me importa que esté por allí, pero no tengo ni idea de cuidar gatos. Nunca he tenido uno. ¿No hay ningún pariente o alguien que pueda encargarse?

–No –dice Pete.

–No es eso –apunta Michaela.

–Siempre ha habido un gato en Enysyule –dice Dan al mismo tiempo que ella, y se pone colorado cuando todos se giran y se quedan mirándolo–. ¿Qué? –pregunta–. ¡Siempre ha habido!

–Mucho me temo que es parte del trato –dice Liza a la vez que lanza a los demás una mirada cargada de intención–. La voluntad de la señorita Roscarrow era que quienquiera que alquilase la casa cuidase también del gato. Lo dejó muy claro.

Pete resopla.

–Le habría dejado todo el dichoso lugar al gato si hubiese podido. Sabes perfectamente que intentó hacerlo. Como ya he dicho, estaba completamente... –Julie le da en el brazo– ¡Au!

–¿Intentó dejárselo a un gato? –pregunto sin creérmelo mucho.

–Era una... situación poco convencional –admite Michaela, que parece algo aturullada–. Aunque no era legal que el gato fuese su heredero, la señorita Roscarrow consiguió estipular que la casita de campo se alquilase en lugar de venderse, de modo que el gato no tuviera que moverse de allí mientras viviese.

–¿Y cuando muera...?

Michaela se remueve en su asiento.

–Técnicamente, el trato quedaría anulado y sin validez en ese momento. Yo no me preocuparía mucho.

A mí sí me parece que es para preocuparse, aunque ya es tarde para eso, supongo. De todas formas, he firmado contrato por un año.

–¿Y cómo se llama el animalito? –me limito a preguntar–. Puede que tenga más suerte con él si me aprendo su nombre.

–Perrin –dicen todos a una.

–Perrin –repito intentando no quedarme pasmada mirándolos.

Me cuesta sacudirme la sensación de que hay algo que no me están contando, pero la comida no tarda en llegar y eso hace que se me olvide casi todo lo demás. Después de pasar una noche y una mañana a base de galletas y manzanas, descubro que estoy hambrienta: carne asada y bañada en una salsa espesa y lustrosa, patatas crujientes, zanahorias que saben como si las hubiesen recolectado esa misma mañana...

–No descartes que así sea –Ríe Liza–: son de la granja de un amigo. ¿No, Pete?

–Eso mismo –Pete clava una con el tenedor y se queda mirándola con pena–. Estas son las últimas de la temporada.

A pesar de su comportamiento un tanto extraño, forman una pandilla alegre; poco a poco, empiezo a estar más tranquila con ellos. Dan es profesor en una escuela primaria. Y resulta que Julie es enfermera, y que el marido de Michaela es el encargado del museo del pueblo y de la Oficina de Turismo. Pete murmura algo sobre «chatarra» y se va a la barra.

–Es raquero –me cuenta Michaela con la boca pequeña–. Está pendiente de las tormentas, conoce los mejores puntos para hacerse con restos de naufragios y con cosas que el mar arrastra.

–Pero ¿eso no es ilegal?

No sabría decir si me están tomando el pelo o no.

–Otra sana tradición de Cornualles.

Dan me guiña un ojo.

Llega el pudin, más bien un *crumble* de arándanos, por lo que me explican. No tengo ni idea de qué fruta lleva, pero está delicioso, con sus bayas oscuras flotando en las natillas. La hija de Liza y Dan, Daisy, se pone perdida.

Pasado un rato, acaban hablando sobre asuntos del pueblo. Agradezco la posibilidad de arrellanarme, con el estómago hinchado, y dejar que la charla me envuelva. El *pub* ya no está tan lleno y puedo ver la chimenea en la otra punta de la sala, con los troncos ardiendo lentamente y chisporroteando en el fuego. A su alrededor, hay una pila de sillones de cuero raído ocupados por una pila de hombres igual de ajados que hablan bajito y entre murmullos apaciguadores. A punto estoy de mirar hacia otro lado cuando me doy cuenta de que hay uno entre ellos que me está observando. Uno que debe tener, tranquilamente, unos cuarenta años menos que los hombres que lo rodean. De facciones marcadas y barba oscura. A lo mejor es que la segunda pinta de sidra me está haciendo efecto, pero decido aguantarle la mirada.

–¿Quién es ese? –les pregunto a los de la mesa.

Da la impresión de que el hombre acaba de llegar, con su gorro de lana calado cubriéndole el pelo y las mejillas encendidas de rosa por culpa de la brisa otoñal.

–Es Jack –dice Dan, y levanta la mano para saludar. El hombre, de pelo oscuro, le responde con un gesto torpe y mira hacia otro lado–. Jack Roscarr... –El codo de Liza le alcanza las costillas, pero ya es tarde.

–¿Roscarrow? –les pregunto–. ¿Como la vieja señorita Roscarrow, la antigua dueña de Enysyule, y el señor Roscarrow, que fue tan desagradable conmigo en tu oficina?

–Voy a ir a cambiar a la niña –murmura Dan, y se da a la fuga.

–Sí –afirma Liza con cierto recelo–. Jack es el nieto del señor Roscarrow. Trabajan juntos en el astillero.

Se han quedado todos a la espera de una reacción por mi parte. Podría dejarlo correr. Podría encogerme de hombros y ya está, podría esperar a que el resto del pueblo se acostumbre a mi presencia, a que se les pasen la curiosidad y las ganas de chismorrear sobre la chica nueva, propias de quien no tiene otra cosa que hacer.

«Ha hecho una apuesta con algunos hombres del pueblo sobre cuánto tiempo aguantará aquí. Ha estado barajando formas de hacerle poner pies en polvorosa.»

—Perdonadme —les digo a los de la mesa.

Antes de que puedan contestar, me levanto y me acerco a zancadas a los viejos que hay junto al fuego.

—Disculpen que les moleste —les digo en un tono desenfadado—. Es que me preguntaba si el señor Roscarrow, aquí presente, podría darle un mensaje a su abuelo.

Me miran con la boca abierta, estupefactos. El hombre del pelo oscuro ni se inmuta; se limita a levantar la vista hacia mí con prudencia. Tiene unos ojos impresionantes, de color avellana. Siento que mi impulso inicial va perdiendo fuelle. Pero no puedo dar marcha atrás ahora.

—Por favor, comuníquele a su abuelo que estoy al corriente de su estúpida apuesta —le pido, enfatizando las palabras—. Y dígale también que se va a llevar un chasco. No pienso irme a ninguna parte. —Les echo una mirada de conjunto—. Muchas gracias por su cálida acogida.

Yendo hacia la mesa, siento que me sonrojo. Me bullen las entrañas de los nervios.

—¡Bravo! —Ríe Pete—. Se la has clavado.

—Lo siento, Jess —dice en voz baja Liza—. No pretendíamos disgustarte.

—No pasa nada.

Recojo mi pinta y la apuro hasta la última gota.

A Michaela se le escapa un sonido como de disgusto mientras se retuerce para ponerse el abrigo.

–Creo que Mel Roscarrow no lo dejará aquí.

–Queramos o no, tendremos que vérnoslas con él si no hay luz en la casita de campo –Liza hace una mueca apesadumbrada–. De hecho, es tu vecino más próximo –me explica–. La subestación está en su propiedad.

–Iremos y lo pondremos firme –Michaela me da unos golpecitos en el hombro–. ¿Te las apañarás sin el contador uno o dos días más?

Al ir hacia la salida, veo a Jack Roscarrow mirándome desde su asiento junto al hogar.

–Claro que sí –le contesto, lo bastante alto para que él me escuche–. Estaré perfectamente.

El camino de vuelta a Enysyule me resulta más frío a pesar de la comida caliente y de la sidra que llevo en el estómago. El sol empieza a esconderse, el cielo se está volviendo del color de las perlas y en el aire flota la bruma del humo que desprenden las chimeneas del pueblo. Me limito a seguir lo que tiene pinta de ser un sendero a través del bosque, con la esperanza de que sea el mismo que recorrí con Alexander. En ese momento, no es que me fijase mucho.

Qué curioso: esta mañana me moría de ganas de tener una dosis de socialización, de voces, de gente, de coches y de cobertura en el móvil. Y ahora... lo único que quiero es sumergirme en la quietud vegetal, encender un fuego, fantasear junto a la lumbre e inaugurar el largo y progresivo proceso de hacer mía la casita de campo.

Una vez más, la roca de Perranstone surge ante mí en esa hora crepuscular y me coge por sorpresa. Me quedo con un pie en el presente y con otro en el margen del valle, donde el tiempo no fluye, sino que se estanca, y el pasado mana en forma de presente... Doy un paso más y dejo atrás el mundo.

A la pálida luz del sol poniente, da la impresión de que la superficie de la roca cobra vida. Me atrae hacia ella. Siento el impulso de tocarla, de inclinarme y de meterme por el agujero que tiene en el centro para ver algo más que la realidad del otro lado. Pero no lo hago. Todavía no. Además, tengo cosas que hacer, como guardar la leña si no quiero pasarme la noche tiritando en la oscuridad. Me quedo plantada en el linde del prado observando la casa, que me espera silenciosa en el crepúsculo incipiente. Me cuesta creer que sea allí donde viva.

—Buenas tardes —les susurro a ella y a todo el valle.

A modo de respuesta, se oye el crujido de las hojas y aparece una sombra escurridiza; las almohadillas del gato asoman por las zarzas. Sus ojos brillan en la penumbra.

—Hola otra vez —le digo mientras subo por el sendero en dirección a él—. Me han estado hablando de ti. Te llamas Perrin. Yo soy Jessamine.

El gato se sienta en el escalón de la entrada, como un anfitrión que espera a su huésped. Al poco, suelta un «miau». Sonrío. Vamos progresando.

—Toma. Te he traído algo de cena —le digo a la vez que rebusco en mi bolso.

Envueltos en una servilleta, vienen unos cuantos trozos de pescado que la niña de Liza y Dan no se ha terminado. Se los pongo en el suelo. El gato me echa una mirada severa, luego se acerca a olisquear la comida con desconfianza.

Voy abriendo la puerta de la casita de campo y busco en la leñera troncos que no estén verdes del moho... Para cuando salgo de ella, tambaleando y con los brazos ocupados, ya no hay rastro del gato. Tampoco del pescado. Me meto dentro con una sonrisa en la cara. Punto para mí.

Hubo un tiempo en que cada uno de estos árboles hoy llenos de nudos era un simple retoño. En que el riachuelo era casi un río que corría caudaloso y ruidoso como la voz de una joven granjera al ponerse a cantar. En que no había ni una sola casa: solo estaban el agua y la piedra y los ojos que las observaban. Entonces, surgió el pueblo –levantado con el granito de la zona y las piedras del campo–, la carretera, la gente. Los primeros llegaron un día de otoño, hace muchos años, sin contar con que sus vidas cambiarían este lugar para siempre.

Es la recta final del otoño en el valle y los árboles están resplandecientes, con las hojas que caen como si pasásemos las páginas de un libro bañado en oro. Ya no hay grietas en las paredes de piedra de la casita de campo, su techumbre de paja es nueva y reluciente. Está lista para acoger a la gente que ha venido a hacer de ella su hogar: un hombre y una mujer, con sus claros ojos de avellana y arrastrando la gravidez de su cuerpo preñado.

Ella bulle por el prado, baja al arroyo, donde el sendero va a dar a la fina capa de agua del vado. Tiene la cara colorada y el gesto tenso del dolor. Se clava los puños en el estómago, aunque no es el bebé quien la aflige.

Hay un pedrusco junto al riachuelo, un mojón que pusieron ahí hace tiempo para los viajeros extraviados. A duras penas, estira los brazos y lo rodea como si fuese su amante. Con los dedos, repasa las marcas del reciente cincelado hecho con un cuchillo fino. Se echa a llorar al notar una forma ahí, una promesa hecha en primavera y rota ya para cuando las rosas silvestres se marchitaron, dejándola a ella abocada a una boda con otro, a una promesa con un secreto en su vientre. Su único consuelo es esa casita de campo: una recompensa por su silencio. Sabe que el niño nunca pertenecerá al pueblo ni al hombre al que llamará padre. Será de ese valle, donde fue concebido.

Pasado un rato, se oye el eco de una voz cruzando el prado y gritando su nombre. Se echa para atrás, se restriega la cara y mira hacia arriba, directa a mis ojos...

Me despierto sobresaltada. Está todo oscuro, el fuego se ha transformado en un tenue resplandor rojizo. Ni hojas cayendo ni mujer de ojos de color avellana clara. Me froto la frente, desorientada. Hay un ruido que no sé de dónde sale. ¿Agua borboteando? ¿Alguien que llama? No, está más cerca. Retiro el saco de dormir con el que me cubro la cabeza para escuchar mejor.

Un largo alarido, y otro más. Suelto el aire que no era consciente de estar reteniendo. Es el gato. El gato, que quiere que le deje entrar. Simplemente. Deben de haberme despertado sus alaridos. Con cuidado, voy hasta la puerta con un cabo de vela que parpadea por culpa de una corriente de aire. Una sombra negra como el carbón pasa rozándome los tobillos. Para cuando termino de atrancar la puerta y doy media vuelta, el gato ya está sentado en el sillón, arrebujado al calor de mi saco de dormir. Levanta la mirada hacia mí y suelta un chillido como si dijese: «Qué amable por tu parte».

—Esa es mi cama —le digo, temblando de frío—. Vas a tener que moverte.

Se hace un ovillo y se acomoda. Parece que está tremendamente a gusto. A cualquier otro gato, lo habría cogido y lo habría tirado en el suelo... Por ahora, me conformo con sentarme haciendo equilibrios justo en el borde del asiento y meterme con calzador en el minúsculo espacio que me ha dejado el gato. No me explico cómo es posible que haya ocupado toda la butaca. Al final, consigo echarme encima una esquina del saco. El gato levanta la cabeza en señal de disgusto, echado sobre él como está.

–Esto es lo que me espera, ¿no? –le pregunto desde mi poco convencional posición.

El gato me contesta hundiendo sus zarpas en el saco de dormir y poniéndose a ronronear, un sonido bajo y estruendoso que se extiende por la habitación y me recuerda al de la lluvia.

A la mañana siguiente, me pongo a restregar los cristales para evitar que la imaginación se me desboque. En Londres, la gente estará apiñándose en las cafeterías o yendo con prisas de la oficina a la estación de metro enfundada en el abrigo de la nueva temporada. Trato de no pensar en la personas que he dejado atrás, trato de no pensar en mi ex moviendo sus cosas por nuestro antiguo piso y borrando cualquier rastro de nuestra relación, paseándose alrededor de la pequeña pila de cajas que contienen mi vida –allí plantadas, esperando al transportista–. Restriego con más fuerza, y el periódico se me hace trizas entre los dedos. Lanzo un suspiro y lo tiro al suelo.

El maravilloso sol de ayer se ha esfumado sin dejar rastro. Afuera, cae la lluvia en forma de cortina gris, lo que significa que estoy atrapada aquí dentro. Sin música, sin radio, a solas y sin más compañía que mis pensamientos. Y el gato. He de admitir que su presencia me hace sentir mejor, a pesar de que casi no se ha movido del saco de dormir en todo el día.

–Pues muy bien –murmuro bajándome del alféizar.

Al menos, las habitaciones de la planta baja empiezan a tener un aspecto decente. He limpiado cada una de las cristaleras que no están rotas. Le he pasado un paño por la enorme mesa antigua, y he encontrado una escoba para barrer la ceniza del piso. Y, aunque sigue sin haber luz, he descubierto cómo funciona la cocina de gas. Me arrebujo en la chaqueta y voy a llenar el viejo hervidor. No puedo encender la luz, ni cargar el teléfono ni usar el portátil pero, por lo menos, puedo hacerme un té.

El sonido del agua que burbujea me lleva a mi sueño de la pasada noche. Cierro los ojos para tratar de recuperarlo. El borboteo en el vado, la mujer de los ojos claros de color avellana y el bebé que lleva en el vientre, sus brazos que rodean el mojón y repasan las muescas talladas en la roca...

Un silbido agudo me interrumpe y me lleva de vuelta a la cocina. Apago el fuego con una sensación extraña. Detecto un movimiento sutil en la otra punta de la habitación. El gato me mira fijamente. «Cosas de una imaginación hiperactiva» —me digo a mí misma a la vez que vierto el agua en una taza—. Es lo que ocurre cuando se pasa tiempo sin escribir: empiezas a ver historias por todas partes». Me siento en la mesa, saco la libreta e intento meterme de nuevo en el mundo sobre el que estaba escribiendo antes de marcharme de Londres. Un mundo en el que perderme, lleno de viajes y de secretos, de posibilidades y de magia antigua...

Siento un cosquilleo en la nuca. ¿Vi un mojón cuando atravesé el vado ayer? No me acuerdo. No me llevaría ni un minuto ir a comprobarlo. Intento sacármelo de la cabeza y ponerme a trabajar en una nueva escena, protagonizada por un hombre que talla con un cuchillo una promesa en la roca. Dejo la libreta a un lado, molesta conmigo misma.

—Esto es ridículo —le digo al gato. Él estira una pata y hace un sonidito en señal de asentimiento—. Y tú no es que seas muy útil...

Sin dejar de refunfuñar, me pongo las botas, me echo un chubasquero por encima de mi vieja chaqueta. Al cruzar la puerta me recorre un escalofrío. Con el fuego chisporroteando, la casita de campo resulta, desde luego, mucho más acogedora que el gélido chaparrón que me espera afuera. Voy arrastrando los pies por el sendero hasta internarme en los matorrales, que están empapados.

El vado parece distinto. En mi sueño, el agua corría limpia y fresca, clara; la orilla era una variada alfombra de hojas. Aquí, todo es frío y húmedo y está empapado y lleno de limo. Voy chapoteando, buscando algo que se parezca a una roca. Al final, veo la punta de algo que sobresale entre las ortigas mustias y la hierba. En mi sueño, el mojón se alzaba recto y orgulloso, pero aquí está torcido y se inclina hacia la orilla, medio sepultado.

Vacilante, me agacho ante él en el barro y me abro camino con las manos entre la vegetación, tratando de no pensar en los caracoles y las babosas. Rozo con los dedos la superficie de la roca. Aunque está muy picada y erosionada, no hay rastro alguno de muescas. «Pues claro que no» –rezonga una vocecilla en mi interior–. Esto es lo que pasa cuando te dejas llevar: acabas cogiendo frío y embarrada y calada hasta los huesos».

Y, entonces, cuando estoy a punto de apartarme, mis dedos dan con una. Voy siguiéndola milímetro a milímetro. Se convierte en una línea, en una curva, en otra curva y en lo que, sin duda, es la forma de un corazón... Con el mío desbocado, me echo hacia atrás y, al hacerlo, arranco un puñado de hojas muertas. A través de la lluvia, juraría que, por un instante, se escucha el tenue tintineo del metal en la piedra. Se me ha erizado el vello de los brazos, y también el de la nuca. Me alejo de la orilla enlodada tan rápido como puedo, sin atreverme a mirar atrás. Corro hacia la casita de campo, tanteo el pestillo... y me encuentro con que la puerta ya está abierta. Del otro lado, una silueta borrosa se gira hacia mí y me observa, y ese alguien tiene unos ojos claros del color de la avellana.

Suelto el hervidor sobre la cocina de golpe, derramando agua por todas partes. Jack Roscarrow está plantado junto al fuego mirando como limpio el estropicio con la manga. Él también está empapado, con ese pelo oscuro que tiene todo mojado y enmarañado. A sus pies, va formándose un charco sobre los adoquines.

—Siento haber entrado sin permiso ni invitación —dice—. Con la lluvia, supuse que no me habría oído llamar. —Hace una pausa y mira fijamente al fuego—. No era mi intención asustarla.

—No pasa nada. —Meto las manos, temblorosas, en los bolsillos—. ¿Qué está haciendo aquí?

Dadas las circunstancias, tampoco voy a andarme con paños calientes.

Con una especie de sonrisa resignada, levanta la vista y me mira a los ojos.

—He venido a disculparme por mi abuelo, por todo ese rollo de la apuesta. —Habla en voz baja, y su tono contribuye a suavizar las palabras—. Hace tiempo que no se encuentra bien, pero eso no excusa la mala educación.

—¿La mala educación? —repito, incrédula—. Hacer apuestas sobre una completa desconocida...

—No pretendía nada con eso.

—Pero ¡si ha estado tratando de quitarme de en medio! —Doy un paso hacia él—. ¿Cómo cree que debo tomármelo?

Roscarrow se pasa una mano por el pelo mojado.

–Tiene que entender que esta casa significa mucho para él –dice–. Le asusta pensar en lo que puede ser de ella. Ha sido de nuestra familia durante generaciones.

–¿Y cómo iba yo a saberlo? –Me vuelvo hacia la cocina–. Y, aunque lo supiese, la decisión de alquilarla fue de Thomasina Roscarrow, no mía. No merezco que me castiguen por ello.

Lo oigo suspirar detrás de mí.

–Ya lo sé. Intentaré hablar con él –ofrece.

Un poco después, se oye un crujido. Miro y me lo encuentro con una bolsa de papel en la mano.

–Yo... Hum... Le he traído unos bollos para hacer las paces. Son de azafrán. Supuse que no los habría probado nunca. –Los mira frunciendo el ceño–. Aunque, para serle sincero. puede que se hayan humedecido un poco...

Ya que he hecho té, me parece que es de buena educación pedirle que se quede. Nos sentamos ante el hogar y echamos mano de dos viejos tenedores para tostar unos bollos en el fuego.

–Hacía años que no bajaba hasta aquí –dice Jack Roscarrow mientras cubre hasta los topes un bollo de mantequilla. Sus ojos repasan toda la habitación: la mesa gigantesca, las cristaleras plagadas de trapos...–. Tampoco ha cambiado tanto.

Me pasa el bollo y le doy un bocado. Esto me resulta a la vez muy exótico y muy de andar por casa.

–¿Era la tía de su abuelo? –pregunto con la boca llena–. Thomasina, digo.

–Algo así. En cierto sentido, el abuelo era su familiar más próximo, así que, de cuando en cuando, se encargaba de ver cómo andaba. Aunque a ella nunca le gustaron mucho las visitas. Era una vieja rarita. A veces, cuando te miraba, era como si te atravesase hasta los huesos. –Sonríe–. A mí, me gustaba jugar por aquí cuando era un niño. Ponía a navegar barquitos de papel en la zona del vado.

—Entonces ¿por qué no le dejó Enysyule a su abuelo? —pregunto, y el olor a pan dulce tostándose se extiende por la habitación—. Me decía que había sido de su familia durante generaciones...

—Y lo fue, a ratos —dice Jack—. Hay otra familia antigua en esta zona, los Tremennor —pronuncia el nombre con rapidez, como si fuese a dejarle un poso desagradable en la boca—. En algún momento, también fueron propietarios de este lugar. Ha ido cambiando de manos a lo largo de los siglos, y nadie recuerda de quién fue primero. Respecto a por qué Thomasina no se la dejó a mi abuelo... —Sacude la cabeza—. No lo sé muy bien.

Desprende el bollo tostado del tenedor y se lo pasa de una mano a otra. El espacio que nos separa se llena de aroma a especias y a grosellas.

—Tampoco es que importe. Me alegra que haya alquilado usted este sitio. —Levanta la mirada hacia mí. El fuego le hace brillar la cara—. Quiero decir: mejor que los Tremennor...

—Pues su abuelo no parece tan contento —digo, tratando de no prestar atención a sus mejillas encendidas.

Jack, que tiene la boca llena, se aguanta las ganas de reír.

—Créame, llegará el día en que la escoja a usted antes que a ningún Tremennor. Básicamente, en cuanto la conozca. —Se sacude unas migas del jersey—. Es como una vieja comadreja: terco. Pero ya hablaré con él.

Esta vez, me sale una sonrisa de verdad.

—Gracias, Jack.

Durante unos minutos, nos quedamos sentados en un agradable silencio, escuchando la lluvia caer como si fuesen los granos de un reloj de arena. Siento que los ojos de Jack se

47

posan en mí y me giro para mirarlo yo también, pero entonces se oye un ruido que nos sobresalta a ambos. Es un aullido acompañado de zarpazos en la madera.

–Qué susto –Me pongo de pie, aturullada, y abro la puerta. El gato está sentado en el escalón, totalmente empapado, con el pelo de punta de lo mojado que viene–. ¿Qué? –le pregunto cuando pasa por junto a mí y maúlla en señal de reproche–. ¡Ni siquiera te he visto salir! –Me giro y me encuentro con Jack mirando al gato con los ojos como platos–. ¿Qué pasa? –pregunto.

–Nada, es solo que... Hacía mucho que no lo veía. Creí que estaría distinto, nada más.

–¿Cuántos años crees que tiene?

La luz de la lumbre le otorga un brillo anaranjado al pelaje mojado del gato.

–No tengo ni idea. –Se agacha hacia el gato, como si tratase de viajar en el tiempo con la mirada–. Si es el mismo de cuando yo era pequeño, debe de andar cerca de los veinte.

–No puede serlo. Los gatos no viven tanto. –Cojo un paño de cocina. No sé si al gato le gustará que lo seque, pero va chorreando por todo el suelo. No se resiste cuando me pongo a frotarlo para escurrirle el agua del pelo–. Puede que sea un descendiente suyo... o yo qué sé.

–¿Lo eres, Perrin? –le pregunto al gato mientras extiendo la mano para acariciarlo. Saltan chispas al entrar en contacto mis dedos con su pelaje. Se me disparan por el brazo y se me meten en el cerebro. Luego, todo se pone oscuro y escucho un millar de corazones que laten. Oigo criaturas de carne y hueso, soy testigo de la existencia de cada ser viviente de este valle, hasta de la de los árboles, que crujen buscando la luz... Aparto la mano, desconcertada.

—¿Un corrientazo? —pregunta Jack.

El gato levanta la cabeza hacia mí. Sus ojos amarillos vienen a confirmar todo lo que he visto.

—Sí —acierto a responder.

Vacilante, extiendo una mano hacia el gato otra vez. Después de unos segundos, me da unos cabezazos en la mano. En esta ocasión, solo siento el suave zumbido de su ronroneo. Es solo un gato, ni más ni menos.

Antes de marcharse, Jack me ayuda a retirar los escombros de la chimenea que hay en el dormitorio para que no tenga que pasar otra noche más en el sillón junto al fuego.

—Si hubiese sabido que estabas durmiendo en un sillón, habría bajado antes. —Da un paso atrás, con el hollín y el polvo pegados a la piel—. Ya debería estar.

Lo sorprendo ojeando la habitación. No hay nada, salvo el saco de dormir atravesado en la cama y una maleta abierta en el suelo.

—El resto de cosas viene de camino desde Londres —me apresuro a decir—. Aunque tampoco es que tenga mucho más. La mayor parte son libros. Puedo apañarme hasta que lleguen.

Es evidente que le gustaría hacer más preguntas, pero se limita a asentir y sonríe.

—Avísame si necesitas que te eche una mano con cualquier cosa —dice junto a la puerta—. En general, estoy río abajo, así que siempre puedo prestarte alguna herramienta.

—¿Río abajo?

—En el embarcadero. Trabajo allí con el abuelo. Si sigues el arroyo hasta el río, nos encontrarás allí. —Se cala un gorro de lana negro sobre su pelo enmarañado y sonríe con sarcasmo—. Desde que el mundo es mundo, siempre ha habido un Roscarrow en la desembocadura del río.

–Gracias por venir –le digo levantando la voz por encima de la lluvia–. Y... perdón por los malos modos del otro día.

–No pasa nada.

Esboza una sonrisa, y me entran ganas de que se quede y de que, con su presencia, haga de la casita de campo un lugar más acogedor.

Empieza a subir con dificultad la pista que sale del valle.

–¡Hasta luego, Jess! –grita por encima del hombro.

–¡Hasta luego, Jack! –susurro hacia la lluvia.

Hola, mamá:

Perdona que no te haya escrito antes. He estado tan ocupada instalándome aquí que he perdido por completo la noción del tiempo... Además, ha habido un poco de lío con la luz, así que no he podido cargar el teléfono. Me he visto obligada a tirar de velas y de una cocina de butano. Sé que a ti te horrorizaría eso pero, para serte sincera, yo estoy empezando a disfrutar de esta vida sin conexión. He estado escribiendo a mano, como solía hacer antes, y resulta que —lejos de las distracciones de la ciudad y de internet— soy capaz de hacerlo bastante rápido. Cada día, me siento en la mesa de la cocina y noto como entro en un mundo que está a medio camino entre la realidad y la imaginación, entre la vigilia y el sueño.

Sé lo que me vas a preguntar. No, no he hablado con él para nada. De todas formas, no tengo nada de cobertura y, además, ¿qué falta hace? Nos dijimos todo lo que teníamos que decirnos antes de que me marchase de Londres.

Aquí hay otra cosa que te horrorizaría: ¡ni un solo supermercado en veinticinco kilómetros! Compro el pan en la panadería; los huevos y la miel los cojo en un puesto que hay en el camino de arriba; y el resto, en la tienda del pueblo, que vende un poco de todo. Por supuesto, a veces echo de menos el local de comida árabe que había al final de la calle o ir a comer al Soho. Pero eso también entra dentro de este cambio radical, ¿no?

Tampoco me funciona aún el agua caliente. No voy a fingir que no me importa. Con un poco de suerte, lo arreglarán pronto. Hace días que no me noto el pelo limpio. He encontrado una tina de hojalata en el cuarto de la colada. Mi nuevo amigo, Jack, me contó que la gente solía usarla para lavarse, junto a la lumbre... Puede que, llegado el momento, me anime a hacer una prueba.

Su abuelo y él son mis vecinos más próximos. Están más o menos a una milla de distancia en línea recta cruzando el bosque. Jack es majo, pero con el viejo no creo que haya mucho que hacer. El resto del pueblo está lleno de personajes interesantes: historiadores, enfermeras, profesores, constructores de buques, contrabandistas.... Y hasta algunos amigos potenciales.

¿Te acuerdas de las extrañas condiciones que me pusieron para alquilar? Bueno, pues ya he conocido a mi nuevo compañero de casa: es distante, misterioso y muy atractivo. Se apodera de mi saco de dormir, me despierta en plena noche y, a veces, me deja ratones mordisqueados a modo de regalo. Se llama Perrin.

El cursor palpita a la espera de que continúe. Me quedo mirándolo, y se me ocurren otras confesiones:

He estado teniendo esos dichosos sueños... En ellos, se me muestran cosas que, de no haberlas soñado, no podría haber sabido, como rostros de gente que murió hace tiempo... A veces, en ellos me vuelvo humo y me extiendo por el valle. A veces, me veo con garras y dientes, a la espera de saber qué tengo que cazar. A veces, me descubro sentada y despierta en plena noche, poniendo la oreja para oír canciones que es imposible que existan...

Dejo escapar un suspiro y presiono la tecla de suprimir. No puedo escribir eso; ni a mi familia ni a nadie. En el mejor de los casos, pensarán que tengo alucinaciones, que estar sola en Enysyule ha corrompido mi ya de por sí hiperactiva imaginación. En el peor, se plantarán aquí en el siguiente tren, dispuestos a llevarme de vuelta a la ciudad en menos que canta un gallo y temiendo por mi estabilidad mental.

En lugar de eso, me limito a adjuntar una foto de la casita de campo que saqué el día que llegué, con las hojas centelleando sobre ella y las ventanas reluciendo al sol. «Ojalá estuvieses aquí», escribo, y me pregunto hasta qué punto es cierta esa frase.

Pulso Enviar y miro a mi alrededor en la única cafetería que hay en Lanford, aunque «cafetería» es un término demasiado ambiguo para un sitio que vende aparejos de pesca y leña, cartuchos para la impresora y trajes de buzo, vino verde casero... Además de servir de oficina de Correos. Pero siempre tienen café y un pedazo de tarta a punto y algo aún más irresistible: wi-fi. Hace días que no compruebo si tengo *e-mails*. Se me revuelven las entrañas con solo mirar el número de correos entrantes. Pincho el último trozo de pastel de zanahoria y voy revisando el listado... hasta que cambio de idea.

Hay uno de mi agente preguntándome que qué tal la adaptación. Otro, de mi editor, para ver si llego a tiempo para la fecha límite de Navidad. Le respondo con un mensaje corto y alegre asegurándole que sí mientras me pregunto si será capaz de detectar que le estoy mintiendo. Debajo de ese, hay otro mensaje que hace que se me encoja el corazón. En él, un nombre que me resulta muy íntimo y un asunto: «Últimas cosas».

Al pasarle el cursor por encima, siento como si el nuevo universo que me he creado durante las últimas semanas estuviese a punto de desmoronarse.

—¡Jess! —grita alguien, y aparto de golpe la vista del mensaje.

—¡Vaya, casi me fulminas con la mirada! —dice Alexander, dando un paso atrás—. Perdona si te molesto, yo...

—No. —Intento cambiar de expresión y esbozar una sonrisa—. No pasa nada. Es solo que... he recibido un *e-mail* que no me apetecía demasiado leer.

—Pero ¿no será nada malo? —pregunta frunciendo el ceño.

Hoy va de punta en blanco, con unos vaqueros oscuros, una camisa y una cazadora impermeable.

—No, no es eso —titubeo—. Rollos de un exnovio.

Levanta las cejas en señal de solidaridad.

—¿Estás bien? ¿Necesitas otro trozo de pastel?

Aparto el plato vacío e intento reír. Me sale una risa débil pero, por lo menos, ya no siento ganas de llorar.

—No, gracias.

—¿Ha sido hace poco? —pregunta arrastrando la silla que hay frente a mí.

—La verdad es que no. Hace unos meses. —Suspiro y cierro el portátil—. No pasa nada, es solo que los dos cambiamos. Sobre todo yo, por lo que parece, desde que empecé a dedicarme a la escritura a tiempo completo. Dijo que echaba de menos a mi antiguo yo. No entendía que... —me paro en seco—. Lo siento. A ti qué más te dará esto.

—He sido yo quien ha preguntado, ¿o no? De todas formas, creo que sé cómo animarte.

Se está aguantando las ganas de sonreír, igual que un niño que ha aprendido una broma nueva. Me entran ganas a mí también de corresponderle con una sonrisa.

—Muy seguro te veo.

—Bueno... —Se echa hacia adelante, y me llega una vaharada de loción de afeitado, densa y almizclada—. Tengo entendido que estabas teniendo problemas con la luz.

–Sí. Michaela me dijo que hablaría con el señor Roscarrow sobre la subestación que tiene en su finca. Y, luego, vino a verme Jack Roscarrow. Él también va a mediar con su abuelo. Entre uno y otro, creo que ya me apaño.

Alexander frunce ligeramente el ceño.

–Ya... No es que pretenda insinuar que se les ha pasado, pero... Jess... Cuando me enteré de lo que sucedía, le pedí a un amigo de un amigo que trabaja en la red eléctrica que le echase un vistazo. Y resulta que la avería es poquita cosa. Vinieron a arreglarla ayer, pero el viejo Roscarrow estaba allí para armar gresca.

El sentimiento de decepción se apodera de mí. Tras la visita de Jack, pensaba que estaba ganando puntos con el viejo.

–¿Qué quieres decir con «armar gresca»?

Alexander hace una mueca.

–Había bloqueado el acceso a su propiedad, que es donde está la subestación, así que los chicos de la compañía eléctrica no pudieron pasar. Dijo que no les dejaría entrar sin una autorización escrita. Menos mal que, cuando volvieron hoy, estaba yo por allí, así que me lo llevé aparte y... tuve unas palabras con él.

–¿Unas palabras?

Se encoge de hombros.

–Sí. Puede que sea un borracho, pero no es un lunático. Solo le dije que no se estaba comportando de manera racional, que eres una persona maravillosa y que tiene que darte una oportunidad.

Se me suben los colores.

–¿Tan sencillo como eso? –pregunto–. ¿Y les dejó hacer el arreglo? ¿Ya funciona?

Alexander se echa hacia atrás, sonriente.

–En principio.

–¡Muchísimas gracias!

Hace un gesto con la mano, se le ve satisfecho.

–Cualquiera habría hecho lo mismo.

Pienso en Michaela y en sus vagas amenazas de «cantarle las cuarenta» a Roscarrow, en la promesa de Jack (igual de estéril) de que hablaría con su abuelo.

–No, no todo el mundo. –Y le señalo–. Lo has hecho tú.

–Bueno... –Se pasa los dedos por el pelo, cohibido–. Eh, mañana hay fiesta. ¿Vas a ir?

–No lo sé –farfullo, aunque la idea empieza a gustarme cada vez más–. Todavía no me han llegado mis cosas de Londres. No tengo nada que ponerme.

–Y qué problema hay: es una fiesta de disfraces. Limítate a vestirte de negro y di que eres un gato.

Mi mano planea sobre el diferencial. Días atrás, la perspectiva de no tener luz me resultaba aterradora. Ahora, una parte de mí se ha acostumbrado ya a las velas, a la cocina, a las hojas de papel en las que escribo. ¿Y si la luz hace que la casita de campo cambie? ¿Y si cambia esa sensación de retiro que he encontrado aquí?

«No seas ridícula», me digo, y le doy al interruptor.

En los segundos que tarda la electricidad en recorrer los circuitos, me parece oír algo –una voz que canta, un arrebato musical procedente de décadas pasadas–; junto al fuego, se produce un destello verdoso. Me doy la vuelta: no son más que las luces de las paredes, que palpitan en sus deslucidos apliques.

Pero es que la música... La música la sigo oyendo. Un canturreo bajito que se confunde con la estática. Muy lentamente, subo las escaleras. Los sonidos vienen del segundo dormitorio, esa habitación llena de trastos en la que solo he entrado una vez. Abro la puerta de un empujón, enciendo la luz. La última vez, aquí estaba demasiado oscuro para ver nada. Ahora, me fijo en un sillón y en una mesa que hay bajo la ventana.

Sobre ella, una radio y, junto a esta, una pila de libros y un periódico doblado.

Me agacho y toqueteo el dial. Es antigua, y tiene la tapa decorada con nombres de lugares remotos: Varsovia, París, Moscú... La canción se ha ido apagando, diluida en el ruido blanco que se ha metido por el medio. ¿Cuántas horas pasaba la anciana sentada en esta silla, mirando hacia el valle? ¿Estaba leyendo el periódico el día en que murió? Lo cojo. Es de hace unos seis meses, aunque ya empieza a amarillear por culpa del sol. Está doblado por un artículo titulado: «TREMENNOR PRESENTA SUS PLANES PARA EL PUERTO DEPORTIVO». Por debajo, hay una fotografía impresa de un hombre con traje posando en las escaleras de una casa de abolengo. Se me escapa una risotada. Alguien (la vieja, por lo que puedo suponer) se ha tomado la molestia de dibujarle a pluma unos cuernos de diablo, unos colmillos en la cara y una cola en forma de tridente asomando del pantalón. Me gustaría haberla conocido; no es la primera vez que lo pienso.

Pero... ¿y ese apellido, Tremennor? Lo he oído antes en algún sitio. ¿Qué dijo Jack? Algo sobre que, en su momento, otra familia fue también propietaria de la casita de campo. Y que, a lo largo de los siglos, ha ido de cambiando de manos y que nadie recuerda quién la tuvo primero. El mapa dibujado a mano está donde lo dejé, abajo, metido en el aparador. Lo despliego con cuidado. En esta ocasión, me fijo en una línea sinuosa como el agua que recorre su borde. En paralelo a ella, aparece la palabra «Roscarrow» escrita en letras pequeñas. «Un Roscarrow al final del río desde que el mundo es mundo».

En el centro de la página está la roca de Perranstone. En el punto en que la arboleda sagrada se encuentra con el bosque, alguien ha dibujado una letra T decorada al final de una línea de puntos. La sigo por el lado oeste hasta dar con otra palabra: Tremennor. Roscarrow y Tremennor y, en medio de los dos, Enysyule. Me quedo mirando el mapa con la sensación de que hay algo que se me escapa, una especie de secreto, algo tejido a base de tiempo, sangre y memoria y transmitido de generación en generación a lo largo de los siglos.

La tierra tiene memoria. No al estilo humano, con sus recuerdos flotando sobre la realidad. La tierra bebe, la tierra destila las cosas y deja solo las partes más brillantes, unos cuantos hilos enmarañados dentro de un diseño más vasto e intrincado que es imposible ver en toda su extensión pero sí sentirlo, siempre y cuando se sepa mirar.

La radio está estropeada. No se queda fija en una emisora, sino que oscila entre una frecuencia y otra. Capta retazos de canciones, voces risueñas, anuncios alegres... y la mayor parte del siseo interminable de la estática, bajito. Ondas llenas de ondas llenas de ondas. Mecida por el sonido, se me cierran los ojos lentamente. Tan lentamente que, al principio, ni siquiera soy consciente de que la estática se va volviendo más grave hasta fundirse con un crujido como el de la cubierta de un barco o las ramas de los árboles azotadas por una tormenta. Pero si la última vez que miré afuera la noche estaba tranquila y en calma...

Abro los ojos, y un viento gélido hace que se me llenen de lágrimas, lo que me obliga a cerrarlos de nuevo. De repente, el corazón me late desbocado del miedo y el ansia. Estiro la mano, y los dedos se me hunden en el lodo, frío y plagado de hojas putrefactas. A ciegas, en la oscuridad, me incorporo tambaleando. Al echar a correr para internarme en los matorrales en busca del sendero que cruza el valle, una tela se me pega a las piernas y la arrastro. Los árboles, vestidos de invierno, me enganchan el pelo y arrancan los prendedores que lo sujetan. «Quedáoslos –pienso sobreponiéndome al estruendo de mi corazón palpitándome en la cabeza–. Quedáoslos. Solo os pido que me dejéis llegar al otro lado».

A través de los árboles, se oye el eco de un grito. Miro hacia atrás. En la distancia, logro ver el resplandor procedente de la casita de campo, con las luces de las linternas lanzando destellos a su alrededor. El gesto me sale caro: la raíz de un árbol hace que me caiga de bruces en el sendero. Me araño las manos contra los adoquines, se me enmarañan los pies en las enaguas. Entonces, veo una silueta negra por encima de mí, una sombra entre las sombras, con unos ojos dignos de la fosforescencia del mar.

Perrin. Si me quedase algo de aliento, se me escaparía un sollozo de alivio. En lugar de eso, me incorporo como puedo y lo sigo en la oscuridad. Cada vez que tropiezo, se para; cuando el sendero está despejado, se echa a correr hasta que los adoquines, gastados, me marcan el camino cuesta abajo. Sé que debemos de estar cerca. Aun así, me coge desprevenida, como siempre. He aquí la roca de Perranstone.

Me escurro por un hueco entre los acebos y caigo de rodillas ante ella. El gato aparece a mi lado, aullando insistentemente. Lo cojo en brazos y hundo la cara en su pelaje, que conserva el frío de la noche.

Al otro lado del bosque de acebos, alguien pronuncia mi nombre, y aparece un punto de luz que ilumina la cara –pálida y demacrada por el miedo– de un hombre que lleva en la mano un viejo farol. Me hace señas para que me acerque, y yo me incorporo tambaleando y aferrándome fuerte a Perrin.

Entonces, cae un trueno; y ya no sé si es el sonido de mi propio grito, el ruido del viento o el silbido de la bala que lanza un antiguo fusil y roza el canto de la piedra, soltando chispas a su paso. Escruto la oscuridad que tengo ante mí, pues me aterroriza que el hombre del farol haya resultado herido, pero ahí sigue, impertérrito y mirando a mis espaldas.

Me giro y veo llamas de antorchas que vienen raudas a nuestro encuentro, amenazantes en la oscuridad. Arrastrados por el viento, oigo aullidos de perros sedientos de sangre. En mis brazos, Perrin se pone alerta. Es absurdo echar a correr: nos darán caza. El hombre que está al otro lado del acebo regresa y me llama por mi nombre. Niego con la cabeza y me dispongo a esperar a quienes nos persiguen. No se atreverán a penetrar en el claro. Están demasiado asustados. Los caballos se resisten, y no serán ellos quienes los obliguen a hacerlo. Los perros también lo notan; gruñen y lloriquean. No pasarán.

Una voz grita mi nombre –esta vez, mi nombre completo–, que reverbera en la noche de forma obscena. Lanzan consignas contra mí, evocando al demonio, mis crímenes y los designios de Dios. La realidad es la que es: no es a mí a quien quieren, sino a mis tierras. El hombre del farol me llama por última vez. Niego de nuevo con la cabeza y le susurro que eche a correr con la esperanza de que el viento le haga llegar mis palabras. Entiendo que lo hace, pues la luz titila, el metal se desliza sobre el cristal y su cara desaparece, devorada por la oscuridad.

Dejo en el suelo a Perrin y le digo también que corra. Sus ojos resplandecen y, luego, se desvanece como si nunca hubiese estado allí. Es un pobre consuelo, como un riachuelo de agua fresca para una boca reseca.

No me queda otra que enfrentarme a mi destino. Echo a andar hacia los hombres. A cada paso, su olor se hace más y más intenso, a campo y a sudor, a alcohol rancio en sus labios secos. A la luz de la antorcha, veo al hacendado sobre su caballo, veo al cura que mira hacia el suelo, veo a los hombres de Lanford, que en una noche como esta muchos años atrás me daban palmaditas en la cabeza y me llamaban «niñita» y me daban manzanas para celebrar el Allantide. Ahora, se aprestan a darme caza igual que a un zorro.

Cuando me detengo en el límite del claro, entre el bosque de acebos, sus manos dibujan la señal de la cruz. Levanto la mirada hacia el hacendado, el cabecilla. Él baja la vista. Tiene la cara fría como la piedra de las imágenes que hay en la iglesia. Hace una seña con la pistola.

Siento un pinchazo de dolor cuando Perrin salta a mi hombro y, de allí, se lanza a por el tipo, hecho una furia. El caballo corcovea y relincha. A la luz de la antorcha, consigo verle fugazmente la cara al hombre. Tiene los ojos inyectados en sangre. Se oyen gritos y las palabras «demonio» y «diablo». No espero a ver más. En lugar de eso, doy la vuelta y me meto entre los acebos, aun sabiendo que sus ramas me desollarán y que los perros estarán pisándome los talones antes de que llegue al río...

El aire frío me da en la cara. En mi aturdimiento, me lo trago a bocanadas. Ante mí, solo hay oscuridad y silencio. Ni gritos obscenos, ni antorchas, ni caballos, ni acebos. Iba corriendo, ¿verdad? Mi corazón ruge, la respiración se me acelera y crea una especie de neblina ante mí.

De la nada, surgen un par de ojos como un azogue en la oscuridad. «¡Perrin!», me dan ganas de gritar del alivio que siento. Viene hacia mí al trote, y solo entonces caigo en la cuenta de que estoy plantada en la entrada de la casita de campo con la puerta abierta. Del fuego solo quedan rescoldos; arriba, oigo la radio, que sigue siseando. Miro hacia abajo y me encuentro con Perrin, que me observa, con esos ojos amarillos suyos, tan serios. Bajo un poco más vista: tengo los pies sucios, cubiertos de barro, y algunas hojas pegadas. Cierro de un portazo y paso el cerrojo. Me invade el pánico. Echo a correr escaleras arriba hasta llegar a la cama, a mi saco de dormir. Me enrollo en él e intento controlar los temblores que me entran en los brazos y las piernas.

Junto a mí, en la cama, aterriza un peso. Me pongo tensa, pero oigo al momento un maullido suave y siento una pata que me acaricia la cabeza a través de la tela. Aún estoy demasiado asustada como para destaparme pero noto que, por fin, Perrin se ha acomodado y me transmite su calor en la espalda. Se pone a ronronear, y ese sonido hace que se disipen las pesadillas nocturnas, devolviéndome a mi estado natural, hasta que mi mente se calma, mi respiración se ralentiza y, finalmente, consigo dormirme.

Por la mañana, Perrin ya no está. Es lo primero en lo que me fijo. Abro los ojos. Un torrente de luz grisácea se cuela bajo las cortinas. Siento como si mi cabeza flotase. Medio adormilada, me incorporo apoyándome en un codo. Hay unos cuantos pelos negros sobre el saco de dormir, pero, al margen de eso...

Me viene de repente el recuerdo de anoche, como una ola al romper en la orilla. El miedo, la huida, las antorchas... Peleo para sacar las piernas del saco, me miro los pies. Los tengo limpios. Ni rastro en ellos del típico barro invernal. Vuelvo a tumbarme y me tapo los ojos con la mano. Este sitio... Mi dichosa imaginación.

Le echo un vistazo al móvil que, por fin, tiene batería. Es tarde, mucho más tarde de la hora a la que suelo levantarme. Al pasar por el cuarto de la ropa sucia, caigo en que la radio aún está encendida, con su eterna cantinela susurrada. La apago.

Perrin no viene a tomar su habitual desayuno de atún. Intento no pensar en ello, mantenerme ocupada limpiando y ordenando, aunque una parte de mí está deseando verlo saltar desde la ventana de la trascocina –que he empezado a dejarle abierta–, deseando mirarlo a los ojos y saber qué vio ayer por la noche. «No vio nada –me reconvengo–. Solo a ti, plantada en la puerta como una chiflada».

Hasta que no me suena un mensaje en el móvil, gracias a un momento casual de cobertura, no caigo en qué día es hoy: el 31 de octubre, Halloween. No me extraña que se me haya disparado la imaginación. Pero no tengo tiempo para darle vueltas a eso, pues el teléfono me notifica –¡a buenas horas!– que tengo cuatro llamadas perdidas y dos mensajes iracundos de la compañía de mensajería. Me dicen que me han dejado las cajas al principio de la pista y que, visto que no respondo a sus llamadas, no se hacen responsables de los posibles daños o pérdidas que puedan sufrir. Afuera, la lluvia empieza a salpicar los cristales.

El recuerdo del sueño que he tenido se va desvaneciendo mientras acarreo por el camino una caja tras otra, bajando por el sendero agreste que bordea el valle hasta la casita de campo. Me lleva casi toda la tarde, y eso que cuento con la ayuda de una vieja carretilla que había en la leñera. Cuando cargo la última caja, ya va cayendo la noche. La fiesta de Alex está a punto de empezar. No debería ir; tengo que escribir algo si no quiero retrasarme en la entrega. Además, ya tengo suficientes líos.

Empujo la carretilla por la cuesta del sendero. La víspera del Día de los Fieles Difuntos. ¿Cómo le llamó Dan aquel día en el *pub*? «El Allantide. Nos Kalan Gwav, la primera noche del invierno, cuando los espíritus recorren la tierra y nosotros prendemos fuegos para mantener a raya la oscuridad que se avecina...».

Un escalofrío me recorre la piel y me paro en seco en medio del sendero. Si me acercase hasta la roca de Perranstone, ¿qué vería? ¿Un rostro observándome entre los árboles, las señales de un disparo de pistola, las huellas de una mujer a la que dieron caza en una noche como esta cientos de años atrás?

Casi pego un brinco cuando el móvil zumba en mi bolsillo.

¡Buenas tardes, señora! ¿La recojo a las 19 h.? A.

Allantide. Nos Kalan Gwav. Se le llame como se le llame —y nombres tiene muchos—, es noche de fuegos y de truenos, el zarpazo final del año que termina. Los ojos resplandecen, se muestran los dientes, las patas brincan y se retuercen. Venid a bailar, la noche os llama. Venid a correr y a rodar y sacudir al mundo hasta que la aurora nos mande a casa...

Perrin se sienta en el alféizar mientras me preparo para la fiesta. De cuando en cuando, su cola se mueve con un frufrú y se le ponen las orejas en punta como si estuviese escuchando voces que yo no puedo oír, conversaciones que tuvieron lugar hace décadas.

No me visto de gato. En lugar de eso, saco del fondo de una caja de ropa (la última que embalé en mi vida anterior) un vestido negro largo. Está arrugado, pero espero que no se note. Me recojo el pelo, que me llega por el mentón, y sujeto los rizos de la nuca con unas horquillas... Y no caigo en que voy vestida en los mismos tonos que la mujer del sueño hasta que no sacudo un chal rojo oscuro y me lo pongo cruzado sobre el pecho.

–¿Quién era, Perrin? –le pregunto desde lejos mientras me perfilo los ojos (por primera vez desde hace semanas) delante del espejito del escritorio.

A mi espalda, Perrin deja escapar un sonido apenas perceptible, algo así como un gruñido. Mira fijamente hacia un punto al otro lado del cristal.

–¿Perrin?

Dejo el lápiz de ojos y voy a echar un vistazo. Puedo ver los recuadros de luz que proyectan las ventanas sobre el sendero del jardín. Le pongo una mano en el lomo.

Por un instante, me siento atrapada en una especie de tromba sonora, atronadora como un bombo, como si la sangre me golpease los oídos. Luego, Perrin desaparece dando un brinco desde el alféizar y se lanza a la carrera escaleras abajo hasta la ventana de la trascocina.

–¡Perrin! –lo llamo.

Pero no sirve de nada. Oigo el chirrido y el golpe sordo contra el marco. Al poco, se oye el crujido de unas ruedas por el sendero y los faros de un coche bañan el valle. Alexander sonríe cuando le abro la puerta, mostrando unos colmillos de plástico.

–¡Hola! –articula con dificultad–. *¡Tás anásti a!*

–Gracias. –Me echo a reír–. Igualmente. O eso creo.

Alex ha tirado la casa por la ventana. Lleva esmoquin y un gorro de cazador con unas orejas de lobo sobresaliéndole por los bordes. El conjunto lo completan unas patillas de pega y maquillaje de lobo.

–¿De qué vas?

Suelta un bufido como de exasperación y se saca los dientes.

–Y yo que creía que lo tuyo era la literatura... Soy el perro de los Baskerville, evidentemente. –Guarda los dientes en el bolsillo y mira a su alrededor–. ¿Sabes? No creo que haya estado nunca aquí por la noche. Ni por una apuesta.

–¿Tú y el resto de niños de Lanford no teníais nada mejor que hacer que retaros a venir a esta casa? –bromeo mientras cierro la puerta con llave.

–Es solo que... Da igual. ¿Lista para irnos?

Ha venido hasta aquí en un Land Rover, el único vehículo capaz de enfrentarse a la complicada pista del valle.

–No me dirás que aún te da miedo, ¿no? –me burlo de él mientras me meto en el coche, olvidándome de lo asustada que estaba yo anoche.

–No. –Hace una mueca–. Bueno, igual un poco sí. Lo siento, pero este sitio siempre me ha dado escalofríos. Estoy seguro de que será distinto en cuanto hayas podido darle tu toque –se apresura a decir a la vez que enciende el motor.

Miro por encima del hombro a mis espaldas mientras el valle va perdiéndose en la oscuridad y me pregunto si en un futuro conseguiré hacerla mía. Pero las sacudidas del coche me distraen de mis sombríos pensamientos. Vamos bamboleándonos colina arriba, hasta que me entra la risa de lo ridículo que me resulta todo. Me gusta estar con Alexander, o más bien Alex, como me sale llamarlo. Para cuando dejamos atrás la pista, ya he soltado lastre de algunas de mis preocupaciones.

–Y ¿dónde es esta fiesta tuya? –pregunto levantando la voz por encima del rugido del motor.

—No muy lejos. —Sonríe—. En la otra punta del pueblo, nada más.

No sabría decir si es que es así de despreocupado o si está siendo deliberadamente críptico. En menos que canta un gallo, sin embargo, nos ponemos a hablar de lo que escribo, de mis planes para darle un nuevo aire a la casita de campo... Estamos atravesando Lanford y el pueblo está precioso. Las ventanas y las puertas están cubiertas de telarañas de pega, las velas, que han metido dentro de una verdura pálida a la que le han vaciado el contenido como si fuera una calabaza pero que no se le parece en nada, titilan a la entrada de las casas.

—¿Qué son? —pregunto al divisar un ejemplar especialmente repugnante.

—Nabos —dice Alex, y se detiene junto al *pub* para dejar pasar a otro coche—. Somos de Cornualles, aquí no usamos calabazas.

Me echo a reír, y veo a Jack salir del *pub* con unas cuantas personas. Lleva en la mano una pinta teñida de un naranja fuerte. Doy unos golpecitos en la ventanilla y le saludo con la mano. Nuestras miradas se cruzan un instante. Luego, adopta un gesto ceñudo y se da la vuelta para quedarse de espaldas al coche hasta que arrancamos. Siento una punzada de dolor y también de confusión.

—¿A qué ha venido eso? —susurro mirando por el retrovisor.

—¿A qué ha venido ¿qué?

—Lo de Jack Roscarrow. No lo entiendo, el otro día se mostró muy cordial.

Alex guarda silencio un minuto mientras conduce por una carretera que sube por detrás del pueblo.

—Lo siento, Jess —dice al final—. Supongo que es por mi culpa.

—¿A qué te refieres?

Miro hacia él aunque el interior del coche está completamente a oscuras.

–Jack y yo nunca... nos hemos llevado muy bien –dice visiblemente incómodo–. Ya desde niños. Él es de los que cambian de humor como de chaqueta. No se portó bien con algunas cosas. –Gira a la izquierda bruscamente–. Y puede que esté cabreado porque yo arreglase lo de tu luz antes de que él se dignase a hacer algo.

Asiento e intento encajar el recuerdo de esos ojos claros de color avellana y una tarde lluviosa y fría con lo que acaba de pasar. Y es entonces cuando, a la luz de los faros, veo las jambas de una verja que está cada vez más cerca. Son de categoría. Atado a ellas, hay un enorme racimo de globos rojos y naranjas. Por debajo, una placa grabada:

FINCA TREMENNOR
PROPIEDAD PRIVADA

–Tremennor –susurro. No sé por qué, pero ese nombre me hace sentir incómoda–. ¿Por qué estamos aquí? Creía que habías dicho que la fiesta era en tu casa.

–Y así es. –Alexander parece avergonzado–. Bueno, estrictamente hablando, no es mi casa. Aún no. Yo vivo en la cochera.

Puedo ver ya la casa solariega que emerge más allá de los setos oscuros. Hasta el momento, solo había divisado su torre. Ahora, compruebo que se trata de una casa alta, angulosa, construida con piedra gris e iluminada por unas ventanas de las que se desprende un brillo tenue. En la cuesta, los jardines se funden con el bosque. En alguna parte al otro lado de esos árboles, se encuentra Enysyule.

–¿Así que eres un Tremennor? –No consigo ocultar la sorpresa en mi voz–. ¿Por qué no me lo contaste?

—¡Porque no quería asustarte! —Alex gira hacia un patio en forma de U que hay junto a la casa y que ya está infestado de coches—. Sinceramente, Jess, si creías que los rumores en torno a ti eran negativos, espera a oír lo que dicen de nosotros. —Sacude la cabeza en dirección al pueblo—. Quinientos años de envidias no ayudan a hacer amigos. —Suspira y apaga el motor—. Solo quería ser yo mismo por una vez. Sin la carga que llevamos a cuestas.

Me da la espalda y, por un instante, se me ocurre que quizás está molesto conmigo. Pero, luego, se gira hacia mí... con los dientes de lobo puestos.

—*E o omensaé* —dice disparando saliva y en un tono de súplica que hace que en nada ya me esté riendo y me olvide de tierras y de límites y de sueños.

—Vale —digo, y me bajo de un salto—. Pero, si me dejas sola ahí dentro, te mato.

La casa de los Tremennor está a años luz de Enysyule, aunque me resulta extrañamente familiar. Al igual que en la casita de campo, puedo adivinar su historia en cada trazado, en los escalones desgastados por los pies de distintas generaciones, en los parteluces de las ventanas y en los frontones esculpidos.

Alex va delante. A ambos lados del sendero, titilan unas velas que nos guían hacia una sólida puerta en forma de arco. Sobre ella, se cierne una torre cuadrada.

—No me extraña que organicéis fiestas de Halloween aquí —susurro mientras Alex se abre camino—. Parece sacada de una novela de Ann Radcliffe.

—Halloween, no: Allantide —corrige—. Venga, que ya están empezando y nosotros seguimos aquí.

Al entrar en el salón, me cuesta no quedarme mirándolo

todo como una boba. Este sitio parece un museo. Hay cabezas de animales, armas y hasta un escudo en una pared. Me paro a observar de cerca su diseño: un rectángulo ocre con un círculo que atraviesa su parte central y una franja roja por detrás. Siento un hormigueo en la piel al reconocer dichos elementos.

—¿Eso es...? —Me pongo de puntillas para acercarme y ver mejor.

—¿La roca? Sí, estamos vinculados a esa antigualla. —Levanta la mirada—. Forma parte del apellido. *Tre-mennor*: los hombres de la piedra. —Me da un fuerte codazo—. Menuda ironía que esté en tu terreno, ¿no?

—¡Alex! —grita alguien y lo acompaño hacia una estancia amplia y de techos altos, iluminada con velas y faroles.

Los manteles tienen dibujos de relucientes manzanas rojas, hay cintas con murciélagos saltarines colgadas de los candeleros dorados que hay en las paredes. No veo los altavoces, pero deben de estar escondidos en alguna parte ya que, a través de las paredes y sin mucha coherencia, se cuelan ecos de *Thriller*.

Han transformado uno de los extremos de la sala en un bar. Mientras vamos hacia allí, Alex me presenta a algunas personas cuyos nombres se me olvidan al instante. Todo el mundo va disfrazado. Es tan excitante como desconcertante. Me siguen con la mirada mientras cruzo la habitación, los cuchicheos nos van a la zaga. No paro de pensar en mi vestido arrugado, en que huele a la humedad de la caja, en mis botas llenas de arañazos y en mi pelo revuelto.

—¿Por qué nos están mirando? —le digo entre dientes a Alex al acercarnos a una mesa enorme abarrotada de bebidas: botellas de champán puestas a enfriar, barriles de cerveza y de sidra y un bol grande lleno de un líquido rojo.

–Sienten curiosidad, nada más –dice mientras coge un par de vasos–. No es que vengan muchas forasteras guapas por Lanford.

Cohibida, cierro un poco más el chal en torno al pecho. Alex debe de haber notado mi incomodidad.

–Aquí tienes –dice, tendiéndome un vaso–. Esto siempre ayuda.

–¿Qué es?

Me quedo mirando el líquido, de un rojo pálido.

–Ponche. –Choca su vaso con el mío–. Bienvenida al vecindario.

Es un brebaje dulce, con un fuerte sabor a manzana. Siento como me hace efecto casi al momento, y me recorre el cuerpo un cosquilleo que hace que casi se me pase el reparo que me da estar en este sitio. Me bebo el resto del vaso de un trago.

Alex levanta las cejas.

–Por la chica de mis sueños –dice, y sigue mi ejemplo.

Después de servirnos otro vaso, me lleva a dar una vuelta para enseñarme la casa. Pasamos por salones, cuartos de billar, salas y una biblioteca en la que las estanterías de madera absorben la luz y proyectan un brillo cálido y embriagador.

Alex va contándome cosas, parándose a saludar a gente y presentándomela. Me quedo embobada mirándolo, ataviado con ese disfraz de lobo, y una oleada de simpatía me invade. No me imagino crecer y ser niño en un lugar como este, con un apellido de cinco siglos de antigüedad pendiendo sobre mi cabeza. No me extraña que lo vea como un lastre.

Acabamos saliendo afuera y sentándonos en un jardín más abajo, alrededor de un fuego que unos jóvenes (supongo que amigos de Alex) han prendido dentro de un bidón. Tal como él había predicho, todos muestran curiosidad por saber quién soy y por qué he venido. Me gano la típica colección de miradas de extrañeza cuando les digo que he alquilado Enysyule, pero, a medida que corre el ponche, vamos relajándonos.

A pesar del fuego, es una noche fría. Alex da con una manta y nos la echa por encima. «La gente pensará que estamos juntos», me alerta mi conciencia. Pero no le hago caso. El tacto de su brazo pegado al mío hace que en mi cuerpo salten chispas de la ilusión.

–¿Y qué tal Londres –brama un tipo llamado TJ desde el otro lado del fuego. Lleva una chistera y un traje rajado de un lado–. ¿Siempre has vivido allí?

Me encojo de hombros.

–A decir verdad, no. Vivíamos en Manchester. No nos mudamos a Londres hasta que mi padre murió. –Le doy otro sorbo al ponche e ignoro su comentario de pésame–. Hace mucho de eso. Después de que falleciese, mamá quería volver a vivir en una gran capital. Creció en Estambul y decía que echaba de menos el ruido, el gentío. Aunque yo creo que lo que quería era empezar de nuevo, así de simple.

Al pensar en la pronunciación rápida y abierta de mi madre, siento un pinchazo de nostalgia.

–Siempre ha dicho que Londres es como la hiedra: crece y crece y nadie puede recordar su origen ni dónde tiene sus raíces.

Alex guarda silencio mirando al fuego. Antes, me ha contado que sus padres están divorciados. Su madre lleva años viviendo en Nueva York. Me pregunto si esta conversación también le hará echarla de menos. Le doy un codazo, y él me contesta con una sonrisa.

–¿Y tu madre no puso pegas cuando te mudaste aquí? –pregunta una chica enfundada en un traje de licra de gata. Creo que se llama Maisy.

71

—Sí, claro. Está horrorizada. —Me río, y pesco un trozo de manzana que flota en mi bebida—. Y mi hermana, también. Son gente de ciudad pura y dura. Supongo que tienen la esperanza de que desista y vuelva a casa.

—Pues no pienso permitirlo —dice TJ dándose una palmada en la pierna—. Eres lo más interesante que nos ha pasado desde hace un montón de tiempo. Aunque Alexander se las haya apañado para conocerte antes...

—Hum... Y, ¿dónde está el baño? —consulto precipitadamente para esquivar las inevitables preguntas.

El interior de la casa está más oscuro que antes y la fiesta ha ganado en intensidad, se ha vuelto más estridente. Alex ha dicho: «Gira a la izquierda, sigue recto, tercera puerta a la derecha». Empujo la que, con suerte, será la puerta del baño y me doy de bruces con un zombi meando.

—¡Lo siento!

Me escabullo a toda prisa, medio muerta de vergüenza, por el pasillo a oscuras.

¿No dijo Alex que había otro baño arriba, junto a las escaleras? Estoy otra vez en el pasillo, con su escudo de los Tremennor y sus paredes adornadas con recuerdos. Al ver una pistola con fusil de mecha, me entra un escalofrío. Con paso vacilante, subo por una antigua y enorme escalera de madera.

Aquí arriba está más oscuro. Solo hay una o dos lamparitas de mesa iluminando el camino. Siento que, de algún modo, estoy entrando en terreno ajeno, pero mi vejiga insiste en que me urge encontrar un cuarto de baño. Afortunadamente, está justo donde Alex me dijo. Al salir, cierro la puerta con el mayor de los cuidados para ir hacia las escaleras y bajar, con un poco de suerte, sin que nadie me vea.

Al girarme, algo me llama la atención. Han abierto una de las puertas que hay un poco más adelante en el pasillo, y la luz incide sobre un cuadro colgado en la pared de enfrente. En contra de lo que me dicta la razón (y con la mente nublada por el alcohol), voy hacia él. Representa a un hombre vestido con un abrigo lleno de adornos y que lleva un cuello alto y blanco. Tiene una mano posada en un mosquete; la otra, en la cabeza de un perro. Según una placa deslustrada, es Godfield Tremennor. Me quedo mirando la cara del retratado.

El hombre de mi sueño baja la vista. Su gesto es frío, y, por un momento, me transporta a la roca de Perranstone, al terror que me invade, al olor de los hombres, al peligro y a los perros rodeándome...

Una voz rompe el silencio, y el bosque oscuro se desvanece, sustituido por el pasillo y el sonido de la fiesta que asciende por las escaleras. A esa voz, se suma otra; en este caso, femenina, en un tono ligeramente elevado, como si se tratase de una discusión. Proceden de la habitación contigua, la que está a mis espaldas. No debería estar escuchando; quizá ni siquiera debería estar aquí arriba. Estoy a punto de marcharme a hurtadillas cuando oigo la palabra «Enysyule».

Lo que hace que me detenga.

—... furioso por eso —ladra un hombre. Su acento es educado

—Mira, ya sé que debe de resultarte frustrante. —Reconozco la voz: es Michaela Welwyn. Al amparo de la oscuridad, me acerco un poco más—. Te aseguro que fue...

—No me vengas con eso —se enoja el hombre—. ¿Por qué no me avisaste de que tenías a alguien que quería venir a ver la casa? ¡Pensaba que te había dejado bien claras mis intenciones!

—Me comentaste lo que tenías en mente, sí —dice Michaela, subiendo el tono—. Pero el negocio es el negocio, Roger. No podía permitirme rechazar a una inquilina estupenda por culpa de tus nada claras intenciones.

—¡Deberías habérmelo contado! —suelta él, furioso—. ¡Sabes perfectamente que me habría acercado hasta allí antes! ¡Maldita sea! ¿De verdad creías que no me molestaría que una londinense sin idea de nada husmease en ella de haberlo sabido?

—Agradecería que te ahorrases las maldiciones —dice Michaela—. No me esperaba que la señorita Pike firmase el arrendamiento al momento, pero lo hizo, así que tampoco es que hubiese margen para notificártelo.

—Ni siquiera es legal —La voz del hombre es ahora dura. Se me revuelve al estómago. ¿Qué quiere decir? —Vincular una casa a la esperanza de vida de un maldito gato... En un juicio, no se sostendría; y, créeme, pienso...

Al acercarme más tratando de no perderme nada, el peso de mi cuerpo hace que las tablas del suelo suelten un quejido nada discreto y revelen mi presencia.

—¿Quién anda ahí? —suelta el hombre, y solo me da tiempo a recular unos pasos en el pasillo antes de que abran la puerta de golpe y la luz me dé de lleno.

—Ejem, yo... Lo...lo siento —tartamudeo, plenamente consciente de que me he sonrojado—. Estaba buscando el baño.

El hombre me mira fijamente. Su rostro, tenso, denota la frustración que siente. Anda por los sesenta y va vestido como un aristócrata, maquillado de blanco y con un rastro de sangre muy logrado atravesándole el cuello. Oigo pasos y, antes de que pueda marcharme, Michaela sale al pasillo. Va vestida, sin mucha parafernalia y con gafas, de Cleopatra. Al verme, los ojos —con la raya muy marcada— casi se le salen de las órbitas. Si no estuviese tan perpleja, la escena me parecería cómica.

—¡Jess! —exclama—. Señorita Pike, quiero decir. No sabía que estaba aquí.

Nos quedamos mirándonos los unos a los otros durante un segundo, con la magnitud de su discusión pendiendo sobre nosotros.

—Sí —le explico en cuanto recupero la voz—. Yo... Alexander me invitó.

—¿Alexander? —inquiere el hombre frunciendo el ceño—. ¿Ha venido con mi hijo?

—Pues sí. ¿Hay algún problema?

Se le muda el semblante y sonríe, seco.

—No, no, claro que no. Es solo que me sorprende. Se le olvidó mencionar que la había conocido. —Extiende una mano hacia mí—. Roger Tremennor.

Con la cabeza hecha un lío, estrecho la mano que me ofrece.

—Jessamine Pike. He alquilado Enysyule.

—Eso tengo entendido...

La mirada que le echa a Michaela es inequívoca.

Recobrando el ánimo, esta me coge por el brazo y me lleva hacia las escaleras.

—Mire qué curioso, señorita Pike. ¿Sabía que Enysyule linda con las tierras del señor Tremennor?

—Sí —le digo mientras me aguanto las ganas de bajar corriendo las escaleras—, por el bosque, al otro lado de la roca de Perranstone.

Se hace un silencio tenso.

—Efectivamente —dice Tremennor—. Compartimos nombre con ella. Hubo un tiempo en que éramos dueños de todo ese valle.

—Pensaba que era propiedad de los Roscarrow.

Me mira de reojo.

—Ha estado investigando un poco, ¿a que sí?

—¡Jess! —Alex sale a toda mecha de la habitación principal, con las patillas de hombre lobo descolocadas. Al ver a su padre y a Michaela, se para en seco, sonrojándose un poco–. Ah, papá. Esta es...

–Ya nos hemos presentado nosotros –lo interrumpe Roger–. ¿O tenías pensado mantenerla en secreto toda la noche?

Alex le hace una mueca y me agarra del brazo.

–Hola, Michaela –suelta por encima del hombro mientras me arrastra hacia el abarrotado salón–. ¡Uf!, lo siento –me susurra al oído–. ¿Ha sido muy horrible? A veces, papá puede ser de trato difícil.

La conversación que he oído sin querer me ha dejado temblando. «Si ni siquiera es legal...». Está claro que Roger Tremennor quería Enysyule y, por lo que sea, no consiguió hacerse con ella. ¿Hablaba así solo por rencor? Me gustaría preguntarle a Alex, pero ha empezado a tocar un grupo en directo y me ha chafado las esperanzas de seguir conversando. Me toca esperar.

TJ, el amigo de Alex, se pone eufórico al vernos. Se ha agenciado una botella de tequila de no sé dónde y está ofreciendo rondas de chupitos. Acabo tomándome uno para calmarme y otro para librarme de los pensamientos que se me acumulan en la cabeza, las caras de la gente que probablemente no me hayan presentado, la insidiosa certidumbre de que Roger Tremennor me va a traer problemas...

Cuando el grupo se anima con una estridente saloma, dejo que la masa me arrastre hasta la pista de baile. Nos cogemos del brazo y revoloteamos entonando juramentos de piratas. Poco después, llega un solo de violín. La melodía se vuelve más animada, y se nos une más gente pateando y dando palmadas. La música se me mete en la sangre hasta tal punto que ya no soy yo, sino un conjunto de extremidades que se mueve al ritmo del baile, al igual que otros cuerpos a lo largo de los siglos. Volviéndose cada vez más rápida, la canción va tocando a su fin y el círculo que formamos acaba disolviéndose.

A través de la multitud, veo a Roger Tremennor mirándome con interés, al igual que el hombre que aparecía en mi sueño... Nuestras miradas se cruzan, y yo trastabillo al tropezar con mi propio vestido. Alex está ahí para sujetarme. Me pone las manos en la cintura y me da vueltas hasta que todo se nubla a mi alrededor. En otro lugar y en otro tiempo, podríamos ser el joven señor de Tremennor y la chica de Enysyule.

Al final, mareados y con las piernas flojas de tanto reír, salimos tambaleándonos del salón, agarrándonos el uno al otro para no perder el equilibrio. Afuera, la noche se me cuela en los pulmones como si de agua helada se tratase. Hay unas cuantas personas sentadas junto al barril con la fogata, pero Alex me coge de la mano y me lleva hacia un jardín vallado.

–Alex, qué... –Me río, y luego su boca se posa en la mía y me quedo sin aliento cuando me besa.

–Lo siento –dice al separarse–, pero es que llevo queriendo hacer esto desde que te vi.

–Yo... –susurro sin apartarme–. Acabo de llegar aquí, no hace nada que nos conocemos.

«Y tu padre quiere Enysyule y le gustaría librarse de mí, igual que hicieron antes tus antepasados».

Estamos de pie, y nuestros cuerpos bailan al son de la música, del alcohol y de la posibilidad de estar juntos. Entonces, empiezo a besarlo; porque esta es una historia que se repite, porque más allá del retumbar de mi corazón y del sonido acelerado de nuestra respiración hay otro ruido –el del cuchillo– que talla la forma de un corazón, que talla en piedra una promesa rota.

Nada de sueños, quédate con este: la voz de una mujer cantando «*'Ma greun war an kelynn mar rudh 'vel an goes*».

Las palabras me resultan a la vez familiares y extrañas, la tonada es sencilla. «*Kelynn* –repite la mujer–. *Kelynn*»; y, dentro de mí, sé que se trata de una canción de invierno, una canción para cuando el fuego arde en todo su esplendor, para cuando el verde del acebo brilla en la nieve... Pero es demasiado frágil para el universo consciente. Al revolverme, se rompe igual que el hilillo de una telaraña y se desvanece. No muevo ni un músculo durante un buen rato con la esperanza de que vuelva a sonar, de que me atrape de nuevo. Poco a poco, voy notando un martilleo en la cabeza; los miembros, pesados. Gimo y me doy la vuelta. Hundo la cara en el edredón.

No en un saco de dormir sino en un edredón. Me incorporo como un rayo y la cabeza empieza a darme vueltas. Veo una habitación amplia, pintada de blanco, con las vigas a la vista y unas ventanas modernas en forma de arco. Se me viene todo de golpe: el baile y el tequila, el jardín vallado, nosotros escapándonos por un sendero iluminado con velas, las copas de vodka muy frías –en un primer momento parecían muy buena idea– y luego...

Se me suben los colores al mirar a mi alrededor. Ni rastro de Alex. No estoy segura de si debería estar alegre o lamentar lo ocurrido. Hay un vaso de agua junto a la cama. Está claro que fui lo suficientemente previsora para dejarlo ahí antes de acostarme. Me lo bebo de un trago y me desplomo de nuevo sobre los almohadones. Ojalá se me pasase la jaqueca para poder pensar con claridad aunque fuese un segundo.

Siento unos pies que suben despacito por las escaleras. Me armo de valor para echar un ojo por encima del edredón, y ahí está Alex, con su pijama azul, haciendo malabarismos con dos tazas y un plato de galletas.

—Buenos días —dice, y deja una taza a mi lado—. Pensé que a lo mejor te venía bien.

—Gracias. —El olor a café recién molido me embriaga, igual que una ola fría en un día caluroso—. Desde luego que me hace falta.

—A mí también —gimotea Alex, sentándose al borde de la cama.

Cojo la taza entre las manos.

—Así que...

—Hum...

—Desde luego, esto no entraba en mis planes.

Baja la vista a su taza.

—Tampoco en los míos... ¿Te arrepientes?

Me hacen sonreír los restos de maquillaje de hombre lobo que tiene en la mejilla.

—Probablemente debería hacerlo. Visto el nivel de cotilleo que hay en el pueblo... —digo—. Pero no.

Se le dibuja una sonrisa de oreja a oreja. Deja la taza y se lanza rodando hacia mí.

—Olvídate de los cotilleos —dice—: son pastranas.

—¿Que son qué? —Me echo a reír.

—Pastranas —repite—. Es algo que decimos por aquí para definir a una pila de tonterías.

—¿Sabes más? —Me vienen la suave voz cantarina y la canción que no conseguí entender en mi sueño, a pesar de que, de algún modo, pude intuir su significado. ¿Sería también de Cornualles?

—Algo más, pero no mucho —dice Alex—. ¿Por qué? ¿Pensabas que sería un experto en la lengua antigua?

Le doy con un almohadón.

—Supuse que sabrías al menos algo, teniendo en cuenta que has vivido aquí toda la vida.

De repente, me viene el recuerdo del padre de Alex mirándome fijamente. «Hubo un tiempo en que el valle entero era nuestro», había dicho.

—Alex —digo, y él debe de notar el cambio en mi voz, ya que suelta el almohadón que había cogido para contraatacar—. Anoche, escuché sin querer una conversación entre tu padre y Michaela. ¿Es verdad que quería hacerse con Enysyule?

Se lo ve sorprendido. Coge su café y le da un trago largo.

—¿Le escuchaste decir eso?

—Sí, y sonaba bastante mosqueado porque Michaela me la había alquilado a mí y no a él.

Alex hace un sonido gutural.

—Sé que habló de eso con Michaela hace tiempo, pero nunca llegó a firmar nada. De ahí que pudieses venir tú y levantársela cuando ya nadie contaba con eso. Ni él mismo se lo esperaba. Creo que se le olvida que los negocios no es solo guiñar un ojo y soltar cuatro palabras como quien no quiere la cosa. —Sorbe el resto del café. ¿Le está quitando hierro?—. De todas formas, no te lo tomes como algo personal. Mi padre se ha propuesto darle un impulso a la finca. Va detrás de cualquier finca en quince kilómetros a la redonda.

Al no responderle, pone cara seria. Estira el brazo y me aparta un mechón de pelo de la mejilla con una caricia.

—Me alegro de que no se hubiese hecho con ella, ¿sabes? Si no, no te habría conocido.

Al final, asiento y rescato el café, que había dejado olvidado.

—¿Puedo... invitarte a salir algún día? —me pregunta mientras bebo—. Sería un placer.

Mi parte racional me dice que no es buena idea y me recuerda que ni siquiera sé si me está diciendo la verdad respecto a su padre. Pero, a pesar de eso, no puedo evitar sentir que el destino me lo ha puesto en mi camino y que estoy ante algo importante.

—¿Por qué no? —respondo.

Suelta un grito de alegría.

—¿Qué te parece esta tarde? Dicen que hará bueno, así que podemos ir a donde quieras... —A continuación, se echa para atrás—. A no ser, claro, que tengas otros planes.

—De hecho, hay un sitio al que tengo muchas ganas de ir y aún no he tenido ocasión. Aunque no es lo que se dice romántico.

—No importa. ¿A dónde?

Noto que se me dibuja una sonrisa.

—A la ferretería. A la grande que hay en Redruth.

Alex pone cara de sufrimiento.

—¿Qué pasa? —pregunto—. ¡Es que necesito un montón de cosas para la casita de campo, y tú has dicho que podía elegir el sitio!

—Exacto. —Me da un beso en la mejilla—. Pues no se hable más: ¡Nos vamos a la ferretería! Con la condición de que incluyamos la comida. Comprar material de bricolaje en plena resaca no es moco de pavo, créeme.

Cuando llego —con los brazos cargados de destornilladores, bayetas y jabón de la zona—, Perrin me está esperando. Arquea la espalda y bosteza con toda la intención, como si dijese: «Ah, veo que por fin has decidido volver a casa». Me arde la cara de la vergüenza: aún siento un hormigueo al recordar el tacto de los labios de Alex. Al traerme hasta aquí, intentó convencerme de que me saltase la escritura por un día y me fuese a cenar con él. Estuve tentada de hacerlo, mucho, pero en algún momento tenía que echar el freno.

Además, podía sentir que Enysyule me estaba esperando. Al igual que Perrin, que estaría aguardando a que le diese la cena.

—Deja de mirarme así —le digo al gato—. Puedo quedar con quien quiera.

Perrin hace un ruido a medio camino entre un maullido y un gruñido y da un salto para dirigirse —con toda la intención— a la despensa, donde están las reservas de atún enlatado. Mientras come, estreno un paquete de bayetas y un bote de limpiador de muebles. Ahora que ya he recibido mis cosas de Londres, ya no hay excusa para no poner orden. Además, me vendrá bien distraerme.

Me parece que empezaré por el dormitorio, la zona más fácil. Aparte de la mesa, del baúl cerrado con llave y de mi maleta abierta de par en par, aún no hay gran cosa en él. Nunca antes había abrillantado el cabecero, y me doy cuenta de lo bonito que es. Está todo tallado con un intrincado diseño de hojas y bayas, y encaja perfectamente en la pared irregular. Debieron fabricarlo a medida para esta habitación. La madera, oscura, absorbe el abrillantador que le aplico y me ofrece, a cambio, una pátina de un marrón rojizo, como las castañas de indias que mi hermana y yo recolectábamos hace años en los parques de Manchester y que lucían lustrosas en sus verdes abrigos de pinchos. Papá solía agujerearlas para que pudiésemos ponerles un cordel y jugar contra los otros niños del colegio.

Al igual que la mesa de abajo, en el cabecero se aprecian señales del paso del tiempo, generaciones de marcas y arañazos. Los abrillanto uno a uno, con cuidado. Al fin y al cabo, tienen tanto valor como el resto de la pieza. Y, al terminar, rebusco en las cajas de la mudanza hasta dar con sábanas, mantas y almohadones. Por fin, puedo guardar el saco de dormir. Nada más hacerlo, la habitación ya parece más acogedora. Después de las emociones y de la sensación de extrañeza de las últimas veinticuatro horas, lo único que me apetece es meterme bajo las mantas. Pese a ello, me obligo a ir al piso inferior. Me toca escribir.

Como siempre, Perrin viene a sentarse junto a mí mientras trabajo. Agradezco el silencio en el que nos sumimos. Me alegro de no haber intentado arreglar la radio. El sonido del fuego, el ulular de un búho a lo lejos y el suave ronroneo de Perrin me hacen suficiente compañía.

Mi libro va creciendo lentamente, como una planta de semillero al sacarla de la tierra: una pulgada al día. Acabo escribiendo sobre un lugar que es y no es Enysyule. Me inspiro en sus telarañas enhebradas con el rocío, en las huellas de azogue de sus babosas, en sus capas de polvo como un fino pelaje; las tejo con hilos de ilusión y hebras de fantasía, como si fuesen antiguas historias de un mundo ajeno al nuestro. Las palabras me salen solas, peleándose por llegar a las yemas de mis dedos. Apenas presto atención a lo que tecleo. Escribo y escribo hasta que no paran de cerrárseme los párpados y las palabras se me contaminan con ensoñaciones varias. Cojo el portátil, que se me resbala y a punto está de caérseme al suelo. Lo dejo de mala gana sobre la mesa y subo las escaleras tropezándome con ellas. En la cama, me esperan unas sábanas deliciosamente limpias.

—Perrin —llamo, medio dormida. Aparece una sombra negra y peluda y se me sienta en las piernas—. No puedes quedarte ahí —susurro.

Perrin no está de acuerdo; me suelta un «brrrr» y se pone a amasar con las patas sobre mis rodillas. Me quedo dormida antes de que me dé tiempo a decir ni mu.

La tierra tiene su propio lenguaje, uno en el que los nombres representan la realidad existente: Baldhu («mina negra»), Halwyn («páramo blanco»), Redruth («vado rojo»)... Es un lenguaje que cuenta dónde la tierra seca se vuelve ciénaga, dónde se hallan las hondonadas y los zorros hacen sus madrigueras. Que sabe que, si bien el papel se desgarra, la tinta se desvanece y la gente olvida, la piedra guarda la memoria.

«Aquellas criaturas que tienen la suficiente valentía para llegar hasta aquí me cuentan historias. Dicen que los lugares de antaño están a punto de desaparecer, que las carreteras atraviesan los campos y dejan cicatrices profundas, que abren las carnes de la tierra. Los hombres de hojalata también rajaron la tierra; la cogieron entre sus manos, siguiendo sus vetas refulgentes, y le sacaron la sangre pero no hasta secarla. Las criaturas me dicen que ahora hay máquinas más altas que las casas, más fuertes que cien caballos, que sorben la tierra hasta dejarla seca. Hasta aquí no llegarán. No podrán. Este sitio está a salvo, protegido por las piedras y los espíritus. Es...».

El cursor palpita al final de una frase a medio terminar. Me quedo mirándolo sin creérmelo. La taza de té se está enfriando sobre la mesa. Mi intención era echarle un vistazo rápido a lo que había escrito la otra noche; pero es que esto... No recuerdo haber escrito ni una palabra. Vuelvo a leerlo. ¿Qué demonios significa «piedras y espíritus»? Todo ese párrafo suena a alarma, a preocupación por lo que pueda sucederle al valle. Yo soy la responsable de cuidar de Enysyule, al menos por un año, ¿no? Y no hay vuelta de hoja. Con todo, no consigo sacudirme una vaga y molesta sensación de inquietud mientras subrayo el texto y lo copio en un nuevo documento. Tendré que hablar con Michaela la próxima vez que vaya al pueblo.

Por ahora –y por mucho que les pese al viejo señor Roscarrow o a Roger Tremennor–, mi intención es hacer de la casita de campo mi hogar. Empiezo a crearme una rutina: un té y unas tostadas de desayuno para mí y, para Perrin, atún; luego, limpio y ordeno. A última hora, escribo.

Empiezo a familiarizarme con las costumbres de la casa. Me encuentro murciélagos dormidos en el retrete exterior, colgados de las barras y de las cornisas de las ventanas. Por las mañanas, descubro inexplicables rastros de caracoles en los adoquines. Estoy superando –la necesidad obliga– el miedo a las arañas. A Perrin lo traen sin cuidado. Con cierta frecuencia, se lanza y juega con ellas antes de animarse a comerlas, cosa que hace masticando metódicamente, a pesar de los soniditos con los que le muestro el asco que me da.

Parece que Perrin y yo hemos hecho también un pacto doméstico, aunque siempre encuentra la manera de recordarme que estoy viviendo en su casa, por lo general, apoderándose de unos dos tercios de la inmensa cama tallada o atacando el ratón de mi ordenador como si estuviese convencido de que es su deber acabar con él. Otras veces, se pasa la noche en el tejado, aullándole a la luna melodías gatunas.

En noches así, mis sueños se vuelven más vívidos que nunca. Son cosas extrañas y efímeras, plagadas de corazones que laten y de ojos salvajes. En una ocasión, me levanté con el nombre de un desconocido en la punta de la lengua, pero se esfumó en cuanto quise pronunciarlo. En otra, juraría que emergí de un sueño con sabor a brandi en la boca. A la luz del día, esos sueños van marchitándose hasta que no queda de ellos más que una sensación.

Un día, sacándoles el polvo a los libros del aparador y haciendo sitio para los míos, me encuentro de nuevo el cuaderno de bocetos con la elegante firma de Thomasina Roscarrow. Esta vez, decido prestarle más atención. Está lleno de dibujos al carboncillo, de cosas bonitas dispuestas sin orden ni concierto en distintos tonos y matices. Algunos los reconozco: zonas del valle, el prado, una vieja maceta rota que aún sigue junto a la puerta delantera... Pero el mejor es uno imaginado por ella que tiene una extraña conexión con mis sueños. Muestra una enorme silueta con forma de gato que se enrosca como el humo alrededor de la casita de campo. El trabajo de difuminado sobre el papel evoca su largo pelaje y sus ojos brillantes. Sonrío y acaricio el canto de la página. Es Perrin, no cabe duda.

El gato acude un poco más tarde ese día a hacerme compañía mientras sacudo unas bayetas sentada en el escalón de la entrada. Estamos a punto de darle la bienvenida al invierno. Pronto, caerán las últimas hojas y despejarán las ramas para cuando lleguen las heladas. Con porte majestuoso y presumiendo de pelo esponjoso, Perrin vigila el valle. Por probar, le meneo la bayeta delante de la cara. Pestañea indignado y se le crispan los bigotes. Yo sonrío y repito el movimiento. Noto que intenta resistirse, curva las garras sobre la piedra. Y como –por mucho que cueste creerlo– no deja de ser un gato, cuando le paso la bayeta por delante una tercera vez, le da un zarpazo y se larga.

Me echo a reír a la vez que reculo dando saltitos. El aire frío hace que mi aliento se transforme en vaho. Perrin revolotea tras de mí, venga a pegar botes como un muelle, a chispear con los ojos y a pincharme con las uñas. Al final, consigue ablandarme y me roba de un tirón la bayeta de la mano. Como un rayo, la atrapa con los dientes y sale corriendo hacia un lado de la casa. En nada, ya se oye el sonido de la tela al rasgarla.

Me seco los ojos de lo que me he reído, y a punto estoy de meterme dentro cuando veo a un tipo observándome entre los árboles. Me muero del susto hasta que reconozco el abrigo y el sombrero que le pone la guinda.

—¡Jack! —lo llamo, dejando a un lado su comportamiento huraño del otro día a las puertas del *pub*. No me contesta, pero me lanzo hacia él con la esperanza de que haya decidido recuperar la buena sintonía—. ¿Has venido a hacerme una visita? Estaba a punto de prepararme un té.

Su rostro me resulta de lo más inescrutable. Su boca se ha transformado en una delgada línea escondida entre una incipiente barba negra. Se saca un sobre el bolsillo y me lo tiende sin miramientos.

—He venido a entregarte esto —dice—. Nada más.

Se da la vuelta con intención de marcharse. La ansiedad se abre paso en mi estómago.

—Espera. —Doy unos cuantos pasos tras él—. ¿Qué es esto?

El sobre no da ninguna pista, excepto que va dirigido a J. PIKE.

—Es una factura —dice, sin tan siquiera mirarme, posando sus ojos en el valle, por encima de mi hombro.

—¿De qué? —Empiezo a rasgar el papel para abrirla.

—De los daños causados en las tierras de mi abuelo —dice—. Los electricistas esos se cargaron un seto con la camioneta. Habrá que replantarlo.

Me quedo mirando el trozo de papel, el montante escrito a mano, sin ambages, en letras mayúsculas.

—Lo... lo siento. Yo no les dije que...

—No; tú, no. Ya estaba tu novio para encargarse de eso.

—¿Cómo?

–Ya sabes de qué hablo.

–Si te refieres a Alexander –le suelto, y el enfado me sube por la garganta como si fuese espuma–, te diré que no, no es mi novio. Pero fue lo suficientemente amable como para solucionarme lo de la luz. Que es más de lo que tú hiciste, y eso que me lo habías prometido.

–Te lo prometí porque creí que me había equivocado contigo –dice Jack, con las mejillas encendidas–. Le dije a mi abuelo y a sus amigos que debería darles vergüenza, que tú eras una persona legal. Ahora, he quedado como un idiota.

–¿Y eso por qué? –Se me sube la sangre a la cabeza–. ¿Porque decidí pasar la noche con alguien a quien tú no puedes ver por una estupidez?

Jack guarda silencio, con la mandíbula rígida. Durante unos breves pero intensos segundos, nos miramos fijamente.

–Bueno –dice por fin–, creo que ya has dejado claro de qué palo vas. Por favor, paga la factura en un plazo de dos semanas.

Y se marcha dando zancadas sendero arriba y encogiendo el cuerpo bajo el abrigo.

–Fue tan maleducado –grito por encima del ruido de la ducha–. Tendrías que haberlo oído. Y esa factura... De no haberlo visto, se habría limitado a dejarla por ahí para que me la encontrase, sin ninguna explicación ni nada.

Dejo que el agua me caiga a chorro sobre la cabeza y me enjuague con su fuerza el champú del pelo. Ojalá el mal cuerpo pudiese esfumarse también con esa facilidad.

–La culpa es mía... –Oigo que dice Alex desde fuera de la ducha–. No debería haberme metido.

–No, no lo es. –Me limpio el agua de los ojos como intentando ver más allá de la mampara–. Lo único que pretendías era ayudar. Son ellos los que me han estado complicando la vida desde el principio.

Deja escapar un suspiro.

—De todas formas, esto no tiene que ver contigo, Jess. No exactamente. Los Roscarrow siempre han traído problemas. Si no fuese por eso de la casita de campo, sería por cualquier otra cosa. Que tú te mudases aquí no hizo más que agitar las aguas otra vez. Simplemente eso.

Los azulejos se hacen eco del sonidito escéptico que se me escapa.

—Bueno, la verdad es que se están tomando en serio lo de librarse de mí. —Me froto el pelo otra vez—. ¿Sabías que Michaela ha intentado conseguirme un fontanero que viniese a echarle un ojo a la caldera? Pues le han dicho todos que no. Y me da a mí que tú sabes por qué.

—Mi padre tiene contratado un fontanero para el mantenimiento de la finca. Puedo hablar con él si quieres.

No sé qué hacer, así que dejo que el sonido del agua corriente llene el silencio. No quiero deberle nada a Roger Tremennor.

—Gracias, pero creo que prefiero solucionarlo por mi cuenta.

—Como veas. ¿Tienes pensado salir de ahí en algún momento?

—De eso, nada. —Me sumerjo de nuevo en el agua—. Esto es el paraíso. Tendrás que sacarme de aquí a rastras.

Un buen rato más tarde, estoy tumbada en la oscuridad y totalmente despierta. A pesar del calor que desprende Alex a mi lado, del vino que hemos bebido y de la suavidad de las sábanas; no soy capaz de dormir. Me doy cuenta de que echo de menos los ruidos de la casita de campo: sus crujidos y chirridos preparándose para la noche, la llamada de los búhos, el estruendoso ronroneo de Perrin. Aquí, por mucho que agudice el oído, lo único que oigo es el zumbido de la electricidad, el siseo del lavavajillas, la respiración de Alex. Antes de marcharme de Londres, esa era la norma: me quedaba despierta en la oscuridad con mi cerebro pasado de revoluciones y, a medida que discurrían las horas, mis pensamientos se iban volviendo más y más negativos. Hacía semanas que no me sucedía, pero aquí estoy: sacudiéndome y dando vueltas y preocupándome hasta que la luz del alba empieza a filtrarse por las persianas. Cuando por fin me quedo dormida, tengo sueños livianos, endebles, con proyecciones de lo sucedido durante el día, palabras de desprecio... y unos ojos claros de color avellana.

–Jess, ¿estás bien?

Me están sacudiendo.

–¿Qué? –susurro, aturdida. Alex se inclina sobre el borde de la cama. Ya está vestido. Lleva una camisa y unos pantalones de vestir–. ¿Qué hora es? –Palpo buscando el teléfono.

–Hora de levantarse, me temo. –Sonríe–. ¿Estás bien? Pareces agotada.

–No he dormido muy bien. –Me aparto el pelo de la cara–. Lo siento, estoy hecha un desastre.

Me coge la mano.

–¿Sigues preocupada por Roscarrow? Si quieres, puedo hablar con los contratistas del pueblo. Muchos de ellos trabajan para mi padre.

–No. –Me froto los ojos–. Esto es algo que tengo que hacer yo. No pienso marcharme. Tarde o temprano, van a tener que acostumbrarse a mi presencia.

–Así me gusta. –Y tira de mí–. Venga, que tengo que irme a una reunión con mi padre y unos inversores por lo del nuevo puerto deportivo. Puedo dejarte en el pueblo para que vayas a pelearte con los vecinos.

Lanford está de bote en bote. Todo lo de bote en bote que puede estar un pueblo recóndito en lo más profundo de Cornualles. En la calle principal, hay una vieja y destartalada plataforma elevadora que bloquea el paso. Me paro a ver cómo levantan a un chico –al que le ha tocado pringar– a paso de tortuga. Va engalanado con cables y más cables y trata de echar el cabo de uno por encima del gablete del *pub*. En la calle, sopla un viento racheado que hace que la plataforma se balancee y que el chico se asuste y se le escape un grito. Localizo a Pete, el primo de Liza, el del *pub*, que está mirando y sacude la cabeza. Lleva puesta una cazadora reflectante, como si se encargase de dirigir el tráfico, aunque la mayoría de los motoristas también se han parado a ver.

–¿Qué pasa? –pregunto mientras el chico trata de alcanzar el gablete con el cable.

–Las luces de Navidad –dice Pete sin dejar de mirar hacia arriba–. Todos los años, el mismo dichoso follón. ¡A la izquierda, Liam! ¡A la izquierda!

Los dejo con su particular pasatiempo y busco refugio en la tienda del pueblo. Es diminuta y estrecha, pero en las baldas parece que hay de todo, desde medias hasta lápices, pasando por cebollas cultivadas en la zona. Doy vueltas y voy llenando la cesta con leche, mantequilla y galletas. En la estantería, queda una media docena de latas de atún. Cojo cuatro, dudo y, al final, acabo llevándome también el resto.

–Buenas tardes, señorita Pike –me saluda el hombre del mostrador, aparcando lo que tiene pinta de ser un libro sobre armas medievales.

No nos han presentado formalmente, aunque eso tampoco importa mucho por estos lares. Intento no ruborizarme al pensar en lo que los cotillas del pueblo habrán dicho de Alex y de mí.

—Buenas tardes, Reg —le digo, leyendo la chapa identificativa que lleva prendida del jersey—. ¿Qué tal está?

Me mira inquisitivamente por encima de las gafas.

—Tirando, señorita Pike, tirando. —Se pone a coger cosas de mi cesta, escudriñándolas antes de pasarlas por la caja.

—Andan colocando las luces de Navidad —suelto, por decir algo.

—¿Están con eso ahora? —Sale con un paquete de galletas en la mano y va a echar un vistazo al escaparate—. Mire, tienen ahí subido a Liam Bligh, un chiquillo que no sabe ni hacer la o con un canuto. —Sigue mirando unos minutos más y vuelve para acabar de embolsar mis cosas—. Esperemos que lo hagan bien. Aunque supongo que no pasará aquí la Navidad, ¿no, señorita Pike?

Me echa las galletas en la bolsa. Me ha enfurecido.

—¿Y por qué no? Aquí es donde vivo.

Reg inclina la cabeza.

—No pretendía ofenderla, es que pensé que las pasaría en su tierra, con la familia. Nada más. ¿De dónde es usted? ¿De Londres?

—Ah... —Lo miro mientras pasa una caja de té—. Sí, de Londres. Aunque no somos de hacer gran cosa en Navidad...

Afuera, el viento azota la calle, arruinando los peinados de la gente y llevándose por delante las papeleras. Una ráfaga de lluvia golpea en el cristal. Levanto la mirada y me encuentro a Reg inspeccionando mi cesta con cara de lástima.

—Parece que le ha cogido gusto al atún, ¿eh, señorita Pike? —dice—. Pediré más, entonces.

Miro la media docena de latas que llevo.

—Es... Ejem... No es para mí. Es para el gato. No prueba la típica comida para gatos.

A Reg, se le ilumina la cara.

–¿Para el viejo Perrin? ¿Así que se lo ha ganado?

Se me escapa una sonrisa.

–Creo que ha llegado a la conclusión de que como ama de llaves le sirvo.

–Buena señal, sí, señor.

Reg asiente muy formal y saca el total de la compra.

–Mire, olvídese de esa basura. –Le echa una mirada llena de desprecio al atún–. Por las mañanas, acérquese a los barcos pesqueros. Dígales que va de mi parte. Le darán unos buenos trozos. La señorita Roscarrow pasó años haciendo eso.

–Y supongo que ellos también conocen a Perrin, ¿no?

Reg suelta una risita.

–Siempre ha sido mucho de pescado, ese gato. Igual le dan algo de salmón para él por Navidad.

Me echo a reír yo también, animada por su amabilidad. Reg me sonríe por encima de las gafas.

–¿Es cierto eso que dicen de que necesita un fontanero para la casita de campo?

Cómo no, también está al tanto de eso.

–Sí –le digo con cautela–, aunque no ha habido mucha suerte. Parece que están más cotizados que el oro en esta zona.

–Pruebe quizá con la señora Amity Hesketh, una ancianita del pueblo de al lado. –Baja la voz, a pesar de que no hay nadie a la escucha–. No es lo que se dice fontanera, sino que es más bien una manitas. Pero de algo le valdrá, eso seguro. Tiene sus datos ahí, en el escaparate –concluye, señalando con la cabeza.

–Gracias –le digo, sorprendida. Él asiente, satisfecho–. ¿Reg? –le pregunto después de un momento mientras le doy el dinero–. ¿Quién era el propietario de Enysyule antes de la señorita Roscarrow? ¿Tiene alguna idea?

—Depende de lo que entienda por «antes». –Se pone a contar las vueltas en la máquina registradora–. Tiempo atrás, supongo que sería de los Roscarrow. –Se encoge de hombros–. Y, antes de eso, puede que fuese de los Tremennor. No le sabría decir.

Se abre la puerta con un tintineo y entran dos señoras mayores, que se me quedan mirando como si me hubiese salido otra cabeza.

—Gracias, Reg –le digo recogiendo la compra–. Ya nos veremos.

Fuera, estoy a punto de acabar en el suelo por culpa del viento. Veo a Liza luchando con un paraguas que se le ha volteado junto al café/oficina de Correos/tienda de pesca.

—¡Liza! –grito a través del vendaval, y me acerco para abrigarme en la puerta.

—Ah, Jess. ¿Qué tal estás? Hacía tiempo que no nos veíamos.

Su tono es más bien frío.

—No, ya. He estado... ocupada. –Me pongo colorada–. Escribiendo y con la casa. He tenido que ordenar muchas cosas.

—Sí, claro –dice educadamente.

Nos quedamos en un silencio incómodo mientras vemos pasar nadando una bolsa de plástico que parece una medusa voladora gigante.

—Jess... –se lanza Liza.

—Si es por Alexander...

—No es mi intención juzgarte –se apresura a decir–. Es solo que... –Se detiene y mira al frente–. ¡Ay, Dios!

Sigo la dirección de su mirada. Al otro lado de la carretera, hay un tipo que no nos quita el ojo de encima. Un viejo, con un chubasquero que ondea como si tuviese alas. Se me hace un nudo en el estómago de la aprensión. Es Mel Roscarrow. Doy un paso hacia el café, pero ya es tarde. Se dirige hacia nosotras dando zancadas y con el pelo revuelto por culpa de la lluvia.

—¡Usted! —Me señala con el dedo—. ¿Qué diablos se cree que hace husmeando por ahí y preguntándole a Reg por nosotros? ¿No le basta con lo que ha hecho?

Es la primera vez que lo veo desde que fue tan grosero en la agencia inmobiliaria y, ahora que lo tengo ante mí hecho un basilisco, se me han evaporado todos los argumentos que tan bien había hilado en mi cabeza.

—Solo pregunté una cosa en relación a Enysyule —farfullo mientras trato de recomponerme— ¿O es que ni siquiera puedo hacer eso?

—¡Mentirosa! —me suelta—, está maquinando un complot con ese chico de los Tremennor.

—¡Pero bueno! Y usted, ¿qué? —le grito. Liza me coge por el brazo, pero me sacudo su mano—. Saboteándome la luz, mandándome facturas que se saca de la manga y haciendo de todo para echarme del pueblo... Alexander es la única persona que ha sido amable conmigo.

—¡Ja! Se ha aliado con ellos. ¡Lo sabía!

—¿Aliarme con...? Por el amor de Dios, ¡está paranoico!

—No muy paranoico si resulta ser verdad.

El viento ulula al pasar por delante de la puerta. Nos quedamos mirándonos fijamente durante un momento, con ese ruido blanco de fondo. A Roscarrow, se le ha puesto la cara carmesí de la rabia. Abre la boca para seguir discutiendo, pero no emite ningún sonido. Levanta un dedo tembloroso y me apunta con él otra vez antes de que el viento se lo lleve hecho una furia. Suelto una buena bocanada de aire, y me horrorizo al comprobar que me asoman las lágrimas.

—Dios —mascullo, a la vez que me las limpio con la mano—. ¿Qué mosca le ha picado? No tienen ningún derecho a comportarse así.

Liza hace una mueca.

—Lo siento, Jess... pero... un poco, sí.

—¿Có... Cómo?

Liza parece abatida.

—Solo digo que creo que tiene derecho a estar enfadado, después de lo que hizo Alex. —Antes de soltar el resto, intenta enderezar el paraguas, que se le ha chafado—. No me negarás que fue bastante rastrero...

Me entran náuseas.

—¿A qué te refieres? Él no ha hecho nada. Se limitó a tener unas palabras con él... —Mi voz va perdiendo fuelle al verle la cara a Liza—. ¿Qué? ¿Qué ocurre?

Suelta un largo suspiro y agacha la cabeza.

—Tendría que haber supuesto que él no te contaría la verdad —farfulla—. Vale, no sé exactamente qué ocurrió, pero Alex se pasó por el astillero el otro día y... —Vuelve la mirada hacia la lluvia.

—Dímelo, por favor.

—Al parecer, fue bastante desagradable con Mel. Empezó a amenazarle con emprender acciones legales, le dijo que les hablaría mal del astillero a todos los clientes de Mel a no ser que se aviniese a cooperar. A ver, todos sabemos que en el astillero hace tiempo que tienen problemas económicos, y no es que Mel pueda permitirse perder mercado. Reconozco que no ha sido fácil y no ha puesto mucho de su parte, pero la manera de gestionarlo de Alex ha sido... —Se encoge de hombros en un gesto exagerado—. Ha sido humillante.

No puedo creer lo que oigo. Siento que me echo a temblar de la rabia y de la tensión después del encontronazo. Lo peor es que tengo grabada la cara de Jack cuando lo acusé de actuar como un miserable resentido.

–No sabía nada. –Las lágrimas forman un nudo en mi garganta–. Alex dijo que solo había sido una charla. Creí que lo había llevado por las buenas.

El rostro de Liza se suaviza.

–Por las buenas para ti, no para ellos –subraya–. Lo siento, Jess. Es una larga historia, llena de resentimiento, y tú estás en medio.

Los dedos se me deslizan por la pantalla del móvil, salpicado de lluvia. Lo aprieto contra la oreja, bajo la capucha de mi abrigo.

«Coge el teléfono, coge el puñetero teléfono».

–Jess –contesta Alex. Parece desconcertado. De fondo, se oye el tintineo y el rumor de conversaciones típicos de un restaurante–. ¿Qué pasa? ¿Puedo llamarte luego? Es que ahora no puedo hablar, estamos justo...

–Me mentiste sobre lo que pasó con Roscarrow. –Una ráfaga de lluvia helada me obliga a gritar–. ¡Dijiste que solo habías hablado con él!

Se hace el silencio y, por un instante, me convenzo de que me he quedado sin cobertura. Luego, le oigo reprimir un juramento y, también, ruido de pasos, como si se llevase el teléfono a otra parte.

–Y fue lo que hice: hablar con ellos –asegura, bajando la voz–. Ya te lo dije.

–Hablar no significa presionar –le contesto furiosa–, no significa amenazar su medio de subsistencia por algo tan insignificante como mi luz.

–¿Y quién te lo ha contado? –dice–. Déjame adivinar: ¿los Roscarrow?

–No, no han sido ellos. Y, de todas formas, la cuestión no es esa. ¿En qué demonios estabas pensando para creer que podías hacer algo así en mi nombre? ¡Normal que me odien!

–Jess... –suspira Alex, frustrado–. Tú acabas de llegar. No sabes cómo funcionan las cosas. A veces, las amenazas son el único lenguaje que entienden.

Me quedo muerta, plantada sobre una alfombra de hojas.

–¿Cómo?

–Ya sabes a qué me refiero.

–No, no lo sé. –Estoy temblando de la rabia–. Y sean cuales sean los problemas de clase que tengas con los Roscarrow, que quede claro que son cosa tuya. No mía.

–Mira –suelta de malos modos–, si no fuese por mí, aún estarías sentada a oscuras garabateando tus cuentitos de hadas. –Echa el freno demasiado tarde–. Lo siento –dice con cierta tensión tras tomar aire varias veces–, no quería decir eso.

En el silencio que se produce a continuación, siento como la rabia se va diluyendo en mi interior y me deja revuelta, fría y vacía.

–Sí, sí querías –le digo.

–Jess, estás siendo ridícula. Hablamos más tarde, cuando tengas la cabeza menos saturada.

–No. No quiero hablar más. Lo... lo siento, Alex. Lo nuestro fue un error, está claro.

–Pero...

Cuelgo. Durante un buen rato, no hago más que mirar el teléfono, cuya pantalla está completamente empañada por haber estado pegado a mi piel. La lluvia cae a goterones sobre él. Cuando empieza a sonar otra vez, decido apagarlo. Sin más contemplaciones, me lo guardo en el bolsillo. El viento pasa ululando, cargado de lluvia. He sido de lo más estúpida. Y lo que es peor, he pecado de inocente. Voluntaria y conscientemente, ignoré lo que me dictaba el sentido común, la razón. Y... ¿para qué? ¿Para un apaño? ¿Para que me solucionasen los problemas sin dar explicaciones? He caído en los mismos prejuicios sobre los que tanto he despotricado desde la distancia...

Para cuando llego a la roca, estoy agotada. Lo único que quiero es acurrucarme y no volver a ver a nadie nunca más. No hago caso del cosquilleo que siento en la nuca y sigo adelante, hacia el corazón del valle. Ya en la casita de campo, siento en los dedos la llave fría, que se me escurre. Me meto dentro, y me encuentro con que no hace mucho más calor que fuera. En la chimenea no queda nada del fuego de ayer. Me pongo a encenderlo de nuevo, sacándole de milagro llama a la fajina húmeda. A punto está de prender cuando se cuela una ráfaga de viento por los trapos que tapan los agujeros de las ventanas y va directa al hogar, ahogando el fuego sin siquiera dejar que arda. Cojo el atizador para intentar reavivarlo, pero no hay brasa: solo cenizas muertas y humo frío.

A mi lado, se produce un ruido que suena como una pregunta. Me giro y me encuentro con Perrin, plantado en los adoquines con el pelaje alborotado por el viento y la lluvia. Entre sollozos, lo cojo en el regazo y lo envuelvo con mi cárdigan, abrazándolo para calentarlo y reconfortarlo. No protesta, solo me da en la barbilla con la cabeza, húmeda, hasta que se me van pasando las lágrimas y consigo recomponerme. Le escurro unas últimas gotitas del pelo.

–Menudo lío, Perrin –le susurro mientras el viento y la lluvia golpean la casita de campo–. ¿Qué voy a hacer?

¿Qué le importa el tiempo a una roca? ¿Y las lágrimas? No son más que un goteo fugaz de agua salada en un rostro que

muy pronto se secará. Y, sin embargo, cada gota supone un catalizador; cada roce con los labios o las yemas de los dedos cambia para siempre el mundo a pequeña escala.

La tormenta se vuelve furiosa. Arranca paja del tejado de la casita de campo, rompe ramas de los árboles y deja en sus troncos heridas tenues. Hace que los viejos acebos, altos como son, se sacudan y se estremezcan igual que una bestia que sufre convulsiones. Le lanza aguanieve a la cara a esa joven que se enfrenta a la noche. Sus delicados guantes están empapados, inservibles; no siente los dedos. El bosque está oscuro. Como boca de lobo.

La luna se esconde tras una nube y, cuando se decide a mostrarse, no es que sea de gran ayuda: un simple rasguño hojalata en el cielo oscuro. La joven va como en trance; sus zapatos se tropiezan con el empedrado. Pero en el valle no reina el silencio, y aunque la casita de campo esté firmemente apertrechada para guardarse del invierno, por sus rendijas se desprenden luces y ruidos, voces y cantos: «*Canel ha jynjor gans clovys druth, ha dowr tom Frynk, a'm ros tron ruth*».

En su interior, seis personas celebran algo. Están manchados de sal y van despeinados, como si hubiesen tenido un combate cuerpo a cuerpo con las olas. Sentados a la mesa grande, hay un hombre y una mujer que ríen mientras el resto (todos hombres y chicos) saltan al ritmo de la música de un violín, haciendo sonar unos instrumentos de viento tirados por el suelo. En el horno del pan, se están cociendo unos bollos. Destacan por ese azafrán que llevan, y el toque definitivo se lo ponen unas grosellas. Impregnan la casa de olor a azúcar robado y especias. Afuera, la noche oscura cae implacable y el frío amenaza con reducir la vida a su mínima expresión. Aquí, sin embargo –y por el momento–, todo es alivio y plenitud.

Por la habitación, hay pilas de barriles y cajas, sacos y embalajes. La mayoría, cubiertos de arena húmeda. A la mujer se le manchan los dedos de tinta mientras trata de hacer inventario en medio del estruendoso júbilo: «¡La canela, el jengibre, la nuez moscada y el clavo me han dado a mí mi alegre y roja nariz!».

La mujer señala, y uno de los hombres se sale del baile para pinzar la tapa de un barrilete. El líquido que hay dentro salpica. La canción pierde intensidad, y nadie se atreve a moverse o hablar mientras la mujer hunde en él un dedo y se lo lleva a la boca. La miran mientras lo saborea en busca del pernicioso rastro del agua salada. Cuando sonríe y asiente, la dicha vuelve a la habitación. Antes de que sellen de nuevo el barril, le sacan unas copas y unas cuantas dosis para el sifón de las que dan buena cuenta esas gargantas sedientas. La mujer se limita a sacudir la cabeza y a seguir tomando nota.

Afuera, abatida por las zarpas de la tormenta, la joven avanza dando traspiés. Su ropa no está pensada para un temporal así. La tierra invernal le ha destrozado sus botitas, concebidas para suelos de alfombras mullidas, y su vestido de terciopelo absorbe sin soltarla el agua que lo empapa. A pesar de eso, su gesto es serio y resuelto. Y es que ahora cuenta con quien la guíe: una pequeña y negra sombra a la que el viento zarandea y que corre por el camino ante ella para mostrarle qué dirección tomar.

Por fin, ve un destello brillante entre los árboles y oye unas voces que se arrancan con una canción. Sigue adelante, resbalando en el barro del prado que va a dar a la casita de campo. Ya puede oler el humo de leña, las lámparas de aceite;

casi puede sentir el calor, pero le faltan fuerzas para gritar. Al llegar al umbral, se le va un pie y cae al suelo.

La sombra de mirada relampagueante se decide a intervenir. Salta hasta el escalón de la entrada pasando sobre la joven y araña y maúlla para que le abran la puerta. Y, en efecto, descorren los pasadores y la luz se derrama hacia el exterior como la cerveza de una barrica. Al otro lado de la puerta, un hombre. Es alto y ancho de espaldas y luce una barba poblada que le cubre la piel, curtida por la acción de los elementos. Le brillan los ojos, alegres por la bebida. Relucen como la cáscara de la avellana.

Cuando ve el cuerpo tirado en el suelo frío, se le escapa un juramento. La mujer de la mesa aparece a su lado y se queda petrificada para, a continuación, lanzarse hacia la tormenta. Le pide ayuda al hombre, que levanta a la joven (y eso que la ropa mojada hace que pese el doble) para llevarla en brazos al cálido interior de la casita de campo.

Se acabaron los cánticos y la alegría. Todos los ojos están puestos en la joven, a la que han colocado en una silla junto al fuego. Comparada con ellos, parece un espíritu de lo pálida y sin sangre que se la ve. Uno de los hombres susurra algo, inquieto. La mujer de los dedos manchados de tinta no le presta atención. Está atareada desatándole a la joven los lazos de la capa para sacársela y envolverla, a cambio, en una manta. Después, le quita los guantes, empapados, tirándole de las puntas de los dedos. Con tal ímpetu que uno aterriza en el suelo.

El hombre de la espalda ancha lo recoge y repasa el motivo que lleva bordado en el puño. Solo hay una familia en la zona que pueda permitirse un trabajo de esa calidad y su precio, la misma familia cuyo nombre aparece estampado en los barriles y las barricas que atiborran la casita de campo. La joven está volviendo en sí. Se estremece y tose, y la mujer le acerca a los labios un vaso de brandi. Le baja por la garganta como si de fuego se tratase, haciéndole abrir los ojos y parpadear. Fija la vista en la mujer que tiene delante. Poco a poco, va tomando conciencia de quién es.

—Señora... ¿Roscarrow? —susurra.

La mujer le dedica una sonrisa triste, apenas perceptible.

—Exacto.

Tal como solía hacer antaño, le retira a la joven el pelo húmedo de la frente.

—No puede quedarse aquí —anuncia el hombre, adoptando una expresión dura—. Aquí, no es bienvenida.

—Ya basta. —La mujer se inclina sobre la chica—. No le hagas caso, niña. ¿Qué ha pasado? ¿Por qué estás aquí?

La voz de la joven suena muy lejana.

—Me desorienté. —Mira a su alrededor sin ver. Luego, localiza con la vista un bulto negro plantado junto al hogar—. Su gato me encontró junto al acebo. Cantó y cantó hasta que lo seguí. ¿No es...?

—Eso es. El mismo —corrobora la mujer.

—Debe de ser ya viejecito...

A la joven se le cierran los ojos. La mujer la sacude fuerte.

—No, niña. Dinos por qué estás aquí.

La chica se esfuerza en mantener los ojos abiertos. Sus mejillas, que tan pálidas estaban antes, empiezan a coger color.

—Vienen de camino —se apresura a decir—. Los escuché en el salón. Lo saben, y vienen hacia aquí.

—¿Quiénes? —La voz de la mujer suena tranquila—. Dinos, date prisa.

—Papá, los hombres de la aduana. —La chica tirita—. La milicia. Los escuché hablar sobre lo que van a hacer y decidí venir. Pensé que si corría podía llegar a tiempo, pero me perdí...

El niño más pequeño grita en señal de alerta. Está mirando hacia afuera por el hueco que hay entre las contras. Unos puntos de luz brillan en la oscuridad: antorchas y linternas que se acercan a gran velocidad. En la habitación, la actividad es frenética. Manos que cogen armas y tratan, en vano, de esconder la mercancía que abarrota el cuarto. Rápida como una culebra, la mujer se hace con el papel que había en la mesa, ese que había garabateado hasta llenarlo, y lo echa al fuego. Sus manos aún muestran la tinta traicionera. Escupe en ellas y las mete en un saco de harina que hay junto al horno. El polvillo blanco oculta las manchas.

El hombre de la barba está inmóvil, mirando hacia la puerta. Desde el exterior, llega el ruido de los cascos batiendo en la tierra endurecida, el chirrido del cuero al doblarse y las voces que gritan órdenes al amparo de la noche.

–Estamos perdidos –dice.

En la silla junto al fuego, la chica cierra los ojos.

–Lo siento –susurra, y las lágrimas le caen por las mejillas.

–Lo siento –farfullo. Se oye un ruido por alguna parte en el suelo, y Perrin se sube a la cama de un brinco. Está húmedo y embarrado, y trae hojas metidas entre el pelo–. ¡Puaj! –protesto tratando de mantenerlo a distancia, pero está empeñado en fregarme la cabeza, fría y mojada, contra la cara. Y todo eso, sin parar de ronronear–. Vale, vale –le digo.

Una vez que me ha dado los buenos días, se me acomoda sobre el pecho, lo que me permite volver a cerrar los ojos y dormitar un rato. No se me ocurre intentar recordar el sueño, ya he aprendido su mecánica. En lugar de eso dejo que me inunde, que penetre en mí, que me llene de su significado. Un viejo vínculo de afecto entre dos mujeres, lo suficientemente fuerte como para no hacer caso de prejuicios y linajes, como para que una de ellas arriesgue su vida... Suspiro y abro los ojos. En comparación, lo que tengo que hacer yo parece sencillo.

Aun así, soy un manojo de nervios mientras me preparo para salir de casa. Se me ha quedado fría una taza de té en la mesa. No he sido capaz de bebérmela. Me abrigo bien, y trato de aplacar los calambres que siento en el estómago poniéndome otro jersey. Avivo el fuego para que la casa y Perrin estén calentitos. Durante apenas un instante, tengo la impresión de sentir en el humo de leña un aroma que me resulta familiar. Echo un vistazo en la chimenea y, cómo no, en un lateral me encuentro un hueco oscuro taponado con polvo y restos de ceniza. Caigo en la cuenta de que se trata de un horno para el pan. Uno en el que antaño se cocieron bollos para una familia, rellenos de grosellas y de azafrán... Recorro sus bordes con los dedos.

Antes de marcharme, cojo del aparador el cuaderno de bocetos. Con cuidado, lo envuelvo en un paño de cocina y lo meto en el bolso. Solo me queda salir por la puerta y enfrentarme a la decisión que he tomado.

Afuera, la tormenta ha amainado. En su lugar, ha quedado un día extrañamente calmo y pesado. El suelo está sembrado de ramas y ramitas; los árboles, que antes se aferraban a las andrajosas galas que les quedaban, lucen ahora desnudos. No así el bosquecillo de acebos en torno a la roca, que tiene un aspecto magnífico, con sus hojas de un verde vivo y reluciente. Aquí y allá, veo sus frutos en plena maduración, ya rojos. Aunque siento un hormigueo en la piel al atravesar el claro, hoy sigo manteniendo la lucidez. A lo mejor la roca de Perranstone es capaz de percibir que ya tengo la cabeza lo suficientemente ocupada.

«Solo tienes que seguir la corriente del río para encontrarnos».

Durante un trecho, el agua discurre enérgica en paralelo a la carretera vieja, barriendo río abajo los restos del otoño. La orilla está plagada de helechos, raíces y rocas cubiertas por un musgo tan espeso que parece terciopelo verde. A medio camino en dirección al pueblo, el riachuelo deja atrás la carretera y desaparece hacia el río. Me asalta la duda al llegar al cruce de caminos. ¿Y si no es buena idea? «Anda, déjate ya de ridiculeces –me digo a mí misma–. Esta es la única buena idea que has tenido desde que llegaste aquí».

Llegado a un punto, el sendero va descendiendo en pendiente, la tierra pasa del limo oscuro al lodo gris propio del río, y me encuentro en la orilla de una ensenada escondida, casi una caleta secreta.

Debo de haber cruzado por detrás de ella al atravesar el bosque una docena de veces sin darme cuenta de su existencia. Un par de gaviotas pasan volando y chillándose la una a la otra. Ojalá fuese como ellas y pudiese ver este sitio desde su perspectiva: río y bosque, valle y piedra. «Los Roscarrow y los Tremennor, y Enysyule entre ellos».

En la punta de la ensenada, veo un desguace. Alineados en el lodo o flotando suavemente en el agua poco profunda, hay barcos en distintos estados de abandono. Hay barcazas de fondo plano y botes de remos manchados de verdín, yates bien amarrados y barcos de pesca muy deteriorados. Por todas partes, hay pilas de cables y cuerdas, equipamientos metálicos oxidados y boyas descoloridas.

Cruzo con cautela hasta allí y me dirijo a un edificio que discurre en paralelo a la orilla del río. El suelo es de piedra, la misma piedra gris y erosionada que sirvió para levantar las paredes de Enysyule, pero el resto es de madera. Sobre él, se yerguen dos pisos desvencijados, como si los hubiesen construido a base de restos y tablones sobrantes y marcos de ventanas sacados de la basura. Hasta hay un ojo de buey que da a la caleta. Nunca he visto nada igual.

Al acercarme, oigo un sonido repetitivo, como de raspado o de repiqueteo.

En unas gradas antes de llegar al edificio, veo a un individuo vestido con un jersey de lana. La brisa le alborota el pelo, blanco. Mel Roscarrow. Tiene la cabeza girada hacia el lado contrario y, por un instante, a punto estoy de cambiar de opinión y regresar disimuladamente a Enysyule.

—A no ser que esté aquí por una barca —dice de repente—, puede ahorrarse la saliva. No tengo tiempo para aguantar que vengan a molestarme.

Me obligo a respirar profundo para mantener la calma.

—No he venido por un barca. —Avanzo hasta sentarme en el muro de las gradas—. Y no sé a qué molestias se refiere, pero puedo garantizarle que tampoco estoy aquí para eso.

Sigue sin darse la vuelta, enfrascado con algo que parece una espátula para la pintura.

—He venido a disculparme —le digo con torpeza.

Mel Roscarrow no responde. Se limita a seguir rascando las bellotas de mar del lateral de una barca.

—Siento lo del otro día —continúo, gritando más—. Y lo que Alexander le dijo. Me mintió, no sé si eso cambia algo. De haberlo sabido, nunca habría... —me detengo, con las mejillas encendidas mientras Mel Roscarrow se afana sacudiendo una bellota de mar de la punta de la espátula.

—Y Enysyule, ¿qué? —gruñe—. Supongo que también sentirá haberle echado el ojo.

—Pues no —dijo, indignada, sin poder contenerme—. Me encanta ese sitio. Y lamento que se sienta agraviado en relación a la herencia. Pero de verdad que eso no tiene nada que ver conmigo, por mucho que se haya esforzado en hacerme sentir culpable –hago una pausa. Mel Roscarrow se ha girado y sonríe. Es una media sonrisa, amarga. Una sonrisa, al fin y al cabo. Trago saliva. No tiene sentido amilanarse ahora–. Y su apuesta fue una estupidez, y me molestó –le digo.

Me mira con los ojos entornados. Son más oscuros que los de Jack, de un marrón profundo que contrasta con su cara arrugada.

–Sí, supongo que sí –dice finalmente–. Supongo que yo también lo siento.

Soy consciente de que es lo más parecido a una disculpa que voy a obtener. Me repito, sin embargo, que no he venido aquí para que se disculpase. Tras una pausa tensa, rompemos a hablar los dos al mismo tiempo.

–Mire, he traído...

–Estaba a punto de hacer...

Nos quedamos callados, esperando a que siga el otro.

–Usted primero... –decimos al unísono.

–¡Al carajo! –Tira la espátula al suelo–. Voy a hacer un té. Entra si quieres uno.

La planta baja de la casa está dedicada por completo a las barcas, pero la planta de arriba es un espacio amplio y abierto, con la cocina instalada en una esquina y una especie de salón en la otra, lleno de sillones gastados y mullidos, además de unas estanterías desaparejadas. Hay un fogón de leña que da calor y se alimenta de los descartes y restos del desguace de abajo. Mel arroja otro par de trozos de madera al fuego y le echa un vistazo al hervidor que hay en él.

–Siempre la caliento así –farfulla mientras va a buscar una tetera.

–¿Vive aquí? –pregunto, y miro a mi alrededor.

–Ajá. –Señala hacia el río con una cucharilla–. Aunque duermo en mi barca, ahí delante. No duermo muy bien en tierra. Es más bien Jack el que vive aquí arriba.

Mientras se afana yendo a buscar la leche y unas galletas, yo me acerco a la ventana. Las vistas más allá de la ensenada son fantásticas, incluso con este tiempo gris. No hay más casas, solo el agua cristalina y el reflejo de los árboles. Son el río y la ribera en todas sus fases. No me extraña que le dé miedo perder este sitio.

–Es muy bonito –digo en voz baja, casi para mí.

–Lo es. –Mel se acerca a mí–. Llevamos este río en la sangre.

De repente, me viene a la mente el sueño: una familia en la casita de campo, cinco hombres y una mujer, también el río en sus venas. Me recorre un escalofrío. A Mel no le pasa desapercibido.

–¿Ha visto un fantasma? –pregunta mientras retira una silla para sentarse.

No digo nada. «¿Esto les pasa a todos los que viven en Enysyule? –me pregunto mientras me siento enfrente de él–. ¿Ven cosas? ¿Tienen sueños igual que yo?». No puedo preguntarle sin sonar como una chiflada. Así que me limito a abrir el bolso.

–Yo... Jack me contó que Enysyule significa mucho para usted. –Desenvuelvo el cuaderno de bocetos y lo dejo sobre la mesa, delante de él–. He encontrado esto en la casita de campo. Ya sé que no me corresponde a mí dárselo, pero pensé que le gustaría tenerlo.

Observo su cara mientras levanta la cubierta y trato de descifrar su expresión. Va pasando páginas, imbuyéndose de los bocetos con vistas de Enysyule: una esquina de su techo de paja, una mata de moras cargada de frutos, el prado inundado de sol.

—Ese es mi favorito –digo, y me echo hacia adelante cuando llega al dibujo de la criatura-gato hecha de humo–. Su tía debía de tener una imaginación fabulosa. Está claro que representa a Perrin; fíjese en los ojos.

Levanto la mirada y me lo encuentro observándome fijamente. Después de un rato, aparta el cuaderno de bocetos y coje la taza con ambas manos, ajadas por la edad.

—¿Qué sabe de Enysyule, señorita Pike? –pregunta, adoptando un gesto serio con esa cara suya surcada de arrugas.

Le doy un sorbo al té. Siento como si me estuviese poniendo a prueba.

—Es un sitio antiguo –digo, y me avergüenzo de lo simplona que sueno–. La casita de campo fue construida hace mucho tiempo. –Se me van los ojos al cuaderno de bocetos–. Antes de la casita de campo, estaba la carretera; y, antes de la carretera, antes de que se construyese nada, estaba la roca. La roca ha estado siempre allí, con el acebo, marcando los límites del valle –me detengo, cohibida, desconcertada por esas palabras que parecen haberse saltado el control de mi pensamiento para salirme directamente por la boca.

Mel me mira detenidamente.

—¿Cómo sabe eso? –pregunta–. Lo de la carretera y la roca.

—No sabría decirle –contesto, y me apresuro a coger una galleta para desviar la atención–. Debe de habérmelo comentado Michaela.

Se queda observándome durante un buen rato. Luego, relaja la expresión.

—Sí, eso será –dice. Le da un trago al té–. Bueno, señorita Pike, dele el gusto a este viejo y cuénteme cómo ha acabado aquí. Deme su versión, no la de los cotillas.

No sé si es el alivio o el simple hecho de sentarme en la mesa de la cocina de alguien y tomarme un té, pero termino contándoselo todo. Sobre cómo mi sueño de ser escritora se volvió realidad y provocó la ruptura de mi relación. Sobre cómo di por casualidad con el anuncio de la casita de campo el mismo día que lo pusieron. Sobre cómo, en cuestión de una hora después de verlo, me subí a toda velocidad a un tren rumbo al oeste guiada únicamente por el instinto.

—No tenía previsto firmar nada aquel día —reconozco—. Pero estaba usted allí, y cuando dijo que no duraría ni una noche en Enysyule... se me cruzaron los cables.

Del otro lado de la mesa, Mel se remueve, incómodo.

—Bueno. Y no parece que le haya ido mal del todo.

Sonrío y, al final, su boca se curva en respuesta.

—Más me vale volver al trabajo —dice bruscamente—. Gracias por los bocetos de Thomasina, señorita Pike. Y por venir hasta aquí.

Extiende la mano hacia mí. Hasta que no se la doy, no me doy cuenta de lo retorcidos que tiene los dedos, todos nudosos por la artritis. Al bajar por las escaleras, va doblándolos con una molestia evidente. Afuera, le espera la barca con las bellotas de mar incrustadas.

—¿Es tan difícil como parece? —le pregunto cuando coge la espátula, y no sé si intuye adónde quiero ir a parar—. Me refiero a arrancar esas cosas.

—Dificultad, cero —gruñe—. Solo es aburrido. ¿Por qué? ¿Está planeando echar una mano en el desguace?

—¿Puedo probar?

Dejo el bolso en las gradas.

—Es una tarea sucia —me advierte Mel apuntando con la mirada a mi gabardina.

—No pasa nada. —Cojo la espátula—. Así que básicamente... —Introduzco la espátula bajo un grupo de bellotas de mar y me pongo perdida de trozos de concha—. ¡Puaj!

Mel suelta una risotada.

–No, mire. Hágalo de una vez, así. –Y cae al suelo un montón de bellotas de mar–. ¿Lo ve?

Coge otra espátula, y en nada estamos los dos trabajando al compás y en silencio, sin más ruido que el rechinar y el tintineo de las conchas. Alrededor de nosotros, se forma un olor a agua de mar estancada y a fango del río. Me trae otro recuerdo fugaz de mi sueño: los toneles manchados de sal y los hombres con sal en las botas.

–Mel, ¿había contrabando por la zona?

–¿Contrabando? Supongo que sí.

–Me refiero a aquí, en el río y en Enysyule.

–Claro. –Sigue trabajando–. Era un modo de vida. Los paisanos no tenían para más. De lo contrario, se habrían muerto de hambre. –Esboza una sonrisa–. Solían pintar sus barcas, los laterales, las velas, de negro, para que no los viesen. Y, cuando traían los bienes a tierra, enjabonaban a sus caballos para que, en caso de que los cogiesen, los aduaneros no fuesen capaces de hacerse con ellos. –Finge que se debate con un caballo resbaladizo, y a mí me entra la risa–. Nosotros, los Roscarrow, éramos una tropa muy activa en esa materia, por lo que tengo entendido.

–¿Llegaron a cogerlos? –pregunto, y doy otro golpe de espátula para que no vea reflejado en mi cara el interés que siento–. A sus antepasados, quiero decir.

«Ruido de cascos en la oscuridad, el pánico dentro de la casita de campo, una chica con la cara bañada en lágrimas, un aviso dado demasiado tarde...».

–Sí, los cogieron –dice Mel como si cayese de cajón–. Y mi abuelo creía que colgaron a casi toda la familia, excepto a la viuda y a los críos. Los echaron de su terreno y se vinieron a vivir aquí. –Sacude la cabeza en dirección a la pila de edificios que tenemos detrás–. Adivine quién reclamó para sí Enysyule después de eso.

La respuesta es evidente, pero él espera que yo la pronuncie.

–¿Los Tremennor?

–Justo, los dichosos Tremennor. De todas formas, ¿por qué le interesa todo esto?

Dudo sobre si me conviene o no contarle la verdad.

–He estado teniendo unos...

Por el rabillo del ojo, veo algo que se mueve y, al incorporarme, me golpeo la cabeza en el bote. Jack Roscarrow está plantado en lo alto de las gradas mirándonos desde las alturas sin disimular un gesto de desconcierto. Mel sigue la dirección de mi mirada.

–Buenas, chaval –grita.

Me pregunto cuánto lleva ahí de pie, cuánto ha escuchado. Sintiéndome un tanto patosa y confusa, me aparto el pelo de la cara.

–Hola, Jack –digo.

Sigue sin contestar mientras sus ojos van del uno al otro.

–La señorita Pike y yo hemos estado aclarando unas cuantas cosas –dice Mel en tono alegre. Creo que esto le divierte–. ¿Por qué no vas y nos preparas otra ronda de té?

Jack y yo cruzamos una mirada, pero él aparta la vista al instante.

–Solo he venido a coger la furgoneta –farfulla–. Tengo que ir a buscar esa pintura antes de que cierre el almacén.

–El almacén no cierra hasta dentro de dos horas –le grita Mel, pero Jack ya se ha escabullido hacia uno de los cobertizos. Después de un rato, nos llega el sonido de un motor al arrancar. Se me escapa un suspiro.

–Bah, no le haga caso –dice Mel, rascándose la barba de varios días que lleva–. Siempre ha sido terco como una mula.

Por mucho que los humanos luchen por la tierra, la tierra nunca podrá combatirlos a ellos. No tiene puños que pueda alzar para mostrar su furia, no siente la valentía ni el miedo. Su mejor defensa es que la olviden o, mejor aún, que la recuerden solo unos cuantos...

Ese día marca el inicio de un proceso de toma de decisiones. Más que nunca, estoy decidida a hacerme un hueco en este lugar. Pero ¿qué puedo ofrecerle yo a Lanford, aparte de material para cotilleos? No sé construir o arreglar cosas manualmente, como Mel y Jack. No sé cultivar la tierra o vigilar por si hay naufragios o dibujar como Thomasina Roscarrow hizo en su día.

—¡Ni siquiera sé hacer vino de moras! —le cuento a mi madre por teléfono días más tarde—. Solo tengo lo que escribo. Y, en cuanto a eso, la mitad del tiempo son bobadas.

—Jessamine... —empieza a decir, y sé que me va a soltar uno de sus discursos—, cuando llegué a este país, pensé lo mismo que tú. Pensé: «Nunca me aceptarán, en su mundo no hay sitio para alguien como yo». Pero estaba equivocada. Y tú, también.

Va andando a algún lado. Los sonidos de Londres llenan en un segundo plano los huecos entre sus palabras. Pego más el teléfono a la oreja. La echo tremendamente de menos...

—Te tienes a ti misma —dice con firmeza—, tienes todo lo que eres para compartirlo con esa gente. Tienes la mirada limpia y la mente despejada para ver las cosas que ellos ya no ven.

Pestañeo para mantener a raya las lágrimas. Sus palabras me envuelven como el sol en una fría mañana de primavera.

—Gracias, mamá.

—Y, si no son capaces de valorarte, entonces ríndete y vuelve a casa.

Su manera de indignarse me hace reír.

—¡No pienso rendirme! —le digo—. Me gusta este sitio. Cuando lo veas, lo entenderás.

Me contesta con un sonidito.

—¿Estás comiendo como Dios manda?

—Sí —digo mientras pienso en la despensa, atiborrada de latas de conserva—. Me las apaño bastante bien en la cocina, ¿sabes?

—Una tostada con judías no es cocinar, Jessamine. —Suspira—. ¿Tienes por lo menos horno? ¿O voy a tener que cocinar el pavo en el fuego, como una cavernícola?

Al principio, estoy convencida de que la he entendido mal. Pego más el teléfono.

—¿Vas a venir por Navidad? —pregunto—. ¿Lo dices en serio?

Mi madre suelta una de sus risas impacientes.

—Dado que para ti es algo importante... sí, iré. Les he contado a tu hermana y a Michael que, este año, el plan es ese. ¿Tienes sitio para todos?

—¡Pues claro! —Sonrío emocionada—. Aunque quien ocupe mi cama puede que tenga que compartirla con Perrin.

—¿Perrin? —pronuncia mi madre marcando las sílabas—. ¿Es ese gato que tienes que cuidar?

—Sí, y estoy deseando que lo conozcáis.

Se ríe con frialdad.

—Hablas como si fuese una persona.

Me falta poco para ir dando saltitos por la pista que baja hacia la casita de campo. «Navidad en Enysyule», digo para mis adentros al entrar en casa. Cuando mamá era una niña, nunca la celebraba. Y no lo hizo hasta que se casó con papá y empezó a adaptarse a sus tradiciones festivas. A papá le encantaba la Navidad. Era como un niño. Siempre ponía el árbol (enorme), la decoración, el pavo, los villancicos... Todo. Y, cuando murió, ella intentó seguir adelante por nosotras, aunque nada volvió a ser igual.

En cuanto fuimos algo mayores, nos dimos cuenta de hasta qué punto la Navidad debía de hacerle echarlo de menos, así que decidimos quitarle importancia a las fiestas. Durante los últimos diez años, nos hemos dedicado en general a pasar de ellas.

Pero parece lógico que esta vez celebremos la Navidad aquí. Estaremos un poco apretados, con mi madre, mi hermana y mi cuñado, pero esta casa está hecha para llenarse de gente. Eso seguro. Perrin está acurrucado como una pelota junto a la lumbre, con una pata sobre los ojos.

—¡Perrin! —le anuncio haciendo que se despierte—. ¡Mi familia va a venir a visitarnos!

Le erizo el pelo de la panza mientras me imagino este sitio en Nochebuena: ramitas de acebo decorando la repisa de la chimenea colgadas entre adornos coloridos, unos troncos acogedores en el fuego, el olor a especias calientes... Perrin hace un ruido y me mira asomándose por debajo de la pata. «¿Y para eso me despiertas?», parece querer decir con ese gesto.

Suelto un suspiro y observo lo que me rodea, la realidad pura y dura de la casita de campo: yeso medio caído pendiente de reparar, marcos de ventanas que aún hay que arreglar, piedras que hay que limpiar.

—Tenemos mucho trabajo para hacer de este sitio un lugar presentable —le digo.

Lo peor de todo es la fontanería. Cada vez que abro un grifo, las tuberías lanzan unos ruidos metálicos y aullidos dignos de un espíritu maligno. Por supuesto, ahora que Mel y yo hemos solucionado nuestras diferencias, no me debería ser tan difícil conseguir un fontanero. ¿O no? Además, está esa manitas de la que me habló Reg. Le he preguntado a Michaela qué le parecía si la contrataba, pero tanto Liza como ella se han mostrado extrañamente esquivas.

–Puede que piense que no me voy a quedar aquí –le susurro a Perrin–. Puede que crea que voy a marcharme, después de lo que pasó con Alex. Pues tendré que ir y aclarárselo, ¿verdad?

Perrin hace un ruido y se tapa la cabeza con la pata. No tiene intención de cambiar su lugar calentito junto al fuego por el frío y la niebla que le esperan fuera. Así que salgo yo sola. Mi corazón late con ganas mientras recorro el valle y mi cuerpo entra en calor. Tengo, sin embargo, la nariz y los dedos congelados del frío. Voy tan perdida en mis propios pensamientos que llego al claro bastante antes de lo que me esperaba.

Por mucho que haya pasado casi un mes, sigo sin acostumbrarme a la roca. ¿Ejerce el mismo influjo sobre todo el mundo? En lugar de pasar de largo apresuradamente como suelo hacer, me paro a examinarla. Su superficie está mojada y resplandece a la tenue luz del atardecer. Me acerco un poco. Y un poco más. Todo lo que me atrevo. Luego, levanto la vista. Allí, justo por encima de mi oreja, hay una marca, una hendidura en el punto en el que algo –la bala de un fusil de chispa, quizá– impactó contra la roca y la astilló. Una vez más, oigo el disparo retumbando sobre el claro. Oigo el respirar fatigoso de una joven que atraviesa la tormenta tambaleándose. Oigo el relincho de un caballo y el crujido de unas botas en la nieve...

Me aparto. La roca yace ante mí, vieja y ciega, como un ojo velado por una catarata. Sin pensármelo dos veces, me agacho para mirar por el agujero que tiene en el centro. Enmarca una vista del sendero que hay del otro lado. Hoy, parece distinto. Algo ha cambiado. Diría que han aplastado el matorral. Hay varias ramas de acebo rotas y dobladas en ángulos que no concuerdan, como si alguien las hubiera empujado para quitarlas de en medio. Por debajo, clavada en la tierra, hay una flamante señal recién hecha de madera y plástico afilado. Chirría tanto encontrarla allí que, durante unos segundos, ni siquiera soy capaz de procesar el mensaje:

FINCA PARTICULAR
PROPIEDAD DE TREMENNOR
PROHIBIDO EL PASO A TODA PERSONA AJENA. SE DENUNCIARÁ.

Le tiro el teléfono en el escritorio a Michaela, y salen volando unos bolígrafos que van a dar al suelo.

–¿Esto qué es? –le pregunto, y me tiemblan las manos del enfado. En la pantalla, una foto de la señal del claro, tan grande e ineludible. Se queda mirándola en silencio y, un instante después, sale Liza del cuarto de atrás con dos tazas en la mano.

–¿Qué te parece si... ? –Se para en seco al verme.

Repara en mi expresión furiosa, en mis manos, que se han llenado de barro al arrancar la señal de la tierra. Es evidente que saben lo que pasa. Ambas lo saben.

–¿Me lo vas a explicar? –Lanzo la pregunta al aire.

Michaela suspira y me devuelve el teléfono. Ha cambiado desde la última vez que la vi. Es como si se hubiese desinflado, tiene ojeras y lleva su normalmente perfecto pelo peinado hacia atrás de cualquier manera.

–Iba a llamarte, Jess, para pedirte que pasaras. –Por fin, se decide a mirarme–. Roger Tremennor ha impugnado el estado de las cosas en Enysyule.

—¿Qué? ¿Cómo puede impugnarlo? Tenemos firmado un contrato de alquiler.

—Es que no es por el alquiler por lo que pleitea —dice Liza, y coloca una taza delante de Michaela—. Es por la propiedad de todo el valle. Sostiene que, en realidad, los Roscarrow nunca fueron dueños de la tierra, que no eran más que los caseros de los Tremennor gracias a un acuerdo al que llegaron hace siglos las dos familias.

—Eso es ridículo —estallo, aunque, nada más decirlo, me parece estar oyendo a Mel diciendo: «Adivine quién reclamó Enysyule después de eso»—. ¿Hay alguna prueba de dicho «acuerdo»? —pregunto, tensa.

—Sí. —Michaela se rasca la frente—. Al parecer, Thomasina firmó algo antes de morir reconociendo que la tierra no era suya. —Le da un buen sorbo a la taza y hace una mueca—. ¿Qué es esto?

—Un té doble con ginebra —dice Liza—. Pensé que te vendría bien.

Michaela asiente sombríamente y da otro sorbo.

—No lo entiendo —masculla—. Thomasina no mencionó nada de eso cuando nos pidió que nos encargásemos de la gestión de Enysyule. A no ser que estuviese... ya sabes... —Se lleva un dedo a la sien—. A ver, intentó dejárselo todo a Perrin. Y no es mentira.

—Michaela —interrumpe Liza, y me lanza una mirada preocupada—, sabes perfectamente que esa no es la cuestión.

Estoy plantada delante de ellas, y el enfado que siento se va diluyendo en una sensación de impotencia. Soy consciente de que, en el fondo, me esperaba algo así desde la noche de la fiesta en vísperas del Día de los Fieles Difuntos.

—¿Qué consecuencias tiene eso para mí? —pregunto—. ¿Y para Enysyule?

Michaela se encoge de hombros.

–No sabría decirte. Lo siento, Jess, es una situación poco común. La manera en que se gestiona la casita de campo se sale de los cauces ordinarios. Forma parte de un fideicomiso establecido para garantizar que haya quien cuide de la propiedad mientras viva Perrin. Y eso, como comprenderás, ya tiene su miga –ha ido bajando el tono hasta detenerse para darle otro trago a la ginebra.

–¿Pero todo eso es legal?

Algo esconde con su actitud que me hace desconfiar.

–Sí... –Liza arrastra la palabra–. Técnicamente.

–¿Técnicamente?

–Un tribunal podría impugnarlo –dice Michaela como si aquello la agotase–. Que es justo lo que Roger amenaza con hacer. –Levanta la vista y me mira, lívida–. Hemos recibido una carta de su abogado. Ha propuesto una reunión entre ambas partes para tratar el caso. No pinta bien. Es evidente que quiere el terreno y, si tiene pruebas.... –Sacude la cabeza y mira a su alrededor en la minúscula y abarrotada oficina–. Somos una empresa pequeña, Jess. Ni por asomo podemos asumir los costes de un litigio.

Cierro los ojos y aprieto fuerte los párpados como si quisiese retener a toda costa dicha información. ¿Me está diciendo que tengo que marcharme de Enysyule ahora que empiezo a acostumbrarme a todo? Me dan ganas de preguntar: «¿Qué pasa con Perrin? ¿Y con mis sueños? ¿Y la tierra? ¿Y la roca?».

–¿Cuándo es la reunión? –me obligo a decir, en cambio.

–La semana que viene a más tardar. –Liza va a su escritorio, coge un trozo de papel que hay encima–. Toma, se supone que tenemos que entregarte esto.

Le echo un vistazo rápido. Es una carta llena de términos

oficiales apabullantes, en la que solo se me menciona en calidad de «arrendataria». Hago una bola con ella.

–Aún no hay nada seguro, ¿verdad? –les pregunto–. ¿Sigo siendo la inquilina de Enysyule?

Intercambian una mirada.

–Sí –dice Michaela–. Por ahora.

Estoy a punto de llamar a Alex una docena de veces antes de volver a la casita de campo y que el aviso de «SIN CO-BERTURA» me disuada de hacerlo. Quiero desahogarme con alguien; quiero que se disculpe, que diga que va a hablar con su padre. «Pero las cosas no funcionan así», me digo resistiendo el impulso de abrir la cremallera y sacar el teléfono del bolsillo. No necesito ningún «favor» más de los suyos. Si soy la cuidadora de Enysyule, me corresponde encargarme de proteger todo lo que comprende.

Ojalá Thomasina me hubiese dejado algo: unas instrucciones, una carta, una nota... Algo en lo que me explicase qué hacer. He revisado la casa de arriba abajo y no he encontrado nada. He buscado por todas partes, excepto en el baúl cerrado a cal y canto que hay a los pies de la cama. No he sido capaz de encontrar la llave para abrirlo, y Michaela no tiene conciencia de que la haya. No consigo desprenderme de la sensación de que contiene algo que podría ser importante para mí.

Por ahora, lo más personal que he encontrado son los cuadernos de bocetos de Thomasina, su caligrafía puesta en unas cuantas botellas de vino de moras, sus garabatos en un artículo de un periódico. A la altura de la entrada de la casa, me asalta un pensamiento. El artículo. ¿Qué era lo que decía? ¿Algo sobre Roger Tremennor y sus planes...?

Perrin levanta la mirada y maúlla cuando paso junto a él a toda prisa y subo las escaleras de dos en dos. Abro de un empujón la puerta de la habitación de invitados, rezando para que no haya tirado el periódico. No está en la mesa. ¿Qué he hecho con él? Me pongo a buscarlo frenéticamente por el suelo tirando de unos guardapolvos que no se han movidos en años, apartando de en medio cajas, molestando a las arañas y a los bichos bola. «Por favor, por favor, que no lo haya quemado...».

Perrin viene y se acerca, intrigado por la agitación y el desorden. Por el rabillo del ojo, lo veo darle a un bicho bola de pasada para, a continuación, escabullirse e ir directo al sillón que hay junto a la ventana. El asiento cruje al saltar sobre él. Miro a mi alrededor y lo veo arrellanándose sobre el periódico doblado.

Con el corazón desbocado, se lo saco de debajo. Ya no recordaba el contenido del artículo. Ahora, reconozco en la foto a Roger Tremennor, aunque no lleve el disfraz de la víspera del Día de los Fieles Difuntos y el maquillaje de rigor. Está de pie en las escaleras de la casona, con los brazos cruzados, mirando a la cámara. Los garabatos de Thomasina no se han borrado. En algún momento, antes de morir, debió de pintarle unos cuernos de diablo en la cabeza, los colmillos que le asoman de los labios, una cola puntiaguda y unas moscas revoloteando en torno a él. Me haría reír si no fuese porque el titular del artículo centra toda mi atención:

TREMENNOR PRESENTA SUS PLANES
PARA EL PUERTO DEPORTIVO

Roger Tremennor, propietario de la finca Tremennor, ha manifestado hoy su intención de encabezar el desarrollo de un complejo multimillonario en torno a un puerto deportivo en la ribera del Lan, cerca del pueblo de Lanford.

«Esta zona está pidiendo a gritos una modernización –ha afirmado Tremennor en una entrevista reciente–. Un complejo en torno a un puerto deportivo no solo atraerá el turismo internacional, sino que potenciará la economía, generando trabajo y servicios tanto para los visitantes como para los residentes».

Tremennor se ha enfrentado ya a la férrea oposición de grupos ecologistas de la zona, que critican que la presencia de un puerto deportivo de tales dimensiones en el río alterará su particular y delicado ecosistema. Tras negociar con la municipalidad, Tremennor adquirió el año pasado una franja de la ribera que estaba sin explotar, un acuerdo que algunos parroquianos han cuestionado. Si bien ese terreno no representa más que una mínima parte de lo que exigirá el puerto deportivo, Tremennor «confía» en hacerse con más tierras a su debido tiempo. En la página web del Consejo Municipal de Lanford, se puede consultar más información en el apartado de «Planificación».

Me quedo mirando la cara de satisfacción de Tremennor. No me extraña que esté intentando hacerse con Enysyule. Todo un valle, y tan cerca del río... Hará años que le tiene echado el ojo. De repente, me viene a la cabeza lo que dijo Alex la última mañana que pasamos juntos: «Tengo que irme, he quedado con mi padre y un grupo de inversores por el tema este del puerto deportivo».

Caigo en la cuenta de que él estaba al tanto. Incluso estando juntos, él era consciente de lo que su padre planeaba y no me dijo nada. Si ya me revuelve el cuerpo pensar en constructores e inversores vestidos de traje y sombrero fino paseándose como Atila por el valle, mucho más la idea de que derrumben la casita de campo, cerquen o «reubiquen» la roca de Perranstone y destruyan la antigua carretera. ¿Qué sería de Perrin? No me lo imagino viviendo en ningún otro sitio. No sobreviviría.

–Tremennor miente –mascullo. Me hace bien pronunciarlo en voz alta–. Thomasina era una Roscarrow, ella nunca habría puesto las tierras en sus manos. –Perrin se da la vuelta y me mira con sus ojos amarillos y llenos de sabiduría–. Lo único que tenemos que hacer es probarlo sea como sea. Tenemos que hacerlo.

Le acaricio su suave pelaje.

Al caer en el olvido, la tierra recupera su estado salvaje. Le salen garras en forma de zarzas y espinos, ortigas que pinchan, raíces que ponen zancadillas, hierba que esconde cientos de lugares en los que torcerse un tobillo o hacerse daño en una pierna. Como un niño abandonado, se vuelve difícil e indisciplinada; no responde a la mano que trata de arrancarle el salvajismo a golpes. Es mejor dejarla ser salvaje que amansarla de esa manera. Es mejor olvidarse de ella.

No puedo escribir. Al menos, no ahora que tengo tantas cosas en las que pensar y cuando hay tanto en juego. Así que, en lugar de eso, recorro la casa otra vez en busca de una llave que abra el baúl. «¿Y si contiene las escrituras de las tierras?», me planteo mientras revuelvo en los cajones del aparador. Podría haber documentos, sus últimas voluntades, una carta... Cualquier cosa.

Pero nada. Acabo sentada delante del baúl y repasando con las yemas de los dedos los motivos que lo decoran. La madera está toda tallada, pero de un modo basto, como si alguien tuviese la intención pero no la maña. Se trata de un patrón abstracto: espirales que se alargan de banda a banda. En el centro, hay dos nudos que sobresalen de la madera como si fuesen unos ojos. Me siento con la espalda apoyada en la pared y les devuelvo la cruel mirada que me lanzan.

—Ayúdame —le susurro a la casita, al valle, a cualquiera que pueda estar escuchándome—. Me has mostrado cosas antes. Por favor, muéstrame algo que me sea de ayuda.

Lentamente, decido cerrar los ojos y dejar que mis pensamientos fluyan.

Me concentro en la oscuridad que hay bajo mis párpados, que solo vienen a perturbar unas marcas luminosas medio inventadas. Pasan los minutos. Me duele la espalda de estar sentada directamente en el suelo. Tengo las piernas agarrotadas. Y, justo cuando a punto estoy de rendirme, de estirar los miembros y abrir los ojos..., caigo en la cuenta de que ya los tengo abiertos. Los torbellinos de formas pálidas que me los cubren son copos de nieve. La oscuridad que me rodea es la de la noche. El agarrotamiento que siento en los brazos y las piernas se debe al frío. El dolor en la espalda, a la larga jornada de trabajo que he pasado en el río, casi helado.

La nieve cruje con cada paso que doy. Con cada pisada, me alejo un poco más de mí hasta que ya no soy yo, sino un hombre envuelto en un abrigo que ya le ha dado servicio muchos inviernos. Por mucho que la nieve que tengo ante mí parezca tan suave como el algodón, bajo ella se esconden madrigueras y agujeros que pueden engancharme una pierna y partírmela en dos. El hombre tuerce el gesto y abre la boca, rompiendo así los cristales de hielo que se le han formado en la barba. Lleva una petaca en el bolsillo. La quemazón del licor le inunda la mirada y le calienta la garganta lo suficiente como para entonar: «*Ha'n kelynn yw an kynsa a'n gwydh oll y'n koes...*».

125

Caminado con cautela, se interna en el valle. No quería venir aquí –al menos, no esta noche–, pero el bosquecillo de acebos que hay junto a la roca estaba vacío y en silencio, y él debe cumplir la promesa que ha hecho. La nieve, hipnótica, se arremolina en torno al haz de luz que proyecta el farol y a punto está de hacer que se le cierren los ojos del cansancio. Para evitarlo, los abre de par en par a pesar del frío y vuelve a cantar. Esta vez, más alto.

«¡*Kelynn*! ¡*Kelynn*!».

No hay nada que pueda hacerle daño, se recuerda. Lleva el valle en la sangre. De todas formas, le cuesta asumirlo cuando un silencio tan prolongado se cierne sobre el lugar. Hasta los búhos se han quedado mudos del frío. Hay un tipo en el pueblo que dice que el valle está encantado. Que en él viven los espíritus de las tormentas y los fantasmas de sus ancestros, que fueron asesinados...

Ahoga un grito de pánico al sentir el crujido de algo bajo su bota. Escruta la oscuridad –negra como boca de lobo– a la luz del farol. Tiembla como un junco y, mirando al suelo, despeja la nieve con el pie. Debajo hay hielo. Es el agua del vado convertida en un cristal helado. Lo pisa, tanteando su aguante. Así que está cerca. Sostiene el farol en alto y echa a andar con grandes zancadas en plena nevada.

Por fin, la luz ilumina el muro del jardín de la casita de campo, coronado de nieve. Acelera el paso, pues el terreno es menos agreste aquí, donde antaño hubo un sendero. Pronto surgen ante él el quicio de una puerta y la puerta misma, oscurecida por el paso del tiempo. Al agarrar el pasador con la mano enguantada, se detiene. Algo ha pasado por allí hace poco y ha despejado la nieve del escalón. Se siente tentado a tirar el saco que lleva y volver corriendo al río. Pero no puede. Lo ha prometido. Es su deber, al igual que antes fue el de su padre y el de su abuela. Chupa un poco del hielo de la barba y abre la puerta de un empujón.

–¡Eo! –grita, y se le quiebra la voz–. ¿Perrin?

Algo se mueve en la oscuridad. Algo grande y con forma de persona. Aterrorizado, el hombre recula de un brinco.

–¿Quién anda ahí? –pregunta una voz.

El farol le tiembla en la mano, y él lo levanta e ilumina el interior de las ruinas de la casita de campo. Allí, junto al hogar apagado, ve una cara, pálida como el mármol, unos ojos y una boca abierta.

–¿*Piw os ta*? –le pregunta, y se maldice mentalmente a la vez que cambia de idea: eso aquí ya no tiene sentido.

–Hable en inglés, ¿le importa? –dice el rostro. Al escucharlo, al hombre se le pasa el miedo. Se fija un poco más. El hombre de la casita está sentado contra la pared, encogido. Va envuelto en un abrigo y leva un sombrero bien calado. La barba le marca el mentón, lleno de escarcha.

El hombre que viene del bosque suelta un juramento en voz alta.

–¿Qué está haciendo aquí?

–¿Y a ti qué te parece? –dice el hombre que está junto al hogar–. Muriéndome de congelación. –Rodea una pierna con las manos como para protegerla–. Me tiró el caballo al pasar por esa condenada roca. Solo puedo andar a rastras. –En su enfado hay también miedo–. Llevo horas aquí. Si eres de la partida de búsqueda, te has tomado tu tiempo, sí, señor.

El hombre del farol se gira y baña de luz el resto de la casita de campo. Parece que está vacía. Por el suelo, se han ido formando montículos de la nieve que ha entrado por las ventanas rotas. El único mueble que sigue estando entero es la enorme mesa de la cocina. La escarcha que la recubre lanza destellos blancos y dorados.

127

—No soy de ninguna partida de búsqueda –dice.

—Entonces, ¿qué haces merodeando por aquí? Esta tierra tiene dueño. –Sus ojos reparan en el saco que el hombre lleva a la espalda–. ¿Caza furtiva? Podría hacer que te metan en la cárcel. –Incómodo, cambia de posición sobre el suelo de piedra–. Lo pasaré por alto si me echas una mano.

—No soy un cazador furtivo –dice el hombre, y coloca el farol en el suelo de losas partidas para liberarse del saco que acarrea–. Estoy aquí para darle de comer a él.

—¿A qué te refieres? Aquí, no hay nadie. Y así ha sido desde hace años.

El hombre del bosque no responde. Se limita a sacar del saco un puñado de paquetes envueltos en papel de periódico. El aire gélido de la casita de campo se impregna de olor a carne asada y a pescado frito.

—Gracias a Dios –dice el hombre junto al hogar.

Se lanza a por la comida, pero el hombre de la linterna se la saca de delante.

—No es para usted –le dice.

El otro hombre tuerce el gesto.

—Maldito seas. –Intenta impulsarse hacia delante, pero acaba cayéndose hacia atrás. Suelta un juramento y se agarra la pierna–. No me pongas a prueba. Sé quién eres: eres uno de esos demonios del río.

—Soy Melchizedek Roscarrow.

—Ya me parecía. –El hombre se deja caer hacia atrás a la vez que hace una mueca–. ¿Qué clase de nombre impío es «Melchizedek»?

—Pues uno bíblico. ¿Y qué nombre es «Godfyld»?

—Viene de familia. –Hace una pausa–. Entonces, ¿me conoces?

—Sí.

–Pues échame una mano. –La voz del hombre refleja un ligero temblor–. Llévame de vuelta a la casona.

Antes de que al hombre del farol le dé tiempo a contestar, se oye un crujido y una pequeña refriega. Levanta la mano pidiendo silencio. Respira una vez, y otra, y otra más hasta que, lentamente, de entre las sombras se materializa algo que se acerca rondando hasta entrar en el haz de luz que proyecta el farol.

En la oscuridad, chispean unos ojos amarillos. Tan amarillos como el sebo, como el maíz. Unos ojos viejos, fieros como los de un halcón.

–Hola, Perrin –susurra el hombre del farol, y empuja en su dirección uno de los paquetes de comida que hay abiertos.

Palmo a palmo, el gato avanza hacia allí con sumo cuidado y torciendo el morro. No les quita el ojo de encima a los dos hombres. Es larguirucho y delgado de cuerpo, y el pelaje, largo y negro, se le ve apelmazado aquí y allá, en mechones. Se le ha pegado la nieve a las patas. Suelta un gruñido bajo cuando el hombre intenta moverse.

–Ven, Perrin –dice para calmarlo–. Ven.

Estira el brazo, pero el gato bufa y le da un zarpazo que le hace sangrar los dedos. Lo deja estar, y es entonces cuando aquel coge de un tirón el pescado y lo arrastra debajo de la mesa. Se oye una risa ahogada que viene del lado de la chimenea.

–¿Has salido en plena tormenta de nieve para darle de comer a ese saco de pulgas? –El hombre del abrigo vuelve a reírse. La suya es una risa estridente, teñida de dolor–. Aunque yo debería estar agradecido de que estés así de loco.

–No esperaba que lo entendiese –lo interrumpe el hombre del farol mientras desenvuelve el resto de la comida.

De debajo de la mesa, les llega el ruido de esos dientes que, famélicos, desgarran el pescado.

–Te ha arañado –señala el hombre del abrigo tratando de dominar sus ganas de chinchar y adoptando un tono más amable–. Yo a eso lo llamo ser un desagradecido. Para mí, el bicho está más muerto que vivo. Si tuviese una pistola, le pegaría un tiro.

En menos que canta un gallo, el hombre del farol se abalanza sobre él y lo agarra del abrigo hasta levantarlo en el aire haciéndole apoyarse en la pierna herida.

–No diga eso –le escupe–. Ni se le ocurra decirlo. ¿Entendido? –Lo sacude con fuerza y tira su sombrero al suelo–. ¿Y bien?

–Vale –jadea el hombre del abrigo–. Vale, queda claro. Ahora, si no te importa...

El hombre del farol lo tira al suelo ignorando sus gritos de dolor. Mira de nuevo hacia la penumbra que hay bajo la mesa, al destello que lanzan los dientes del gato mientras se zampa su comida.

–Si está asilvestrado, es única y exclusivamente por su culpa. –Mira a su alrededor y se le va pasando el enfado–. No me extraña que se haya vuelto un salvaje, teniendo en cuenta como le han dejado la casa.

–Esta es mi propiedad –resolla el hombre del abrigo–. Puedo hacer con ella lo que me venga en gana.

–Y está de esta manera a causa de su crueldad –dice el hombre–. Si no fuese por eso, aquí habría gente viviendo y cuidándola como hacen el resto de sus arrendatarios. –Abre otra vez el saco. Afuera, la nieve sigue cayendo con su suave cadencia letal–. Puede que los míos aún viviesen en este sitio –dice.

El hacendado no responde, y el hombre vuelve a sus cosas.

Coge del saco una badana, cálida y mullida, y una manta vieja. Las coloca al amparo de un rincón, como haciendo una cama. Se saca del bolsillo un paquete de pescado seco envuelto en papel. Lo dispone sobre la repisa de la chimenea, allí donde pueda darle alcance de un salto cierta ágil criatura. Una vez hecho eso, se acerca lentamente al gato, debajo de la mesa. Ya ha terminado el pescado y ha empezado con el pollo.

—No nos hemos olvidado de ti –susurra–. El gato lo esquiva cuando intenta acariciarlo y lo mira con desconfianza con unos ojos que, antaño, se cerraban de gusto al contacto de una mano humana en su lomo. Pero ahora, no. Ya no.

Con un suspiro, el hombre se pone en pie y se echa al hombro la arpillera vacío. El hombre del abrigo lo observa en silencio. Se le ponen azules los labios. El del farol saca otra vez la petaca y le ofrece un trago largo.

—Le echaré una mano –dice, y se limpia los labios con la mano–. Lo sacaré del valle y lo llevaré de vuelta a la casona sin decir palabra. –Baja la mirada hacia el hombre herido–. A cambio, usted se encargará de poner a punto este sitio: paredes, ventanas, techo. Y nos dará dispensa para venir a darle de comer cuando queramos.

El hombre del abrigo se estremece del dolor y del frío.

—¿Y por qué no me pides dinero? –dice con un deje de reproche–. ¿O bienes o tierras? Te daría lo que fuese, no me quedaría otra.

—Las palabras se las lleva el viento –dice, tajante, el hombre del farol–. Da unos cuantos pasos y le tiende la mano al hacendado–. ¿Trato hecho?

El hombre del abrigo abre la boca, pero no emite ningún sonido. Solo se oye como si arañasen o rascasen algo, como una zarpa dando en la madera. Del susto, doy un tirón hacia atrás y me golpeo la cabeza con la pared. Abro los ojos. El suelo del dormitorio, el fuego resplandeciente en la chimenea. Tal cual lo dejé. Vuelven a oírse los arañazos y el rascado. Miro a mi alrededor y me encuentro a Perrin, que está afilando las uñas en el viejo baúl de madera.

—¡Perrin! —le suelto, y se detiene con una pata en alto. Sus ojos son como los de la criatura medio asilvestrada que vivía sola en la casa en ruinas—. Perrin —repito en un tono cariñoso y hago ademán de acariciarle la cabeza.

Se acomoda un instante bajo mi mano, aunque él también recuerda ese tiempo pasado en el que vivía salvaje. Luego, frota la cara contra mi palma, da unos pasos sinuosos y se encarama a mi regazo. A pesar de que se me han dormido las piernas de estar sentada en el suelo, le dejo que se ponga a gusto. Ronronea, me amasa la manga del jersey, y yo lo domino a base de caricias e intento transmitirle sin palabras que, pase lo que pase, esta vez no se quedará solo.

Al día siguiente, sigo dándole vueltas al sueño mientras cruzo el valle en dirección a la casa de Mel. No sé muy bien qué pretendía conseguir anoche. En caso de que hubiese visto cosas que pudiesen ayudar en mi lucha por Enysyule, ¿cómo iba a explicarlo? «Lo he visto en un sueño después de quedarme mirando fijamente una caja de madera», me veo explicándole al abogado de turno, que asiente, pensativo, y anota en su cuaderno: «La arrendataria está loca de atar».

Empiezo a ser consciente de que la casa de Enysyule está levantada sobre historias olvidadas, fragmentos de recuerdos, ecos de sucesos tan minúsculos como trascendentales. Pero lo que yo necesito ahora es algo a lo que agarrarme. Necesito algo por escrito, un código que la ley pueda interpretar. Estoy tan enfrascada devanándome los sesos, buscando ideas, que tardo en oír el ruido que se expande por el valle. Y no lo percibo en toda su magnitud hasta que no estoy cerca ya de la roca. Es un ruido sordo, apagado y repetitivo, como un martilleo. Me paro en seco en medio del sendero.

–No se atreverá a... –mascullo por lo bajo y echo a correr–. ¡Ese desgraciado! No se atreverá a...

Cuando me detengo, renqueante, al borde del claro unos minutos después, se me escapa un lamento de frustración. Han vuelto a colocar la señal justo en el mismo sitio en el que estaba ayer. Y, lo que es peor, ahora han añadido otra, que han clavado en el suelo del lado opuesto. Quienquiera que las haya puesto ha debido de salir por patas al oír que venía. El aire fresco aún conserva el rastro de una presencia humana, así como el olor a madera recién cortada.

De lo indignada que estoy, casi ni me fijo en la roca. Esta vez, no me lo pienso: le doy una patada al poste y luego otra, y otra, hasta que la señal empieza a inclinarse; me agacho y la arranco. Se me clava una astilla en la piel de la muñeca y me hace sangre, pero no le doy importancia. La segunda señal está clavada más firmemente, lo que me hace soltar un juramento. La muevo de un lado a otro hasta que se suelta. La tiro al suelo, sin resuello, pero sintiéndome ganadora.

Es entonces cuando noto una punzada de dolor acompañada de un reguero húmedo que mana del rasguño que me he hecho en la muñeca. Sangre. Ni tiempo me da de echarle un vistazo antes de que unos ladridos frenéticos rompan el silencio del bosque y pase corriendo entre los árboles una mancha amarronada. Tengo una sensación de *déjà vu* muy fuerte y siento un nudo en el estómago. Es Maggie, que me reconoce y aúlla y brinca al borde del claro sin atreverse a cruzarlo. Me limito a mirarla, aturdida, hasta que caigo en la cuenta de quién ha sido el que ha estado ahí, de quién es el responsable de las señales.

A través de los árboles desnudos, reverbera un silbido.

—¿Maggie?

Controlo las ganas de vomitar, pues sé lo que está a punto de suceder.

—Maggie, ven. —Alex me ve y se para en seco.

Es la primera vez que nos encontramos cara a cara desde que rompimos. Durante un segundo, siento un ramalazo de la atracción que sentía por él, pero también de culpabilidad. Luego, me fijo en la bolsa de herramientas que lleva en la mano, en la maza con la que carga... y la indignación se impone, con más intensidad si cabe.

—Jess —dice Alex, y sus ojos van de mi cara colorada a mis manos manchadas de barro—. Oye, estás sangrando. —Mi expresión le indica que no es buena idea que se acerque. Deja caer la maza junto a él, como si ahí yo no pudiese verla—. ¿Cómo te has hecho eso? —dice, incómodo.

A mis pies, están las señales, rotas.

—¿Y tú que crees?

Se pone como un tomate.

—No deberías hacer eso. Solo empeora las cosas.

—¿Peor que el hecho de que tu padre me presione para que me vaya de mi casa y él pueda birlar esta tierra para su dichoso puerto deportivo?

Al mencionar el puerto deportivo, a Alex se le tensa la mandíbula. «Estaba al tanto. Siempre lo ha estado —me recuerdo—. Todo ese rollo de que se alegraba de que yo me hiciese con Enysyule y no su padre eran patrañas».

—Esto... —Se aclara la garganta—. Esto no tiene nada que ver contigo. Es un asunto local. Y tú eres la arrendataria, así que... —Me mira en actitud suplicante—. No lo entiendo,

Jess. ¿Por qué te importa tanto esa pila de basura? Tu sitio no está aquí.

Estoy tan furiosa que me quedo sin habla durante unos segundos.

—¿Y dónde está? ¿En Londres? ¿En un lugar en que te moleste menos? —Abre la boca para responder, pero la cierra al momento al ver que me embalo—. ¿Qué pensabas que iba a pasar con nosotros después de esto, Alex? ¿Cómo creías que iba a reaccionar yo?, ¿encogiéndome de hombros y dejando que me sacases a cenar?

—Pensé...

—¿Pensaste qué?

—Pensé que lo nuestro podía funcionar —dice, entre desafiante y suplicante—. Pensé que mi padre estaba haciéndote un favor al desvincularte de ese contrato.

—Claro, ¿obligándome a marcharme al sitio del que nunca debería haber salido? —le suelto.

—¡No! Pensé que a lo mejor podías... venirte a vivir conmigo.

Sus palabras quedan flotando entre nosotros como hojas congeladas en plena caída. Maggie se hace la remolona y gimotea. Hasta ella percibe las emociones que hay en el ambiente. Soy incapaz de responderle. Del pasmo y del desprecio que siento, me echo a temblar. Me giro y agarro las señales.

—No puedo consentir que te las lleves —amaga Alex, pero lo empujo para que me deje pasar y me interno en el bosque sin dirigirle la palabra.

Mel Roscarrow anda arrastrando los pies por la cocina. Coloca un rollo de papel, busca en los cajones...

—No pasa nada, no es más que un rasguño —le grito cuando se mete a toda prisa en el baño.

Por la puerta abierta, entreveo una bañera con patas de garras y una pica antigua montada sobre una encimera de madera.

—Aun así... —Aparece con una botella de aspecto antiguo en la mano—. Yodo —dice mientras se esfuerza por quitarle el tapón—. No hay nada mejor.

No tengo energía ni para protestar cuando se pone a empapar la esquina de un paño de cocina en ese líquido. El enfrentamiento con Alex me ha dejado temblando, agotada.

—Trae —me ordena Mel, y me agarra la muñeca mientras me recoge la manga para ver el rasguño.

Con cuidado, me limpia la sangre seca, lo que me deja un rastro del color del azafrán. Me sale un gesto de dolor de lo que me escuece.

—Solía hacerle esto a Jack cuando era solo un mocoso —masculla—. Nunca he visto tantas rodillas peladas en un chico.

Intento reír, pero el escozor hace que se me llenen los ojos de lágrimas y no hay forma de secarlas.

—No duele tanto, ¿verdad? —dice Mel cuando empiezan a caérseme.

—No, si no es eso. —Me sueno la nariz con la manga—. Es... la casita de campo, Mel. El valle. Que no sé qué hacer.

Asiente, y vuelve a ponerle el tapón al yodo.

—Es por la demanda de Tremennor en relación a Enysyule, ¿no? —Debo de parecer sorprendida, porque suelta una risa seca—. En Lanford no hay secretos. Me enteré anoche por el viejo Derek, el abuelo de Liza.

—Da la impresión de que Michaela ha decidido dar la batalla por perdida —le cuento, agradecida de no tener que explicarle la situación desde el principio—. Ella y Liza hablaban como si el asunto ya estuviese decidido. Sea cual sea la táctica que Roger está usando para amedrentarlas, se ve que funciona.

–Bueno, ya... Tienen que pensar en su negocio –dice Mel mientras dibuja una figura en la mesa–. Quedarse sin trabajo son palabras mayores en un sitio como este. Si Michaela perdiese la agencia, tendría que irse a otra parte. Y apuesto algo a que Tremennor no amenaza en vano.

–La gente sigue tratándolo como si fuera el mandamás –estallo–. Como el señor de la dichosa casona. Pero ya no le deben obediencia.

Mel empuja hacia atrás la silla.

–No, pero las viejas costumbres están muy arraigadas. Durante siglos, «Tremennor» significaba lo mismo que «señor». Cuesta romper con esas costumbres centenarias. –Se levanta y cruza la cocina en dirección a la alacena–. Sobre todo, cuando hay dinero de por medio. Por aquí, no es que sobre. Y da poder.

Vuelve a la mesa con una botella bajo el brazo y dos vasos.

Trato de recordar el artículo del periódico con los garabatos de Thomasina, y siento que me estoy agarrando a un clavo ardiendo.

–He leído que la gente protestaba contra los planes del puerto deportivo, que ni siquiera quieren que se construya uno aquí. ¿No podemos pedirles que se manifiesten también en contra de su demanda en relación a Enysyule?

Mel niega con la cabeza.

–Ese puerto deportivo es una idea equivocada. Cualquier crío que sepa aparejar una vela te dirá que no tiene sentido en esta parte del Lan. Tendrían que sacrificar el río. Y supondría también el fin del desguace. –Baja la mirada y la fija en sus manos–. Pero he de serte sincero, Jessie. La tropa de por aquí no se va a meter en una pelea por Enysyule. Y menos contra un Tremennor. Es... –suspira– un asunto privado, y viene de muy lejos.

—¿Y qué se supone que debo hacer? —le pregunto exigiéndole una respuesta, y se me vuelven a llenar los ojos de lágrimas—. ¿Sentarme y esperar a que me desalojen?

—No, yo no he dicho eso —responde Mel con serenidad—. A ver: Roger se está tirando un farol si va diciendo que el valle le pertenece. Enysyule era de Thomasina tanto como del resto. Uno de los Tremennor se la había dado a su madre.

—¿Cómo? —Me echo hacia adelante agarrándome a la mesa—. ¿«Dado» en qué sentido? ¿Cómo lo sabes?

Se encoge de hombros.

—Lo sé y punto. Como todo el mundo.

No puedo evitar soltar un sonidito en señal de frustración.

—Pues a mí nadie me lo ha contado. Michaela dijo que Roger Tremennor tiene algún tipo de prueba, algo firmado por Thomasina donde se dice que la tierra no era suya.

Mel resopla en actitud desdeñosa.

—Eso es imposible. Los Tremennor se la devolvieron a la madre de Thomasina. Sabían que no les pertenecía, por mucho que fingiesen que sí. Por lo que sé, ni siquiera llegaron a vivir allí.

—Entonces, ¿por qué la devolvieron? —indago—. Algún motivo tendrían.

Mel pone cara de perplejidad.

—Ni idea. Puede que uno de ellos saliese decente, para variar.

Me echo hacia atrás y me rasco la frente. El olor a yodo me satura la nariz.

—Mel, eso no me sirve —digo—. Si Roger dice tener pruebas, yo debería tener alguna también. Y eso incluye escrituras y documentos, no chismes e historias.

Se pone a descorchar la botella de brandi.

—Pues yo solo tengo historias —afirma—. Y son importantes, mucho más importantes que los papeles y los contratos.

Explican por qué conocemos la tierra, por qué tenemos memoria.

—Explican por qué uno se aferra a los rencores —replico—. Cosas así pasan continuamente y siempre se repite el mismo patrón. Aquí, los Tremennor y los Roscarrow enfrentados por Enysyule —me detengo temiendo haber ido demasiado lejos.

Mel se limita a mirarme fijamente.

—Y no te equivocas —termina por decir—. Así han sido siempre las cosas. A veces, hasta lo lamento. —Levanta la botella de brandi—. Pero hoy no. Hoy, los Tremennor pueden irse al cuerno.

Sirve dos buenos vasos de brandi, aunque pasan pocos minutos de las doce del mediodía, y empuja uno hacia mí.

—Para calmarte los nervios —dice.

—Y los tuyos, ¿qué? —le digo al coger el vaso—. ¿Tú también necesitas relajarte?

—Casi todos los días. —Levanta el vaso en mi dirección—. Por Enysyule.

A pesar de mis reservas, Mel tiene razón: el brandi me calienta la garganta y me quita la sensación de vacío que tengo en el estómago. Justo cuando estoy a punto de tragarme la última gota, oigo cerrarse de golpe la puerta de entrada y unos pasos que suben por las escaleras.

—He ido a ver a mamá —nos llega la voz de Jack—. Me manda un poco de jamón. —Se queda parado en la cabecera de las escaleras al vernos a ambos sentados ahí, tomándonos nuestros brandis tempraneros.

—¿Le apetece comer con nosotros, señorita Pike? —pregunta Mel sin maldad.

Jack me evita cada vez que trato de establecer contacto visual con él. Me cuesta creer que este desconocido huraño sea el hombre con el que me senté junto al fuego a tostar bollos de azafrán.

–Gracias, pero será mejor que me vaya –digo.

Jack farfulla algo sobre hacer unas llamadas y se larga a la planta de arriba.

–No te desmoralices, Jessie –dice Mel, dándome una palmada en el hombro–. Ya encontraremos la manera de demostrar lo mentiroso que es Tremennor.

Le sonrío, agradecida, y lo sigo escaleras abajo. Afuera, Mel le da una patada a las señales que me traje del bosque.

–¿Quieres llevártelas?

–No, ni de broma. –Me anudo la bufanda al cuello–. Por lo que a mí respecta, como si las quemas.

–Me vendrán bien –dice Mel. Luego, se rasca el mentón, pensativo–. ¿No estabas pensando en ir al pueblo esta noche?

¿Esta noche? Pues claro: el encendido de las luces de Navidad. Con todo lo que ha sucedido, se me había olvidado por completo.

–No lo sé aún –digo, dubitativa–. Está siendo un día largo, y no ha hecho más que empezar.

–Venga. –Me da un codazo–. A decir verdad, estoy buscando a alguien que me acompañe. Jack tiene planes, y mis piernas ya no son lo que eran.

–Vale –cedo con una risotada–. ¿Dónde nos vemos?

–En el puente. –Recoge las señales–. A las seis. ¡Y acuérdate de venir bien abrigada!

Al darme la vuelta, lo veo subir las escaleras a toda prisa, como si –y al pensarlo se me dibuja una sonrisa– sus piernas estuvieran perfectamente.

A lo ancho y largo de los campos, el invierno va avanzando día a día, aumentando su ventaja. Un pie resbala, una cabeza se baja; en la oscuridad, refulge el fuego como un descarado

modelo de resistencia. Hacia él, se precipita de cabeza el viejo año.

Canturreo una melodía mientras espero a Mel en el puente. Sea cual sea la canción, llevo toda la tarde con ella en la cabeza, como si fuese un disco rayado. Hasta se la he tatareado antes a Perrin, mientras jugábamos con un trozo de cuerda. Hoy ha estado muy gatuno, yendo a las carreras por toda la casa como si le ardiera la cola.

En lo alto de la colina, se ven brillar los ojos rojos de los coches aparcados en el límite del pueblo. Oigo a los niños chillar y el trajín de gente que abarrota las estrechas calles. Por mucho que antes me quejase, me alegro de haber venido. Aunque –y lo compruebo en el teléfono–, Mel llegue tarde. A lo mejor viene con la excusa de que sus viejas piernas le han jugado una mala pasada.

Del lado de la ribera, se levanta un viento fresco que trae consigo el olor al mar invernal, gris. Me enfrento a él con los ojos entornados e imaginando una barca con los laterales pintados de negro a la que las oscuras olas arrastran de aquí para allá a la espera del cambio de marea. Hace demasiado frío para soportar el viento mucho más tiempo y, justo cuando a punto estoy de internarme en el sendero en penumbra que va a dar a la ensenada para ver qué ha sido de Mel, destella una linterna. Intuyo la forma de una cazadora encerada verde y oigo sonido de pasos.

–¡Estaba a punto de pasar de ti! –voceo.

Jack Roscarrow sale de entre las sombras y me mira, sorprendido. Reculo, abochornada de nuevo, y miro tras él.

–¿Tu abuelo está...?

–¿Mi abuelo está...?

Nuestras miradas se cruzan y, por un segundo, antes de que apague la linterna con el gesto torcido, estoy convencida de que va a echarse a reír.

—Mel me pidió que lo esperase aquí —me apresuro a decir—. A las seis. Dijo que tú tenías otros planes.

—Lo mismo me contó a mí.

—Ah. —Por alguna misteriosa razón, no sé qué hacer con las manos. Termino metiéndolas en los bolsillos de la chaqueta—. Entonces, ¿viene o no?

—Lo dudo. Si mi intuición no falla, ya estará en el *pub*. —Jack me mira por fin a los ojos—. Creo que esta es la manera nada sutil que tiene de decirnos que quiere que seamos amigos.

—Ah...

Se produce un largo silencio.

—Bueno, tú ve yendo —dice haciendo un gesto hacia el pueblo—, y yo...

—No seas bobo —digo, y me arrepiento al instante—. A ver, tú vas a ir de todas formas, ¿no? Pues podemos ir andando juntos. A no ser que no quieras que te vean conmigo.

Mi intención era hacer una broma, pero he sonado muy seria.

—No seas boba —dice, y esboza una sonrisa.

Sumidos en un silencio vagamente electrizante, nos encaminamos hacia el pueblo. Nunca he visto tanta gente junta, ni siquiera en vísperas del Día de los Fieles Difuntos. La gente abarrota las calles, apertrechada con bufandas y sombreros, y los niños van envueltos en tantas capas de ropa que apenas pueden moverse. Hace una noche fresca y húmeda, y el viento del mar se mete entre los abrigos y nos hace temblar a todos. Por lo menos, no llueve, cosa que se agradece. Me embriaga el olor intenso a humo, a avellanas tostadas y a sidra caliente, dulce y especiada.

El café/oficina de Correos/tienda de pesca aún está abierto y ha colocado más sillas fuera, dispuestas en torno a una especie de brasero. Al pasar, saludo con la mano a Reg, el de la tienda del pueblo.

–¿Quieres coger sitio? –le pregunto a Jack, pero cambio de idea al instante–. Hay un par de asientos libres.

–No –dice, y se queda mirando fijamente hacia el *pub*.

Me entra un enfado tremendo. Ni siquiera se esfuerza en ser agradable.

–Bueno, pues que disfrutes de la noche –le digo y me dispongo a marcharme.

–¡Espera! –Me toca el hombro–. No quería decir... Me refería a que no quiero sentarme aquí. El mejor sitio para ver las luces son las escaleras del *pub*. De toda la vida.

–Ah. –¿Debo interpretar eso como una invitación?–. Bueno...

–Ven, ya verás.

Serpenteamos entre la masa que se concentra en la calle principal de Lanford. Hay un ambiente festivo, con un toque inocente e infantil. En un escenario improvisado al lado del *pub*, un grupo de adolescentes toca una versión llena de agudos de *God Rest Ye Merry, Gentlemen* mientras que unos niños pequeños bailan por delante de ellos.

Me llevo un sobresalto al oír ese típico villancico. ¿Cómo es posible que solo falte un mes para Navidad? Si parece que fue ayer cuando, al final del verano, me dio un arrebato, cogí un tren desde Londres y me vine aquí persiguiendo mi sueño...

–Por este lado –me grita Jack, y se dirige a unas escaleras de piedra que suben por un lateral del *pub*. Ya están abarrotadas de gente, aunque nos hacen hueco al ver a Jack y le dan la mano o una palmada en la espalda a modo de saludo. Como siempre, me miran con curiosidad, pero todo el mundo está alegre y, en cuanto les sonrío, me devuelven la sonrisa. Jack se mueve para que yo pueda meterme con calzador en el borde de las escaleras. Al levantar la vista, compruebo que estaba en lo cierto: desde aquí –por encima de las cabezas de la gente– se puede ver el pueblo en toda su amplitud hasta llegar al río.

Oigo una carcajada que me resulta familiar. Es Mel, que está sentado en un banco delante del *pub*, con una pinta en la mano y rodeado de una cuadrilla de viejos. Se le dibuja una sonrisa en su cara arrugada cuando mira hacia arriba y me ve mirando hacia él. A mi lado, Jack sacude el puño haciéndose el enfadado, y Mel se ríe a pierna suelta. Luego, vuelve a centrarse en su bebida.

–Ese viejo es un demonio –murmura Jack.

Lo miro por el rabillo del ojo mientras se gira para hablar con uno de los chicos de las escaleras. Cuando baja la guardia, es abierto, amable, incluso bromista. No sé cómo he podido equivocarme tanto al juzgarlo.

–Mira. –Se inclina sobre mí y noto en la cara el calor que desprende–. ¡Ahí están Dan y sus torturadores!

Obviamente, a Dan, el marido de Liza, se le están complicando las cosas en el escenario, con el rebaño de pequeñajos que tiene a cargo. Andan atropellándose a sus espaldas, dándose golpes y saltando como si tuviesen el baile de san Vito. Uno a uno, los va juntando en una fila irregular. Todos llevan espumillón pegado en los abrigos y los gorros, y el propio Dan se ha puesto un jersey horrible con bolitas de acebo que brillan. Se arrodilla al borde del escenario y coge una guitarra.

–Y aquí está –dice Jack, sonriente–: el glamuroso evento en todo su esplendor. ¿A que te alegras de haber venido?

Me río y me doy la vuelta para ver. Alguien presenta a los niños como «la clase Bellota de la Escuela Primaria de

Lanford», a los que les corresponde el honor este año de encender las luces. Dan rasguea una cuerda de la guitarra, y los micrófonos difunden el sonido por todo el pueblo.

–Vale, chicos. –Oigo que susurra–. Igual que en los ensayos. ¡Venga!

Los niños se ponen a entonar distintas notas a la vez, pero al poco ya se acomodan más o menos al mismo compás. Por debajo de sus voces, oigo la de Dan, que los acompaña.

«Ha'n kelynn yw an kynsa a'n gwydh oll y'n koes...».

Y algo hace clic en mi cabeza, algo que se recoloca y se asienta por fin, como un piñón encajando en un engranaje.

–Conozco esta canción –susurro. Es la que he tenido metida en la cabeza todo el día. Pero ¿cómo es posible que me la sepa? Ni siquiera entiendo la letra–. ¿Qué es?

–Es en córnico. –Jack sonríe con ternura–. Un antiguo villancico. La aprendemos de pequeños, en la escuela. –Espera a que los niños suelten a trompicones el resto del verso y se une a ellos–: «Y el primer árbol en el bosque verde fue el acebo».

«Kelynn! Kelynn!».

Un hombre que camina en plena tormenta de nieve y canta para mantener el calor, para mantener a raya el miedo en su corazón...

«¡Santo! ¡Santo!».

Los últimos acordes de la canción se mezclan con los aplausos del público. En el escenario, se arma un pequeño revuelo y, de repente, el pueblo cobra vida. Las luces disparan sus colores en la oscuridad: blanco, dorado, rojo. Hasta azul. Cada color es como una llama. El público suelta «Oh» y «Ah», pero a mis oídos el sonido llega amortiguado, sustituido por un rugido apagado. Lo que veo no son luces eléctricas sino antorchas que espantan la oscuridad, portadas en alto por numerosas manos. Alrededor de una roca gris, se alzan voces. Sobre ellas, oigo pies que corren, pezuñas que repiquetean, un corazón atronador, una mujer que canta, un cuchillo cincelando la piedra, unas lágrimas que caen en la nieve...

La cabeza me da vueltas. Pongo una mano por delante para recuperar el equilibrio, pero no hay nada a lo que pueda aferrarme. Durante un terrible segundo, estoy convencida de que voy a desplomarme. Luego, una mano me agarra por el abrigo y tira de mí. Estoy en las escaleras. Delante de mí, el público continúa con su entusiasmo. Cientos de coloridas luces iluminan las calles de Lanford.

Jack escruta mi rostro.

–... bien? –me está preguntando.

Me trago el rugido que tengo en los oídos y asiento, a la vez que me aparto del lateral de las escaleras. No es que parezca muy convencido.

–¿Quieres tomar algo? –grita por encima de los anuncios que están haciendo en el escenario–. Ahora es buen momento, ¡no hay cola!

Asiento de nuevo, deseosa de bajarme de las escaleras y salir de la alfombra de luces que ahora brillan inocentemente en mi borroso campo de visión. Aliviada, doy un salto hasta el suelo. Fuera del *pub* hay un puesto en el que venden sidra caliente y especiada. Insisto en pagar yo las bebidas. Las monedas constituyen algo concreto en lo que centrarme, algo normal. Mientras Jack compra unas castañas asadas, me tomo un sorbo. Me embriagan las especias, que me resultan dolorosamente familiares: canela, clavo y cáscara seca mezclados con la intensidad de las manzanas, que hace apenas unos meses pendían esplendorosas en un huerto.

Como si nos hubiésemos puesto de acuerdo, empezamos a separarnos de la gente y tomamos una callejuela que baja hacia el río. Aquí hay mucho menos movimiento. El sonido de la celebración va apagándose a nuestras espaldas. Puede que le esté cogiendo demasiado gusto al silencio del valle.

–¿Qué te ha pasado antes? –me pregunta Jack, y le da un sorbo a su sidra–. Parecías a punto de desmayarte.

Me lleno la boca de sidra caliente para ganar tiempo y pensar.

–No lo sé –digo tras un momento–. La imaginación me está jugando malas pasadas últimamente. –Fuerzo una sonrisa–. Creo que es el efecto Enysyule. ¿Thomasina no era... no veía cosas?

Jack hace un sonido.

–No estoy seguro. Pero no lo descarto tampoco. Lo que está claro es que era rara. –Me mira de soslayo–. Solía hablar con Perrin como si no fuese un gato, sino una especie de compañero con el que compartiese el valle.

No digo nada, y agradezco que la oscuridad me oculte la cara. Llegamos hasta el pie de la colina, en la confluencia de la carretera y el río. Jack se sienta y deja los pies colgando sobre el borde. Yo hago lo mismo. Ante nosotros, el agua negra refleja las luces de la ciudad: doradas, rojas y verdes.

–Gracias por traer a casa ese cuaderno de bocetos el otro día –dice pasado un rato–. El abuelo me lo ha enseñado. Significa mucho para él, la verdad.

–No es nada –farfullo, rodeando el vaso de plástico para calentarme las manos.

–Sí, sí que lo es. –Jack me mira–. Oye, siento si he... –Se para y sacude la cabeza, como si no fuese capaz de dar con las palabras adecuadas–. ¿Te pasaba algo esta tarde? –se limita a preguntar–. Vi el yodo fuera de su sitio.

Me echo a reír y me arremango, mostrándole la gran mancha amarilla que tengo en el brazo.

—Solo fue un rasguño. Ni siquiera sabía que la gente seguía usando yodo.

—Y no lo hace. Creo que el abuelo tiene esa botellita desde 1964 más o menos.

—Dijo que tú solías usarlo.

Jack saca las castañas del bolsillo y me las ofrece.

—Yo era lo que se suele decir un niño «propenso a sufrir accidentes». Solía imaginarme que el depósito era mi zona de juego, con los cabrestantes, los cables, los motores estropeados y todo lo demás.

—¿Cuándo empezaste a trabajar allí? —Al cascar la castaña, sale vaho de su interior y desprende ese típico aroma a dulce y chamuscado.

—Siempre he echado una mano. Pasé un tiempo fuera cuando me fui a la uni, pero se murió la abuela Phyllis y el abuelo ya no podía hacerse cargo de todo él solo... —Se encoge de hombros—. Me gradué antes de tiempo y volví. Desde entonces, he estado trabajando con él.

—¿Y el resto de la familia?

—¿Qué pasa con el resto de la familia? —pregunta—. ¿Te refieres a por qué no trabajan aquí? —Asiento—. Tienen otros trabajos. Mamá es contable, papá gestiona un taller tierra adentro. Nunca le han interesado los barcos. Y a mi hermana Amy no podría importarle menos lo que pasa en la superficie del agua. Lo suyo es lo que hay por debajo. Es bióloga marina, trabaja en el extranjero. —Examina otra castaña—. Así que solo quedo yo.

No puedo evitar imaginarme a la gran familia Roscarrow en Enysyule, festejando alrededor del hogar. Tres hermanos y un padre, todos colgados. Las consecuencias siguen ahí, incluso generaciones más tarde. Creo que empiezo a entender por qué están aún tan vivos los rencores entre los Tremennor y los Roscarrow.

–Jack –pregunto–, ¿tú sabes cómo acabaron en Enysyule Thomasina y su madre? Lo único que Mel me ha podido contar son cuentos de viejos. Necesito tenerlo claro.

Me mira.

–¿Es por Roger? El abuelo me contó lo que anda tramando. –No para de juguetear con el vaso vacío–. Supongo que Alex estará también en el ajo, ¿no?

A pesar del frío, siento que se me suben los colores. Tenía la esperanza de que no sacase el tema de Alex, pero ya veo que Jack Roscarrow es, ante todo, un tipo directo.

–Supongo que siempre estuvo al tanto –mascullo.

Jack tuerce el gesto.

–Lo siento.

–No tienes por qué disculparte. Sinceramente, no sé en qué estaba pensando. –Hago una pausa–. No sé en qué estaba pensando...

Jack no dice ni media palabra.

–Si me sueltas un «te lo dije», te...

–Ni se me ocurriría –responde con un esbozo de sonrisa, igual que Mel–. Y, en lo que respecta a tu pregunta, no, no sé más que el abuelo. Así funcionan las cosas así: los cuentos de viejos son nuestra historia, y nuestra historia está hecha de cuentos. Rara vez de hechos. Siento no poder decirte más. –Pero, de repente, se le ilumina el rostro–. Deberías ir a ver a Geoff, el marido de Michaela. Es el que lleva el museo del pueblo y conoce la verdadera historia de este sitio mejor que nadie. Además, es forastero, como tú. –Me da un codazo–. Y no está condicionado por todas esas leyendas de la zona.

–Entiendo que Michaela ya le habrá preguntado, ¿no?

Jack se encoge de hombros.

—Puede. Pero también cabe la posibilidad de que no haya sabido hacerle las preguntas adecuadas.

—¿Y yo?, ¿voy a saber yo?

Jack sonríe, y yo siento el impulso de memorizar cada uno de sus rasgos: su cara morena, su nariz contundente, sus ojos claros como la madera de avellano, que oscilan constantemente entre la seriedad y la ligereza.

—Sí, claro que sabrás —susurra.

Nos quedamos mirándonos un instante más largo de lo normal. Noto el calor de su cuerpo junto al mío, siento su aroma a humo de leña, a jabón y a piel caliente.

—Bueno... —Vuelvo la mirada hacia el río para disimular el rubor en mis mejillas—, en ese caso, iré a ver a Geoff mañana. ¿Dónde has dicho que estaba el museo?

—Junto a la iglesia. —Jack se recuesta, y el aire frío de noviembre se apresura a llenar el hueco entre nosotros—. Aunque mañana no está abierto. De hecho, estoy casi seguro de que solo abre los martes y los jueves.

Suelto un gemido.

—La reunión con Tremennor es el lunes. Albergaba la esperanza de conseguir respuestas antes de eso.

—Hagamos lo siguiente —dice Jack, poniéndose de pie—: vayamos a preguntarles a los amigos del abuelo. A estas alturas, estarán como una cuba. Aunque no se acuerden de nada que te sea de ayuda, nos lo pasaremos bien con ellos.

Sin querer, le tiendo la mano y él me levanta. Nos quedamos de pie, muy cerca el uno del otro.

—Los amigos de tu abuelo... —pregunto, atropelladamente, mientras echamos a andar—, ¿no serán los mismos de aquella vez en el *pub*, cuando yo...?

—¿Cuando te plantaste en nuestra mesa y nos soltaste un buen discurso? —Jack se ríe—. Sí. Los mismos.

—Ay, madre.

—No se preocupe, señorita Pike. —Salimos a la calle principal, con sus ristras de luces navideñas destacando, chillonas, en la oscuridad. A las puertas del *pub*, está Mel, que nos ve venir y nos echa un berrido. Jack le responde con una sonrisa—. Ya conoce al peor de todos.

El lunes por la mañana, noto el estómago revuelto mientras me visto decidida a encontrar la ropa más elegante y seria para asistir a la reunión con Tremennor y su abogado. Normalmente, a estas horas estaría escribiendo sentada a la mesa de la cocina y envuelta en un cárdigan enorme y viejo mientras bebo mi tercera taza de té. Perrin tiene su propia rutina. En cuanto me siento a trabajar, la ventana de la despensa chirría y unas patas sobre las que se levanta un gato mojado y embarrado entran apresuradamente en la habitación con el propósito de pasearse por mi teclado. Hecho lo cual, se aparta hacia el viejo sillón que hay junto al fuego, hace su aseo diario y se dispone a dormir.

Hoy no parece muy contento de verme plantada junto a la puerta en lugar de sentada en mi sitio de siempre. Aun así, pega un brinco y se sube a la mesa, dejando sus huellas por toda la madera. Lo acaricio con cuidado para que no se me peguen pelos de gato a la ropa.

—Deséame suerte. Voy a luchar por tu casa —le cuento.

Con un maullido, se dirige a la chimenea. Ojalá yo pudiese hacer lo mismo. En este momento, de lo único que soy capaz es de perder el tiempo y ponerme cada vez más nerviosa. A punto está de llegar la hora cuando oigo el pitido de un mensaje. Debe de ser Liza para decirme que está arriba, en la pista. El teléfono está en el borde del aparador, en el único punto en el que, a veces, coge cobertura. El sonido ha captado la atención de Perrin. Salta sobre el aparador y olisquea el teléfono con curiosidad. «Es raro —pienso mientras me acerco—, nunca antes se había mostrado tan interesado en él».

—Perrin —le digo a modo de advertencia al ver que se pone a darle con la pata.

Se para con una pata en alto y me escudriña con esos ojos amarillos que tiene, llenos de sabiduría. Entonces, como si lo hiciera a propósito, baja la pata y empuja el teléfono para que caiga.

—¡Perrin!

Me lanzo a atrapar el aparato al vuelo, pero es demasiado tarde. Da contra los adoquines con un crujido y va a parar a un rincón inaccesible.

Evidentemente, Perrin no se da por aludido al ver mi irritación. Se limita a lamerse la pata culpable como si, de algún modo, el teléfono se la hubiese mancillado. Jurando en arameo, me agacho bajo el aparador, el cual es una cámara de los horrores de puro abandono: telarañas, bolas de polvo contundentes, arenilla de origen desconocido, bichos bola, arañas y, al fondo del fondo, mi teléfono. «Tanto esfuerzo para parecer arreglada y elegante...», pienso mientras me tumbo bocabajo para rescatarlo, retorciéndome cada vez que una telaraña se me engancha en los dedos. Pero ni así: está demasiado lejos como para alcanzarlo. Me veo obligada a usar el atizador para arrastrarlo hacia mí.

En esas estoy cuando se enreda en algo pesado y se oye un chirrido de cristales rotos. No viene de mi teléfono, que aparece sucio pero inmaculado y parpadea por culpa de los avisos de mensajes que he recibido. Probablemente, Liza estará esperándome... A toda prisa, doy otra estruendosa pasada con el atizador hasta que consigo empujar esa cosa y ponerla a mi alcance. Palpo con los dedos algo que, al tacto, parece de madera. Tiro de él.

Es un marco grande y oscurecido por el paso del tiempo y el humo, con el cristal roto en tres partes. Sobre un forro de terciopelo negro, hay dispuestos dos discos de bronce. «¿Son medallas?», me pregunto. De la parte de atrás, se desprende una cinta rota. Debió de partirse en algún momento sin que nadie se diera cuenta y cayó detrás del aparador. Palpo con los dedos el cristal mugriento. Es como si los discos fuesen magnéticos. Me atraen, piden a gritos que los toque...

En el suelo, el teléfono vuelve a sonar —parece que ahora ya con furia— y me saca de mi ensoñación. Retiro la mano. No tengo tiempo para esto. Sean lo que sean esos discos, tendrán que esperar hasta más tarde. Los guardo bajo llave en uno de los cajones del aparador, no vaya a ser que a Perrin le dé por ponerse a jugar otra vez. A continuación, cojo el bolso, el abrigo y meto el teléfono —cubierto de suciedad— en el bolsillo. Al cerrar la puerta, le echo un vistazo a Perrin, repantigado en su silla junto al fuego. Me mira y parpadea. Si no supiese que es imposible, diría que lo hace con chulería.

—¿Dónde te has metido? —me pregunta Liza cuando entro en el coche, toda sudorosa de subir a buen paso por la pista y cubierta de polvo por haberme arrastrado por el suelo para recuperar el teléfono—. Te juro que lo último que necesitamos es llegar tarde a esto.

—Lo siento. Es que Perrin... Da igual. Hola, Michaela.

Sin levantar la mirada, Michaela hace un gesto con la cabeza desde el asiento de atrás. Está rodeada de papeles, archivadores y cuadernos esparcidos. Lleva un elegante traje de un rojo que es para echarse a llorar y se ha puesto tanta laca en el pelo para fijarlo que parece un casco.

—Está buscando un resquicio legal —me susurra Liza, y arranca a toda velocidad—, cualquier cosa que pruebe que tenemos prioridad frente a Roger.

—Le pregunté por él a Mel Roscarrow y a sus amigos este fin de semana —le cuento—. Estaban prácticamente de acuerdo en que Enysyule había sido legada a la madre de Thomasina unos cien años atrás, pero ninguno recordaba cómo o por qué.

—Entonces, me temo que no nos vale de nada —dice Liza poniendo cara seria.

—¿Y alguna escritura de las tierras o algo así? —insisto—. Alguien sabrá algo, seguro.

—Las escrituras no aparecen —anuncia desde el asiento trasero una voz llena de pesimismo. Me giro y me encuentro con la mirada de Michaela, que tiene los ojos algo rojos—. De ahí que Roger piense que tiene el viento a favor. Va a pedir que se redacten unas nuevas y, para eso, cuenta con demostrar que las tierras son suyas.

Me desplomo en el asiento, frustrada, y me quedo así hasta que tomamos un desvío. Hay un letrero que dice: CLUB DE GOLF RIVERVIEW. RESERVADO PARA MIEMBROS. Nadie pronuncia palabra, y nos metemos por un camino de acceso angosto y lleno de curvas. A nuestro alrededor, los arrayanes desnudos y las matas de tojo con sus motas amarillas han sido sustituidos por un césped inmaculado, segado de forma precisa.

Nuestras pintas al entrar en el vestíbulo del club de golf son algo estrafalarias en conjunto. Yo, con mi chaqueta de traje arrugada y llena de polvo. Michaela, con su rojo chillón y sus hombreras. Liza, con sus aires remilgados y su coleta, que completa con un buen manojo de archivos bajo el brazo. Cualquiera diría que somos las únicas mujeres en varios kilómetros a la redonda.

–Por aquí –dice el chico de Recepción, que nos mira por encima del hombro como si nos tuviese miedo–. El señor Tremennor ha reservado la sala Jardín. Les está esperando.

–Cómo no –dice Michaela, malhumorada, y seguimos al chico por un pasillo lujosamente enmoquetado de cuyas paredes cuelgan retratos de antiguos miembros.

A través de unas puertas de cristal ahumado, veo a Roger Tremennor inclinado sobre una mesa de reuniones, con una taza de café vacía ante él. Parece relajado. Sentado en el asiento de enfrente, hay un hombre más joven, vestido con un traje ajustado, que ríe mientras teclea algo en el teléfono.

Trago saliva, desencantada. Tengo la sensación de haber ido a parar a un mundo que no es el mío, uno hecho de lenguaje legalmente vinculante y sofocantes salas de conferencias a cientos de millas de distancia del verdor asilvestrado y recóndito de Enysyule, donde lo único que cuenta son las piedras, las raíces y el agua.

Roger Tremennor hace el paripé de levantarse y tenderle la mano, pero Michaela pasa de largo. Reprimo un amago de sonrisa. Puede que ella no tenga muchas esperanzas en lo de Enysyule, pero está claro que no va a mostrar piedad. Tira de la silla que hay en la cabecera de la mesa y se sienta.

–Muy bien –dice–, empecemos. Entiendo que usted es el señor Mitchell, ¿verdad? –Se dirige al joven, el abogado que viene de Truro. Cuando el hombre se dispone a abrir la boca para contestar, lo ignora y sigue adelante–. Estas son la señora Graff, mi ayudante, y la señorita Pike, arrendataria de Enysyule.

–Es un placer conocerlas –responde el hombre con soltura–, aunque en mi carta le dejaba claro que no era necesario que la arrendataria estuviese presente.

«La arrendataria». Se me tensa la mandíbula.

–Si mi contrato de arrendamiento va a ser anulado, al menos quiero saber por qué –replico.

Se limita a sonreír, complacido, como si acabase de decir algo irrelevante.

–¿Qué les parece si empezamos repasando la situación actual? –sugiere.

–Sabemos cuál es la situación actual, gracias –zanja Michaela–. Lo que no sabemos es a qué está jugando Roger.

–Bueno, Michaela, no soy yo quien ha faltado a su palabra. –Tremennor se inclina sobre la mesa con los brazos cruzados–. Acordamos que yo me quedaría con Enysyule.

–No, no lo hicimos. Comentamos la posibilidad antes de que publicase el anuncio de la casita de campo, cosa que, te recuerdo, estaba entre las condiciones del fideicomiso. No es culpa mía si la señorita Pike se te adelantó y firmó los papeles.

–¿Están hablando del fideicomiso que se estableció para «que Enysyule tuviera un guardián y protector mientras Perrin siguiera con vida»? –interrumpe el señor Michell, con el ojo puesto en la pantalla de su teléfono.

–Sí –dice Michaela con frialdad.

–¿Y Perrin es...?

Noto como a ella se le contrae un músculo en la mejilla.

–Un gato.

–Un gato –repite el señor Mitchell, mirándola de forma intimidatoria–. Qué curioso y poco corriente.

–Poco corriente, pero totalmente legal –dice Liza, y le da unos golpecitos con el dedo a la carpeta que tiene ante sí–. Tengo aquí una copia del documento, por si quiere dignarse a echarle una ojeada.

Le lanzo una tímida sonrisa. A modo de respuesta, tuerce ligeramente el gesto.

—Solo es legal en el caso de que ella fuese la auténtica propietaria de la dichosa casa —dice Roger levantando la voz—. Cosa que no era. Desde un punto de vista legal, Enysyule sigue formando parte de la finca de los Tremennor.

—¡Y una mierda! —A Michaela, se le pone la cara del rojo del traje. Respira hondo para calmar la voz—. Se la dio a la madre de Thomasina uno de tus parientes, y no hay más verdad que esa. Y lo sabes, lo sabes perfectamente. Todo el pueblo lo sabe.

—Las típicas chorradas supersticiosas —se burla Tremennor.

—¡Anda ya!

Michaela está a punto de levantarse de la silla. Roger hace lo propio.

—Venga, que no hay necesidad de alzar la voz —dice el señor Mitchell—. Señora Welwyn, podríamos resolver este asunto en cuestión de minutos. Lo único que tiene que hacer es aportar alguna prueba. Un documento. ¿Está en disposición de hacerlo?

Michaela le lanza una mirada furiosa y niega bruscamente con la cabeza.

—Bien… A la vista de que el señor Tremennor tiene una declaración firmada por la señorita Roscarrow afirmando su condición de arrendataria y dada la dudosa, ejem, naturaleza felina del fideicomiso… —Esboza una sonrisa—, me temo que no tienen dónde apoyar su reivindicación.

Hace chasquear el bolígrafo y acerca hacia sí una hoja de papel.

—Así que, si les parece, vayamos al acuerdo. El señor Tremennor está en disposición de ofrecerles una generosa suma a cambio de su colaboración. —Garabatea una cifra—. Esta es nuestra oferta.

Empuja el papel hacia Michaela. Veo como se le hiela la sangre y las mejillas le pasan del rojo al blanco. No aguanto más sin intervenir.

—Menudo disparate —suelto, haciendo resonar mi voz en el silencio de la sala—. ¿Y qué pasa con Perrin? Thomasina quería que alguien se encargara de cuidarlo en la casita de campo mientras viviese. Por eso creó el fideicomiso. ¿Eso no cuenta para nada?

—A mi parecer —dice Mitchell, pecando de inocente—, el animal ya debe de ser muy viejo. En cuanto muera, cualquier acuerdo previamente firmado quedará invalidado. Entonces nos veremos obligados a pasar por este mismo proceso de nuevo. Y no creo que sea muy lógico, ¿no? —Me sonríe—. Al fin y al cabo, ¿cuánto vive de media un gato?

—¿Cuánto vive de media un gato? —farfullo mientras cruzamos en tropel el aparcamiento—. Y eso ¿a qué ha venido?

El día se ha oscurecido aún más, y ahora el cielo se ha teñido de un gris mate y pesado.

Subimos al coche, incapaces de reaccionar. Liza pone en marcha el motor. Me inquieta que ambas guarden silencio.

—¿Y qué vamos a hacer, entonces? —pregunto mientras me giro para incluir también a Michaela—. Si él está mintiendo, tiene que haber algún modo de...

Dejo la frase a medias. Michaela se ha echado hacia adelante en el asiento, con la cabeza entre las manos.

—No hay nada que podamos hacer —anuncia con la voz amortiguada por la bufanda—. Ya has visto cuánto dinero ha ofrecido. Si está dispuesto a tamaño derroche para hacer que cerremos el pico, no le importará gastar incluso más en caso de juicio para asegurarse de que nos deja completamente fuera de juego. —Levanta la mirada hacia mí con la derrota escrita en la cara–. No podemos permitírnoslo. Simple y llanamente. Lo siento mucho, Jess. De haberlo sabido, no te habría dejado firmar ese contrato de alquiler.

A punto de llorar, miro a través de la ventanilla. No me cabe en la cabeza que me arrebaten y destruyan para siempre la casa de Enysyule, el sitio en el que me he sentido más viva y más conectada a algo más allá de mí misma. Lo pienso y me entra un dolor en el pecho que no desaparece. Y Perrin, abandonado de nuevo y con su hogar demolido... No. Cierro los ojos para intentar, de algún modo, proyectarme en el futuro.

«Enysyule... –El nombre queda suspendido en mi mente, como de costumbre–. Verde y gris. Azafrán y lluvia. Antorchas en la oscuridad. Luz sobre una roca ancestral. Acebos, la nieve que cae, una criatura que pisa con patas de humo y garras como zarzas. Una criatura cuyos ojos son del color de la luna de la cosecha...».

–¿Cuándo tenemos que darles una respuesta sobre el acuerdo? –pregunto de repente.

–Tenemos cinco días laborables –informa Michaela, frunciendo el ceño–. Hasta el próximo lunes, vamos.

–Dadme hasta entonces, ¿vale? –les digo a ambas–. Por favor, dadme al menos unos días para encontrar una solución. Al fin y al cabo, me lo debéis.

Michaela suspira.

–De acuerdo –accede–. Esperaremos hasta el lunes. Pero no te hagas ilusiones, Jess, por favor. Por aquí ya sabemos que es inútil pelear contra un Tremennor.

La iglesia está a las afueras del pueblo. En paralelo a la calle principal y a su ristra de luces, pasado el *pub*, después de la última casita con el techo de paja, hay un sendero que sube hasta la cima de la colina. Es allí donde se levanta la iglesia, solitaria. Por un lado, da a Lanford; por el otro, al río y a sus ensenadas ocultas. Me paro ante ella, en medio de la carretera, para recuperar el aliento. Es un edificio raro, construido con un estilo arquitectónico medio irregular, como si le hubieran ido añadiendo cosas y hubiese pasado por muchas manos a lo largo de los siglos. En uno de sus extremos, se alza una torre gris y achaparrada de piedra, que ha sufrido el embate de los vientos.

IGLESIA DE ST. PIRAN, dice un letrero borroso de madera que hay junto a la entrada. Una cancela terminada en un tejadillo en punta da acceso a un camposanto cubierto de hierba. Al cruzarla, caigo en la cuenta de que es un pórtico, la entrada de los difuntos. Y es muy antiguo, por cierto. Como el cementerio, cuyas lápidas sobresalen del suelo en ángulos extravagantes. Se me va la vista a unas letras talladas, y, al acercarme, descubro apellidos que me resultan familiares y que se repiten sin cesar: Roscarrow, Graff, Blyth, Hesketh y Polkinghorne. Me fijo, sin embargo, en que no hay ningún Tremennor. Es probable que tengan su propia parcela privada. Voy hasta el mismo linde del cementerio, donde un puñado de árboles retorcidos por el viento hacen de barrera frente a una fuerte bajada que va a dar a la orilla del río. Aquí no hay flores frescas ni velas descoloridas. La hierba está más larga y las lápidas, más erosionadas. Algunas se han derrumbado o se han partido, y así han quedado, para que la tierra se las vaya tragando lentamente. Me agacho para intentar descifrar algunas de las frases, cubiertas de líquenes, que figuran en ellas. Se levanta viento, que se abre paso, helado, azotando los árboles y mis mejillas. Sobre mi cabeza, chillan en el aire las aves marinas.

–¿Necesita ayuda? –pregunta alguien a un palmo de mí, y a punto está de salírseme el corazón del pecho.

Es Geoff, el marido de Michaela. Va cargado con un voluminoso archivador y me escruta a través de sus gafas, redondas.

—Ah, señorita Pike —dice. Esboza una sonrisa, pero con cierta reserva—. Hola, ya me habían dicho que igual se pasaba por aquí.

Todavía se me olvida lo pequeño que puede llegar a ser Lanford.

—Hola. Pues... Sí. —Nos miramos durante unos instantes—. ¿Está abierto, entonces?

—Claro que sí. —A Geoff le entran las prisas—. Claro que sí. Justo acabo de picar algo. Venga conmigo.

Pegado a la parte trasera de la iglesia, hay un edificio de planta baja que parece un establo y que supongo que funcionaba como sala rectoral. Junto a la contundente puerta de madera, hay una placa de plástico que dice: MUSEO DEL PUEBLO DE LANFORD. Dentro está oscuro y hace mucho frío. Cuando Geoff enciende las luces, veo que el local está repleto de elementos históricos.

Alineadas en las paredes, hay vitrinas muy desgastadas que contienen unos libros enormes encuadernados en piel, monedas, aperos de granja, fragmentos de piezas de cerámica, piedras de fusil y puntas de flecha. Las paredes están cargadas de marcos que contienen fotografías y bocetos antiguos, mapas y recortes de periódico. Toda la historia de Lanford (miles de años de nacimientos, muertes y matrimonios, cientos de cosechas, recolecciones y fiestas de Yule) está contenida en esta sala.

Miro a mi alrededor sin salir de mi asombro. En comparación con esto, mi vida parece un suspiro, un instante. Por primera vez, entiendo el significado del peso que noto cada vez que cruzo los límites de Enysyule. Es el peso del tiempo, de los siglos que se concentran en un mismo valle, al igual que cae la lluvia en un agujero.

–Siento el desorden que hay –farfulla Geoff, interrumpiendo mis pensamientos–. La verdad es que necesitamos un local más grande. –Sonríe a modo de disculpa y enciende un par de estufas eléctricas para calentar la estancia, que está helado.

–Eso es... increíble –digo sin quitarle ojo de encima a una colección de figuras de hojalata–. ¿Lo gestionas todo tú?

–A veces nos ayudan unos pocos voluntarios –dice, y le echa una mirada al local en actitud crítica–. Pero lo cierto es que sí, yo acabo haciendo la mayor parte del trabajo. Y no siempre está así de muerto. En verano, está bastante concurrido.

Le devuelvo la sonrisa a este hombre tan tranquilo y reservado, mientras me pregunto cómo narices han acabado juntos él y el terremoto de Michaela.

–Intuyo que ya sabes por qué estoy aquí, ¿no? –pregunto, acercándome a uno de los radiadores.

–Sí. –Suspira–. Mal asunto, ese. No he visto nunca tan nerviosa a Michaela, y mira que no se deja alterar fácilmente.

Se mete por un recoveco y desaparece. Voy tras él, y me encuentro con una despensa que hace las veces de despacho, con un ordenador viejo y una silla que apenas se distinguen entre pilas y pilas de archivadores, cajas y archivos. Lo observo mientras coloca el clasificador sobre uno de los montones y luego se desliza con cuidado en la silla.

–Mucho me temo que no voy a poder serle de ayuda –añade, encendiendo el ordenador–. Ya le he estado dando vueltas y he hecho una pequeña investigación.

–He hablado con Mel Roscarrow –le cuento, apoyándome en la puerta–, y me ha dicho que uno de los Tremennor le devolvió la casa de Enysyule a la madre de Thomasina. Pero ignoraba los detalles.

—Es la misma historia que cuenta todo el mundo —concuerda Geoff—. Aunque no vale mucho, ¿verdad? Sin embargo, me ha servido para sacar algunas fechas aproximadas. —Echa un vistazo a su alrededor y localiza un taburete coronado de un montón de carpetas—. Quítelas de ahí y siéntese.

En su manera de estar, no queda nada del hombre introvertido y hasta distante que conocí en el *pub*. Aquí, rodeado de cajas polvorientas y retazos del pasado, se muestra entusiasmado y alegre. Me acomodo en el taburete, y él abre una hoja de cálculo en la que se despliega lo que parece una especie de árbol genealógico a medio hacer.

—He comprobado los registros censales —me cuenta a la vez que va bajando—. El cambio de propietario, si es que se trató de eso, debió de realizarse en algún momento después de 1911 —señala—. Aquí está la madre de Thomasina, Violet. Según el censo de 1911, ella, su marido y su hijo vivían con el resto de los Rocarrow, junto al río.

—¿Y en el siguiente censo? —pregunto, acercándome—. ¿Están ya entonces en Enysyule?

Geoff sonríe, comprensivo.

—No hay manera de saberlo —dice—. Ese censo no ha sido publicado.

Me echo hacia atrás, frustrada.

—¿Y en los mapas o en los registros del pueblo? —pregunto—. Tiene que haber algo que deje constancia de quién posee qué en la zona.

—En general, los mapas no incluyen referencias a la propiedad. Aunque yo pensé lo mismo, así que revisé por encima los registros catastrales.

No tengo ni idea de qué está hablando, pero asiento de todos modos, contagiada de su entusiasmo.

–Muestran quiénes tenían propiedades en todo el distrito entre 1909 y 1915. –Hace unos cuantos clics rápidos con el ratón y, poco a poco, en la pantalla va materializándose una imagen. Es una página de un libro escaneada. Me lanza una sonrisa de oreja a oreja–. El otro día, me pasé por la oficina del Registro que hay en la ciudad y pedí que me sacaran una copia de una página relativa a Enysyule. –Se le marchita la sonrisa–. Me temo que no es precisamente lo que le gustaría oír.

–¿Aún era de los Tremennor en 1915?

–Efectivamente. Y no he conseguido encontrar más menciones después de esa fecha. –Resopla–. Y me fastidia un poco. Claro está que si tuviésemos acceso a los registros de la finca de los Tremennor... –Me mira levantando las cejas, y con eso lo dice todo–. Pero intuyo que alguna razón hay para que Roger Tremennor no los haya presentado como prueba...

–¿Y no podría un juez obligarle a que los entregara? –pregunto intentando moderar mi impaciencia.

–En realidad, no. Son registros privados, ¿sabe?, nadie tiene conocimiento de lo que se guarda en ellos. Roger podría simplemente... –Hace un gesto como si se sacudiese algo– y decir que el registro en cuestión se ha perdido o nunca ha existido. –Se repantiga en su destartalada silla–. Lo siento, señorita Pike. Esto es como esa paradoja en la que, escoja lo que escoja, uno siempre sale perjudicado.

Me quedo mirando al vacío, viendo parpadear las líneas del monitor del viejo ordenador.

–¿Y ya está? –digo sin emoción–. ¿No hay más registros en los que pueda buscar?

–Me había planteado si se podría hacer algo con las actas del ayuntamiento de las décadas de 1910 y 1920 –dice Geoff–, ver si hay alguna referencia a Enysyule. Pero no están digitalizadas. Sería como buscar una aguja en un pajar.

–¿Podría echarles un vistazo? –Me incorporo tan rápido en el taburete que a punto estoy de provocar una avalancha de papeles–. ¿Podría verlas, solo por si acaso?

–Sí –dice Geoff, dubitativo–. Supongo. Las guardo por aquí... El caso es acordarse de dónde las puse...

Después de intentar persuadirlo de buenas maneras y de ofrecerme a echarle una mano, Geoff me guía hacia el sótano que hay bajo la sala. En él, hace un frío glacial. Las paredes de piedra y el suelo de losas me recuerdan demasiado a una cripta. Las estridentes luces eléctricas están colocadas muy por encima de nuestras cabezas y no llegan a las esquinas. Al igual que la sala de arriba, esta está llena de cosas: estanterías hundidas bajo el peso de libros de contabilidad y cajas, cajones de plástico apilados y objetos de gran tamaño que acechan en la oscuridad cubiertos con guardapolvos. Geoff se abre camino entre ellos con una facilidad que solo da la experiencia.

–Aquí está –farfulla a la vez que escruta una estantería llena de lomos andrajosos–, el Concejo Municipal. Ah, no, ¡esos son los libros del tesorero! –Se pone de puntillas–. ¡Ajá! Sí, es este el que nos interesa.

Tira de un librito encuadernado en piel del grosor de una Biblia y me lo pasa.

Escrito con una tinta ya borrosa, en la cubierta se lee *Libro de actas de la parroquia de Lanford, 1887- 1916*.

–Y querrá consultar estos también, creo yo. –Geoff añade otro, y otro más–. Con eso, tendría cubierto hasta 1940.

No hay sitio para sentarme en la mesa de despacho, así que Geoff me deja montar mi campamento en el suelo, cerca de uno de los radiadores, para revisar los libros. Abro el primero, y me asombra la caligrafía clara y curvada que llena la página.

«Esta reunión del Concejo Municipal tuvo lugar el 15 de enero de 1887, a las 7 en punto de la tarde. Asistieron a la misma 12 parroquianos».

Paso de página. El formato es similar, solo que tres meses más tarde. Y así siguen páginas y páginas. Cambio de posición sobre la alfombra, áspera, tratando de ponerme cómoda, dado que voy a estar aquí un buen rato. El viejo lomo cruje mientras echo un vistazo rápido hasta llegar a 1915, cuando Enysyule estaba todavía en manos de los Tremennor. Mientras acomodo el libro en mi regazo, ruego para mis adentros: «Por favor, cuéntame algo».

Las actas presentan una panorámica de la vida cotidiana de Lanford hace más de cien años. Voy pasando las páginas, que contienen el rastro de decenas de manos. Hay disputas sobre quién debe podar un seto, quién tiene derecho de amarre o si se le podría pedir al cartero que se encargase de hacer una recogida vespertina. A medida que avanza el año y llega el siguiente, queda patente que Lanford no permaneció al margen de los horrores que sacudían al resto del mundo.

El año 1916 está prácticamente en blanco. Solo hay unas cuantas notas tomadas a toda prisa en una breve reunión anual. En 1917 se retoman las actas, aunque no por nada bueno. La sombra de la Guerra se extiende por las páginas como la tinta derramada. Hay una petición dirigida a la finca de los Tremennor para transformar el bosque en huertos que el administrador rechazó dado que su señor se hallaba de servicio en Francia. Hay racionamiento de comida, de carbón, gente quemando postes de cercas para calentarse... Hasta que, por fin, en la última reunión de 1918, se menciona el armisticio.

Sigue, eso sí, sin aparecer nada en relación a Enysyule. Por la ventanita del museo, veo que se va poniendo el sol. Geoff me trae una taza de té y una galleta –que acompaña de la típica advertencia para que no salpique– y me dice que, dentro de una hora, cierra. Vuelvo sumergirme en el libro, y trato de ignorar la punzada de decepción que siento en el estómago.

El año 1919 está lleno de monumentos a los caídos en la Guerra y celebraciones de la firma de la paz, pero también de pagos de derechos de sucesión e impuestos. En el cuarto de atrás, oigo a Geoff apagando el ordenador y preparándose para marcharse. Empiezo a repasar las hojas a un ritmo frenético. Agosto, octubre, diciembre... A punto estoy de saltar al siguiente año, que inaugura una nueva década, cuando mis ojos se detienen en una palabra. En el trazo curvo de una e, en la caída en picado de dos i griegas. Me agarro fuerte a los bordes del libro.

«Carta del coronel Tremennor en relación a la situación de Enysyule. Recogida y debidamente cursada por el Concejo Municipal».

A continuación, pasa a dar detalles sobre el estado de los drenajes en el pueblo. Me quedo absorta mirando al libro, pasmada, y recorro el texto buscando alguna mención más. «¿Qué situación? –me gustaría gritarle–. ¿A qué te refieres?». Pero de nada sirve. Quienquiera que fuese el que escribió esa frase, hace tiempo que está muerto y se ha llevado consigo la información. Geoff chasquea la lengua cuando le enseño el registro.

–Los anotadores vagos –dice– son la cruz con la que han de cargar los historiadores. –Me da unas palmadas en el brazo–. Si quiere, puede volver otro día y seguir mirando. Por supuesto.

Niego con la cabeza, incapaz de articular palabra. Algo me dice que la «situación» en 1919 es precisamente el período de la historia de Enysyule que he estado buscando. Aunque como prueba no me sirve de nada. De todas formas, saco una foto rápida a la hoja con el móvil antes de que Geoff devuelva los libros al sótano.

En el exterior de la iglesia, sube del río una brisa que sopla haciendo remolinos y me abraza con sus gélidos brazos, al igual que a tantas otras personas en aquellos días aciagos de 1918. A paso lento y con las manos vacías, me dirijo hacia Enysyule desde lo alto de la colina. A mis espaldas, parpadean las luces navideñas.

La tierra no vive al ritmo de los humanos. Al contrario que ellos, perdura en el tiempo. Envejece, pero también se renueva, como un charco en las rocas al que alimenta y desgasta el agua del mar. Y, con todo, es posible que en ella se acuse la presencia de aquellos, pues pueden cambiarla de modo irreversible con sus actos, sean o no acertados.

La tarde va pasando sin pena ni gloria. No tengo hambre, así que me limito a picotear algo para cenar. Resulta que, al final, me he hartado de judías y tostadas. A Perrin, parece que se le ha pegado algo de mi melancolía. No se mueve del sillón, ni siquiera cuando le pongo delante un plato con caballa en conserva, cosa que no es propia de él.

Se limita a levantar la cabeza cuando me arrodillo en los adoquines delante de él y parpadea sin mucha energía. Le acaricio la cabeza y los bigotes. Veo que tiene el hocico seco, y eso me preocupa. Al cogerlo, es como un peso muerto. Ronronea en mi regazo, aunque no con el ímpetu de siempre.

—¿No te encuentras bien, pequeñajo? —susurro mientras observo como se le cierran los ojos.

Siento una punzada en el pecho, un dolor casi físico al caer en la cuenta de que puede que esté enfermo, de que quizá le pase algo. Ni siquiera me atrevo a imaginarme la vida aquí sin él. Él es parte de Enysyule, es el alma del valle, su corazón. Le pongo platos con agua fresca y, al subir para irme a la cama, lo llevo conmigo. No protesta, se limita a hacerse un ovillo encima las mantas.

Me arrebujo en los cobertores para combatir el frío. Tengo el cuerpo molido, pero mi mente es harina de otro costal. Está hecha una maraña de ideas. Le prometí a Perrin que protegería su hogar, pero ya no sé qué más hacer para seguir luchando por él. Plantarle cara a Tremennor es como tratar de contener una riada solo con mis manos. Me quedo despierta pensando, escuchando el viento que susurra al bajar por la chimenea, un búho que ulula en la oscuridad. Ojalá Perrin arquease el lomo y fuese a hacerle compañía cantándole toda la noche a la luna.

Las horas transcurren entre el sueño y la vigilia, pero Perrin sigue sin moverse. Nunca lo he visto tan parado. Al final, rondando el alba, me da por incorporarme y ponerle una mano en el costado para comprobar si sube y baja. Abre un ojo y me mira. Visto al ya escaso resplandor del fuego, chispea como si fuese de bronce. Los míos se me abren de par en par. Salto de debajo de las mantas. Siento el frío de las escaleras en los pies desnudos, todavía más el de los adoquines. ¿Cómo ha podido pasárseme?

Las medallas están justo donde las dejé, descansando tranquilamente en el cajón del aparador. Las saco, y noto la suavidad del forro de terciopelo en los dedos, como si fuese un ente vivo. Azuzo el fuego para que me alumbre y me dé calor y las acerco a su resplandor rojizo. Reflejan las brasas, como si fuesen dos ojos de bronce. En su superficie, deslustrada, hay un motivo grabado, también unas palabras. Frunzo el ceño y las miro más de cerca.

—Murió por la libertad y el honor —leo en apenas un hilo de voz.

Me recorre un escalofrío al caer en la cuenta de lo que se trata. No son medallas. Son placas conmemorativas. Con dedos temblorosos, repaso letra a letra los nombres grabados en cada una de ellas: Frank John Roscarrow, Thomas Peter Roscarrow.

Y, entonces, veo reflejado en el bronce un destello de algo que se mueve, una sombra veloz que se escabulle.

—¿Perrin? —lo llamo.

Tras de mí, la habitación está vacía. Me giro y vuelvo a mirar hacia el fuego, a las placas. Y, de nuevo, vuelvo a percibir movimiento reflejado en ellas. Esta vez, no me giro sino que me quedo mirando al reflejo. Un instante después, algo se mueve. Es la puerta delantera, que va abriéndose palmo a palmo, sin más.

Tiempo atrás, habría escondido la cabeza, aterrorizada. Ahora, sin embargo, mantengo la calma, pese a haberme quedado sin respiración. Por fin, oigo una voz femenina a lo lejos, el murmullo de una canción, y me doy la vuelta justo a tiempo para captar la punta de una cola negra que sale por la puerta.

—¡Espera! —grito, casi sin voz, y trastabillo—. ¡Espera, Perrin!

Afuera, todavía está oscuro, aún no ha amanecido. Lejos, sendero abajo, veo una luz que titila, como un farol. Doy un paso en su dirección, luego otro...

—Espera...

Lo siguiente que recuerdo es estar frente a un denso muro de hojas verdes. Siento que estoy jadeando, aunque no tengo conciencia de haber corrido. Ni siquiera soy consciente de haber venido aquí andando. Me doblo sobre mí misma para recuperar el aliento. En lo alto, el cielo ha cambiado de color, que ya no es el de la noche cerrada sino el del crepúsculo invernal, gris y lila, delicado como la gasa.

No estoy sola. Hay una mujer sentada contra la roca de Perranstone meciendo un niño en sus brazos. Me pregunto qué hace aquí, pero caigo enseguida. Ha venido a cumplir la antigua promesa, esa que su marido llevaba en la sangre, al igual que su hijo. Una promesa que ahora ha de mantener su hija. Cuando las bayas de los acebos se ponen rojas, sabe que tienen que acudir a visitar el valle. Tienen que traer comida, la mejor que encuentren. Los pescadores fueron comprensivos cuando les explicó adónde se dirigía y le llenaron la cesta.

El crepúsculo va ganando fuerza. Tendrá que usar el farol del establo para encontrar el camino de vuelta a casa. Siente un suave escalofrío, y el bebé se revuelve. Entre las cejas, se le dibuja una pequeña arruga. La mujer la sacude y empieza a susurrar una canción para calmarla y hacer que vuelva a dormirse.

—*Ha'n kelynn yw an kynsa a'n gwydh oll y'n koes...*

Se produce un destello amarillo, un crujido de hojas y, del árbol, surge un gato negro. Trota hasta el centro del claro, y sus maullidos se funden con las dulces notas de la canción que entona la mujer.

—Hola, Perrin —dice ella, bajando al bebé a su regazo.

El gato parece más viejo de lo que creía recordar. Su pelaje negro está moteado de blanco. Aun así, se acerca contoneándose hasta donde ella está sentada y le olisquea las botas antes de frotarse contra la piedra, como si estuviese saludando a una vieja amiga. Luego, le echa un vistazo al bebé en el regazo de ella y lo olisquea, curioso. La mujer no lo pierde de vista mientras saca lo que trae en la cesta. Al fin y al cabo, no deja de ser un animal salvaje. Pero no tarda en retirarse, satisfecho. El bebé se ha despertado, puede que al contacto con el hocico húmedo del gato. Mira a su alrededor, soñolienta. Sus ojos, azules, tienen ya motitas de color avellana.

–Muy bien, muy bien –le susurra la mujer al gato, que golpea con la pata uno de los paquetes envueltos con papel de periódico que hay en el suelo.

Ella se lo desenvuelve, y deja a la vista un reluciente pescado fresco, sobre el que se lanza el gato. Sonriendo, ella le retira el papel a dos paquetes más y los coloca cerca de la roca. Al principio, le preocupaba que acudiesen otros animales y cogiesen la comida, pero los viejos pescadores le dijeron que no se preocupara: no hay zorro o tejón o pájaro a la redonda que se atreva a cogerle la comida que le dejan a Perrin.

El gato ronronea mientras come, encantado con su cena de pescado fresco. El sonido que hace se extiende por todo el claro. El bebé empieza a fruncir el ceño y a inquietarse, así que la mujer se desabotona la blusa. El viento invernal aprovecha para azuzarle la piel, caliente. Aprisa, se echa un chal sobre los hombros y coloca al bebé contra el pecho.

–*Kelynn... Kelynn...*

Canta bajito mientras mira a la criaturita, su esperanza, su única razón para seguir adelante después de que se lo destruyeran todo. Un último regalo de su marido, perfecta y muy viva.

Durante un rato, la paz es absoluta. El cielo va oscureciéndose, el aliento de la mujer se convierte en vaho en contacto con el aire, que pronto será gélido. Dentro de nada, tendrá que poner rumbo al astillero que hay junto al río, que estará hasta arriba de parientes políticos, afanados en la cocina y decididos a convertir esta primera Navidad tras el armisticio en un acontecimiento dichoso. Pero, en ese instante de quietud, ella puede estar de nuevo con su familia, si bien ahora solo son dos. «O tres –piensa con una sonrisa–, si lo incluye a él».

Apunto está de retirar al bebé y levantarse para prender el farol cuando el gato hace un ruido. Está mirando fijamente en dirección al otro lado del claro. Entre los árboles, ya oscuros, distingue un movimiento esquivo. Busca desesperadamente con la mirada, convencida en ese momento de ofuscación de que son ellos, que han vuelto para acompañarla en esa oscura noche de Navidad, cuando las fronteras entre los dos mundos se diluyen.

–¿Frank? ¿Tom? –los llama, y se le quiebra la voz.

Un hombre penetra en el claro. Y no es ninguno de ellos, claro está. Bajo el abrigo viste un uniforme militar, ornado con cintas conmemorativas y relucientes medallas. Sus ojos se encuentran con los de ella antes de pasar al bebé que sostiene en el pecho. Aparta la vista.

–Lo siento –dice de forma envarada–. No pretendía... Estoy buscando a la señora Violet Roscarrow.

–Soy yo –contesta la mujer y se ajusta la blusa a la vez que saca del bolsillo un pañuelo para que juegue el bebé. El hombre guarda silencio–. Le dijeron que me encontraría aquí, ¿verdad? –pregunta ella.

–Sí –dice desde la distancia.

Respira con dificultad, con la mano en el pecho, como si le doliese al hacerlo. Sus ojos se encuentran con los del gato, que ha terminado de comer y se ha sentado, aguantándole la mirada.

—Es muy extraño —farfulla el hombre antes de cuadrarse ante ella—. Señora Roscarrow —anuncia con un aire sombrío—, he venido a traerle mi más sentido pésame por las pérdidas sufridas. Su marido y su hijo lucharon por su país con valentía. —Se mete la mano en el bolsillo del abrigo—. Por favor, acepte en esta Navidad estas muestras de la gratitud de la Corona en reconocimiento a su servicio.

Como un soldado a la espera de recibir órdenes, sostiene cara a ella un paquete envuelto en papel marrón. Durante un buen rato, la mujer calla y se limita a acariciarle la espalda al bebé. Carne viva y no metal frío y amargo. La agarra fuerte contra sí.

—Sean lo que sean, no tengo manos para cogerlas —dice en voz baja—. Si fuese tan amable de ponérmelas ahí, en esa cesta.

El hombre frunce el ceño y tensa la mandíbula. Da unas zancadas para colocar el paquete en el fondo de la cesta. Después de eso, no parece saber qué hacer. Se queda firme, mirando concentrado hacia el suelo.

—¿Le importaría desenvolverme ese bulto? —pregunta la mujer una vez queda claro que él no tiene intención de moverse—. Ese que está envuelto en papel de periódico, el de la izquierda.

El hombre parpadea como si ella le hubiese dicho algo fuera de lo común y luego se limita a asentir.

—¿Qué es? —pregunta arrugando la nariz ante la viscosa ofrenda que contiene.

—Sobras de pescado. Son para él —inclina la cabeza en dirección al gato, que sigue observándolos atentamente—. ¿Se lo puede acercar?

—No pienso hacerle de criado a un gato —replica el hombre, y se le suben los colores.

La mujer no dice nada, se limita a mecer al bebé, que refunfuña. El hombre mira las sobras de pescado a sus pies, las coge de un tirón y se aproxima al gato.

–Toma –dice, y se las tira en el suelo.

El gato mira con desdén en sentido opuesto hasta que el olor a pescado se le hace irresistible y se acerca retorciendo los bigotes.

El hombre vuelve adonde está la mujer sentada, apoyada en la roca. Se detiene a observar en su superficie irregular y grisácea, el agujero que tiene en el centro, erosionado por el paso del tiempo.

–¿Me permite? –dice nervioso y señalándole el espacio a sus espaldas.

La mujer intenta que no se le note la sorpresa. «Esta no es una visita cualquiera –piensa–, pero tampoco es esta una época del año precisamente ordinaria».

–Claro.

El hombre se agacha con un resoplido y se inclina con cuidado sobre la roca.

–Nunca antes me había sentado aquí –susurra pasado un momento–. De niño, me daba miedo este sitio.

La mujer sonríe tranquilamente.

–También a mí.

–Ya no.

–No.

El hombre toma aire y apoya la mano en la superficie de la roca. Le titilan los ojos, como si algo acabase de atravesar el abismo de sus ojos.

–Me alegro de que aún esté en pie –dice–, con la de pérdidas que ha habido... –Se gira hacia ella, iluminado por la luz crepuscular–. No consigo acostumbrarme a los espacios que han quedado. Mi padrino de boda, el mecánico, el chico de la cervecería...: solo veo los huecos que han dejado. Y no sé cómo puede seguir girando el mundo después de haber perdido tantas piezas.

Su mirada se cruza con la de la mujer.

—Sigue adelante, coronel Tremennor. Simplemente. Así ha sido y será siempre.

—Ustedes me odian, ¿verdad? —Le brillan los ojos—. Ustedes, los Roscarrow, nos lanzaron una maldición por lo que les habíamos estado haciendo durante años. Debería aprovechar usted la ocasión, ¿sabe? Me lo merezco.

La mujer reclina la cabeza contra la roca.

—No puedo hablar por los demás —Suspira—, pero yo... no. En algún momento, quizá sí, antes de lo de Thomas. Después me quedé vacía de todo excepto de unos restos de emoción que murieron con Frank. Durante un tiempo, no llevé nada dentro. Hasta que la sentí a ella. —Baja la mirada al bebé—. Y, ahora, solo me cabe lo que ella ha traído consigo, que es esperanza y amor y, en ocasiones, preocupación. En ningún caso, odio hacia usted, coronel. No tengo sitio para eso.

El bebé se retuerce. Patalea dentro del arrullo, libera un brazo y lo estira en el aire frío a la vez que mueve sus deditos. Los dos se vuelven a mirarla.

—¿Sabía F...? —la voz del hombre se apaga— ¿Era consciente su marido de que había tenido una hija?

—No. —La mujer coge en su mano, enrojecida, la manita de la niña—. Ni siquiera yo sabía que la llevaba en el vientre cuando me anunciaron lo que le había pasado. Pensé que era demasiado mayor, ¿sabe? Aunque, después de lo de Thomas, no habíamos parado de rezar para tener otro hijo.

El hombre cierra los ojos con fuerza.

—Debería haberlos traído de vuelta —dice—. Debería haberlos

traído a casa en lugar de esas condenadas placas. Usted no debería pasar sola esta Navidad.

–Y no estoy sola. La tengo a ella –Sacude al bebé–. Y a él –Inclina la cabeza en dirección al gato, que está lamiendo los últimos restos sobre el papel–. Y también este lugar. –Levanta la vista hacia el bosque de acebos, con sus ramas negras en el cielo mortecino–. Frank decía siempre que llevaba Enysyule en la sangre. No puedo evitar sentir que aquí ha quedado algo de él y de Thomas.

–Este sitio... –repite el hombre mirando fijamente hacia la oscuridad. Poco a poco, su expresión va cambiando y haciéndose menos sombría–. ¿A usted, le gusta?

–Sí. –La mujer le dedica una sonrisa triste–. Me da paz.

–Entonces, permítame que le haga un regalo de Navidad, señora Roscarrow –Le tiemblan los labios al sonreír–, uno de verdad.

Extiende el brazo y levanta un puñado de tierra de la base de la roca mezclada con hojas de acebo secas. Con cuidado, toma la mano de la mujer y, sin dejarle tiempo para reaccionar, se la deposita en la palma.

–La casa de Enysyule es suya –dice–. Y de ella. Feliz Navidad.

La mujer cierra el puño. En un puñado de tierra está todo un valle regalado. También yo trato de aferrarme a él, pero se me escurre, me resbala entre los dedos en mi puño cerrado. Pruebo a doblarlos, pero descubro que tengo las manos rígidas del frío. Me percato de que estoy tiritando, tiemblo hasta la médula. Como en un sueño, estiro el brazo buscando a tientas la manta que hay en el sillón. Mis dedos se enredan en unas hojas, gruesas, curtidas y afiladas. Abro los ojos, sobresaltada.

Estoy en el claro.

Una fuerte impresión me recorre mientras pestañeo compulsivamente para intentar despertarme. El problema es que ya estoy despierta. Es más: estoy congelada. Tengo el pijama frío y húmedo, mis pies están llenos de barro. Esto no es un sueño. Sobre mi cabeza, hay un cielo del gris pálido del amanecer. ¿Cuánto tiempo llevo aquí fuera?

Miro a mi alrededor frenéticamente buscando algún elemento que me dé una pisa sobre cuánto tiempo ha pasado, en qué siglo estamos, si es preciso, pero es como buscar una aguja en un pajar. Recuerdo los discos de bronce, el fuego... A partir de ahí, no consigo reconstruir la memoria de lo sucedido. Al cerrar los ojos, veo una mujer y un hombre con la espalda apoyada en la roca, a Perrin y...

–¿Perrin? –Abro los ojos y lo llamo.

Un temblor me recorre la piel, como garras bajándome subrepticiamente desde el cuello. Entonces lo noto: algo frío en la espalda. Lentamente, levanto la vista. La roca de Perranstone planea sobre mi cabeza, lúgubre como un búho, a la luz del alba. Juraría que me devuelve la mirada. Temblando y con las uñas azules por el frío, levanto la mano para palpar su superficie.

En el árbol más cercano, se oye un crujido, unas ramitas que se parten, y Perrin pega un brinco desde el matorral y asoma la cabeza, maullando. Nunca me había alegrado tanto de verlo. Me recorre las piernas con las patas, presionándolas y haciendo que la sangre vuelva a circular por ellas. Me frota la cabeza contra la barbilla sin parar de maullar, como si me riñese y me consolase al mismo tiempo. Su pelaje está frío, y, mientras se lo revuelto en una caricia, me fijo en que el suelo está helado. «No debería estar aquí afuera», pienso vagamente, y por la mente se me pasan palabras como «congelación» e «hipotermia». Me pongo a flexionar los dedos de las manos y de los pies, que se me han quedado tiesos, y los froto sin mucha maña y retorciéndome de dolor a medida que la sangre va fluyendo por mi piel.

Pasados unos minutos, ya soy capaz de impulsarme y ponerme de rodillas, aunque se me escapa un gemido porque mis músculos aún están rígidos. A mi lado, Perrin se ha puesto a chacharear hecho una furia, igual que he visto que hace con los pájaros. Claro que aquí no hay ninguno, ni siquiera petirrojos. Miro a mi alrededor siguiendo su mirada. Sus ojos están fijos en la roca.

Tambaleándome, me pongo en pie, pero mis piernas no me responden. Me quedo de rodillas en el suelo cubierto de escarcha mientras trato de reunir fuerzas. Mal asunto. Una cosa es ir sonámbula hasta la puerta de casa y otra, esto. Porque esto es peligroso. «Momentos de desesperación –oigo una voz en mi subconsciente–. Le pediste al valle que te mostrase algo que te ayudase. Y lo hizo».

Apretando los dientes, consigo levantarme. Esta vez, soy ya capaz de dar unos pasos antes de que la cabeza me empiece a dar vueltas y me vea obligada a arrodillarme para no caer redonda. Se me llenan los ojos de lágrimas. Necesito volver a la casita de campo, necesito entrar en calor. Y pronto. Aunque, a este ritmo, tardaré horas.

Justo cuando me obligo a ponerme en pie de nuevo, decidida a llegar hasta uno de los acebos para usarlo como sujeción, Perrin cambia el parloteo por su típico chillido de saludo. Giro la cabeza y veo a alguien que sale andando del bosque. «Que no sea Alex –ruego para mis adentros–. Por favor, ahora, no.» Distingo una cazadora encerada, un saco al hombro... Sin embargo, no se oye a ningún perro correteando entre los matorrales, y Perrin está bastante tranquilo.

–¡Jess! –grita Jack al verme. A punto estoy de echarme a

reír del alivio, pero luego recuerdo el estado en el que me encuentro. ¿Cómo voy a explicarle esto?

—Tenía la esperanza de encontrarte en casa —dice al entrar en el claro—. Mira, yo... —Y se detiene, repasando con la mirada mi pijama, mis pies descalzos, mis dientes, que castañetean—. ¡Jesús! ¿Qué estás haciendo?

Si tuviese algo de sangre disponible, se me estaría subiendo a las mejillas. Dadas las circunstancias, obligo a mis labios adormecidos a dibujar una sonrisa.

—Un paseo matutino —le cuento.

—¡No llevas zapatos! —dice Jack, atónito—. ¿Y estás en... pijama?

—Es mi atuendo para un paseo termal —intento bromear.

Jack pone los ojos en blanco.

—Tienes los labios morados —dice como dejando constancia, y suelta el saco para quitarse la cazadora—. Ponte esto.

Tengo tanto frío que ni se me ocurre protestar. Clavo los brazos en las mangas y me arrebujo en ella. La tela aún guarda el calor de su cuerpo.

—Sea lo que sea lo que has estado haciendo, ya me lo contarás —dice—. Antes, necesitas entrar en calor. Tengo... tengo que contarte algo. —Se echa el saco al hombro—. Siempre y cuando hayas terminado tu paseo matutino, claro.

Pensar en que Jack me eche una mano me resulta tan bochornoso que aprieto los dientes y me obligo a poner un pie delante del otro e ir tirando. Al rato, el movimiento hace que se me desentumezcan los miembros y la sangre vuelva a correrme por las piernas y los pies. Mientras caminamos, Jack va rumiando algo. Lo cojo mirándome de soslayo de cuando en cuando, preocupado.

—¿Qué hora es? —pregunto cuando ya casi hemos llegado al vado.

A nuestro alrededor, la mañana se abre paso.

–¿Cómo? –Frunce el ceño–. ¡Ah! Pues serán las ocho. ¿Por qué? ¿Cuántas horas has pasado fuera?

Aún era noche cerrada cuando cogí los discos de bronce del cajón, así que no sería más tarde de las cinco de la mañana. Unas tres horas en el exterior y con un tiempo gélido. Me entra un escalofrío.

–No estoy segura –susurro.

Jack no dice nada, aunque frunce los labios como si se estuviese mordiendo la lengua. Por fin, damos los últimos pasos por el sendero que lleva a la casita de campo. La puerta delantera está abierta de par en par. Jack chasquea la lengua al verla.

Estoy demasiado cansada y tengo demasiado frío como para explicárselo, así que me limito a ir directa al fuego que todavía arde al ralentí. En las cenizas del hogar, se vislumbran –cómo no– los discos de bronce. Los recojo de un tirón antes de que Jack los vea. No sé por qué, pero siento que son algo íntimo, muy personal. Los escondo debajo del cojín del sillón.

–Ven. –Jack sacude una manta y me envuelve en ella–. Entra en calor. Luego, ya hablaremos.

Me siento toda acurrucada y, mientras, Jack aviva las brasas y vuelve a hacer fuego, echándole leña hasta que se arma una buena llamarada, cálida y luminosa. Sin que se dé cuenta, les echo un vistazo a los discos de bronce.

–Frank John Roscarrow, Thomas Peter Roscarrow –susurro para mis adentros.

–¿Qué? –pregunta Jack desde la cocina, donde está controlando el hervidor.

Lo miro y pestañeo.

–Nada. ¿Estás haciendo té?

–Eso mismo. Y quería preparar algo de desayuno también, pero solo encuentro latas de judías.

–Hay algo de panceta en la nevera –digo a la defensiva–. Y pan en la cesta. Creo.

Jack se va, ajetreado y hablando consigo mismo. Yo enfundo el mentón en la manta y cierro los ojos. ¿Qué he visto en el claro? Como siempre, el sueño se me escapa. Un hombre acosado por la tristeza, una mujer sin nada más que una niña en brazos, un valle contenido en un solo puñado de tierra, un regalo por Navidad...

El aroma a sal y ahumado me saca de mis pensamientos. Panceta. Me doy cuenta de que estoy hambrienta. Cuando Jack me descubre mirándolo, me pasa una taza de té; y, casi al instante, un sándwich de panceta hecho con unas rebanadas de pan que bien podrían servir de tope para una puerta.

–Me voy a hacer uno para mí también –dice mientras coloca una banqueta junto a la chimenea–. Espero que no te importe.

–Claro que no –dejo el té y le doy un mordisco enorme al sándwich, con su pan tierno, la panceta crujiente y la mantequilla fundida–. Esto es una pasada, gracias –farfullo con la boca llena. A punto estoy de hincarle de nuevo el diente cuando mi mirada se cruza con la de Jack. Trago saliva–. ¿Quieres una explicación?

–Bueno... No es que sea asunto mío, aunque he de admitir que siento curiosidad –dice.

Suspiro y me armo de valor pensando en adónde puede llevarnos esta conversación.

–¿Qué me dirías si te contase que fui hasta allí sonámbula?

Se le escapa una risita.

–Eso explicaría lo del pijama. Supongo que te diría que me extraña. Habrías recorrido un buen trecho sin despertarte.

—Ya sé que es absurdo —susurro bajando la vista al plato—. Pero mis sueños siempre están relacionados con este sitio, con Enysyule. Y son tan reales que parece como si el valle intentase decirme... —Me detengo, sonrojándome de lo estúpido que suena eso—. Pensarás que esto es ridículo —añado, al no obtener repuesta por su parte.

—No lo sé. —Se le forma una arruguita entre las cejas—. Si estuviésemos en otro lugar, probablemente te diría que sí, pero... —Repasa con la mirada las paredes de la casita de campo, su suelo de piedra, gastado por generaciones y generaciones de pies—. Este sitio siempre ha sido distinto. La gente del pueblo puede fingir que no, pero la mayoría aún tiene miedo de venir aquí. —Le sale una sonrisa de medio lado—. Las viejas historias se pegan como el alquitrán.

—Entonces, ¿no crees que estoy loca? —pregunto, y en mi voz hay un poso de esperanza.

—Eso no lo sé —dice, esbozando una sonrisa—, pero no me sorprendería que este sitio te influenciase de algún modo. Que se te metiese en la cabeza—. Le da vueltas a la taza en sus manos—. Cuando estaba en la uni, tenía un amigo que estudiaba Geología. Se pasaba el tiempo explorando tierras salvajes, hablando de lugares que tenían... memoria. No es que le hiciese ganar puntos con los mentores. Pero, conociendo esto desde crío, siempre he pensado que aquí debía de haber algo.

Me sonríe, y yo le sonrío a él, agradecida. Siento como si me hubiesen quitado un peso de encima.

—Creo que ya voy entrando en calor —le digo, y me desprendo de su cazadora.

En ese momento, caigo en la cuenta de que no tengo ni idea de por qué está aquí. Me siento tan a gusto en su presencia que ni he pensado en preguntarle.

—¿Venías a verme por algo? —pregunto al devolverle la cazadora.

Sus dedos se rozan con los míos y, de repente, me entran ganas de agarrarlo y de sentir el calor de su piel en la mía. Me echo hacia atrás y bajo la vista, disimulando.

—Así es —Se ha puesto serio. Rescata el saco que traía, y su buen humor desaparece—. Pasé por aquí ayer, pero no estabas en casa. Y, como no tengo tu número, pensé en venir hoy temprano para encontrarte en casa.

Se acerca otra vez al fuego y trae consigo una caja de zapatos amarrada con un cordel.

—Esto no te va a gustar —me previene a la vez que deshace el nudo.

Echo un vistazo al interior. Hay unas cuantas bandejitas de plástico con un logotipo estampado. Están llenas de una especie de bolitas azules y brillantes esparcidas por todas partes que cubren el fondo de la caja.

—¿Qué narices...? —Extiendo la mano, pero Jack retira la caja de un tirón.

—No toques —dice.

—¿Por qué? ¿Qué es esa cosa?

—Es raticida. Muy tóxico.

Me quedo mirándolo durante unos segundos.

—Yo no... ¿De dónde lo has sacado?

Con cuidado, deposita la caja en el suelo.

—Ayer, venía hacia aquí para preguntarte qué tal había ido la reunión con Tremennor y, al llegar al claro, vi a Perrin. Estaba raro, allí sentado y mirando fijamente a un ratón muerto. Ni lo comía ni jugaba con él. Nada de nada. Entonces, vi que esa zona de matorral estaba pisoteada. Eché un vistazo y... —Señala hacia la caja—. Encontré la primera. No tardé en encontrar otras tres. Fuese quien fuese el que las puso, lo hizo a toda prisa.

Niego con la cabeza al oír tal cosa.

–No tiene ningún sentido. ¿Por qué iba alguien...? –me paro en seco, pues en mi cabeza se va abriendo paso una desagradable sospecha. Ese hombre, sonriendo al tiempo que dice: «A fin de cuentas, ¿cuántos años vive realmente un gato?».

–No –mascullo–. No se atreverían...

Mi mirada se cruza con la de Jack. En su rostro, se lee la tensión. Estoy segura de que piensa lo mismo que yo: «Sí, sí que se atreverían».

Me levanto de la silla dando bandazos, con los pies enredados en la manta.

–¡Perrin!

Jack me agarra por el brazo.

–Jess, está bien –se apresura a decirme–. Es demasiado listo para caer en una trampa así.

–¡No lo entiendes! –Miro a mi alrededor buscando mis botas–. Ayer por la noche, no se encontraba bien. Sabía que le pasaba algo. –De repente, me echo a llorar. Los ojos se me abarrotan de lágrimas–. Esos desgraciados... –lanzo un juramento–. Como le hayan hecho algo...

Abro la puerta de un tirón, y me recibe un suave maullido. Perrin está sentado en el escalón, esperando a que le deje entrar. Lo cojo en volandas y hundo la cara en su pelaje, frío, que huele a helada matutina. Al tenerlo en brazos, lo veo robusto y lleno de energía. Ya no tiene la mirada apagada y apática, sino luminosa. Lo llevo hasta el sillón junto al fuego, y ahí salta al suelo y se acomoda en mi manta. Poco después, siento la mano de Jack en el hombro.

–No tiene pinta de estar mal –dice–. De lo contrario, creo que lo notaríamos.

Asiento y me seco las lágrimas en la manga. En cuanto me

recompongo, levanto la vista y me encuentro con sus ojos de color avellana, entrecerrados en un gesto de complicidad.

–Gracias, Jack.

Sonríe, y yo siento de nuevo la densidad del espacio que separa nuestros cuerpos. Durante un segundo que se me hace eterno, tengo la impresión de que va a dar un paso y, quizá, cogerme la cara; pero, en lugar de eso, se aclara la garganta y se separa de mí.

–Ya... ya me encargo de deshacerme de eso –dice atropelladamente mientras apunta con la cabeza hacia la entrada.

Justo en la puerta hay una musaraña muerta, y es evidente que no ha sido por causas naturales. Debe de haberla traído Perrin.

–Déjala –digo mientras arranca una hoja de papel de cocina–. Y la caja. Me hacen falta.

Se pone de pie.

–¿Para qué?

Noto como se me dibuja en los labios una sonrisa sombría.

–A modo de prueba.

La caja se me bambolea debajo del brazo. La sujeto con más fuerza para que no se me caiga. «Contrólate», me digo, aunque siento que se me licuan las entrañas. Agarro el pesado llamador de la puerta y golpeo tres veces con él, armando un buen estruendo.

Pasa un minuto, luego dos. Nadie contesta. Llamo otra vez, ahora con más fuerza. Silencio. He recorrido en vano todo este camino preparándome para presentar batallar de ser necesario. «¿Y si Tremennor me está viendo? –me pregunto de repente–. ¿Y si me está mirando a través de alguna cámara oculta y riéndose de mí refugiado en su despacho?». Deposito la caja en el escalón de entrada y voy a investigar por el lateral de la casa. Todas las puertas están bien cerradas con llave y las ventanas, aseguradas para combatir el frío. Igual es cierto que no está en casa. Acabo plantándome en la puerta de atrás, sin albergar ya ninguna esperanza y mirando embobada el bidón del fuego y el jardín amurallado en el que Alex y yo... Alejo ese pensamiento antes de que llegue más lejos. ¿Espero o vuelvo más tarde? La verdad es que irme ahora sería darme por vencida...

Decido quedarme cuando una cosa marrón atraviesa a toda velocidad mi campo de visión. Me giro, y justo veo a Maggie salir como una flecha de la pista que va a dar a la cochera y dirigirse a la puerta principal.

—¡Mierda! —me echo a correr, doblo la esquina de la casa y hago un esprint bajando el camino de grava mientras me maldigo por ser tan idiota. Maggie ha apartado con la pata la tapa de la caja de cartón y ha metido la cabeza en ella.

—¡Maggie! —chillo precipitándome hacia ella.

Mi inesperada irrupción la desconcierta y mira a su alrededor con las orejas alerta. Tiene cogida entre los dientes la musaraña envenenada.

—¡Suéltala! —le ordeno con voz temblorosa—. ¡Maggie, suéltala!

Pero se limita a mirarme fijamente con sus enormes ojos y se aleja haciendo cabriolas cuando intento quitarle la musaraña, como si se tratase de un juego.

—¡Maggie! —le chillo otra vez, y corro tras ella hasta que me doy de bruces con alguien que surge del otro lado del seto.

—¡Jess! —dice Alex—. ¿Qué...?

—Dile que la suelte —jadeo señalando a la perra.

Mira de refilón a Maggie. Se le ve completamente descolocado.

—Que la suelte... ¿De qué hablas?

–¡Alex, dile que la suelte! ¡Ya!

Debe de notar el pánico en mi voz, porque no me replica y se limita a girarse hacia donde se ha parado Maggie, que está encantada con su juego.

–Maggie –dice en tono impositivo–, suelta.

Ella hace requiebros y se escabulle, como si fuese a echarse a correr. Pero, cuando le repite la orden con más ímpetu, abre los dientes y, de mala gana, deja caer al suelo la musaraña muerta. Al instante, me lanzo hacia ella y la recojo. Es un asco, bañada de babas calientes. Sin embargo, me siento tan aliviada que no me importa. Me dirijo hacia la caja, la tiro dentro y la pongo a buen recaudo debajo del brazo. Con todo, Maggie no para de corretear y saltar. Quiere jugar.

–Jess –dice Alex acercándose a mí–. ¿Qué diablos está pasando? ¿Qué haces aquí?

Respiro hondo para calmarme.

–He venido a ver a tu padre. Es por su último truco.

A Alex le cambia la cara.

–¿A qué te refieres...?

–No finjas que no lo sabes –lo corto en seco, furiosa. Al menos, con Roger, nuestra antipatía es mutua y manifiesta, pero en el caso de Alex...–. Seguro que has sido tú el que las puso allí. Haciéndole los recados a papá, como siempre.

–Mira, sea lo que sea lo que te haya enfadado esta vez, yo no tengo nada que ver.

–¿En serio? –pregunto con sarcasmo–. Entonces, ¿no puedes explicarme esto? –Le lanzo la caja a las manos.

Levanta la tapa, y pone cara de asco al ver entre las bolitas azules la musaraña muerta y machacada.

–¿Qué diablos...? ¿Y pensabas dejar esto en la entrada? Pero ¿a ti qué te pasa?

–No. Venía a enseñárselo a tu padre. Y a informarle de que

si vuelve a ocurrírsele intentar matar a mi gato, daré parte a la policía.

Alex se pone lívido.

–¿Cómo?

Señalo hacia la caja.

–¿Qué es esa cosa? Dime, venga.

Echa otro vistazo, mirando con detenimiento el contenido de la caja.

–Raticida –susurra segundos más tarde, y, a juzgar por su expresión, se le ha revuelto el cuerpo.

–Estaba convencida de que lo reconocerías. Pues alguien se ha dedicado a esparcirlo por las arboledas que hay alrededor de Enysyule, supongo que con la esperanza de que acabase con Perrin. –Nuestras miradas se cruzan–. Por lo que sé, solo hay una persona a la que eso le vendría bien.

Alex sacude la cabeza, sin saber qué decir, y, por primera vez, noto que no se está haciendo el sorprendido.

–No –dice–, él no... Es... un disparate. Yo paseo a Maggie por esas arboledas casi a diario –se detiene, mira a su alrededor buscando a la perra. Ella levanta la cabeza hacia él con la lengua colgando, paciente.

–¿Entiendes ahora por qué le pedía que la soltase? –le digo, y en mi voz ya no hay tanta indignación–. Si se la hubiese comido, se habría envenenado. Por suerte, Perrin es demasiado listo para eso.

Alex se agacha para rascarle las orejas a Maggie y se queda mirándola a los ojos.

–¿Cómo sabes que ha sido mi padre? –pregunta sin volver la vista hacia mí.

–¿Y quién iba a ser sino?

No tiene respuesta para eso. Se nota que se está devanando los sesos para intentar rebatirme.

—No puedes probarlo —dice al final, sin tan siquiera mirarme—. No tienes manera de probar que ha sido él.

—Te apuesto lo que quieras a que hay una bolsa medio vacía de eso en algún lugar de la casa —digo. Ante su falta de respuesta, se me escapa una risa amarga—. Da igual, Alex. Tú limítate a transmitir mi mensaje, ¿vale?

Me doy la vuelta, exhausta. Quiero dejar atrás la fealdad y el conflicto que encarna para mí este lugar y regresar al valle, silencioso y envolvente, con mi chimenea y Perrin. Sin que nada más que mis sueños me perturbe.

—¡Espera! —Alex me agarra de la manga—. ¿Y no podemos olvidarnos de esto? Con lo bien que nos lo estábamos pasando tú yo antes de que sucediese...

—Me mentiste. —Doy un tirón—. ¿Ahora vienes fingiendo que te importo?

—Creía que estaba haciendo lo correcto, Jess. Tú no conoces a mi padre. Puede ser... Por favor, déjame compensártelo.

—¿Compensármelo? Madre mía, Alex, que esto no va de que se te haya pasado mi cumpleaños o de que hayas cancelado una cita.

—Ya lo sé, ya lo sé. —Vuelve a agarrarme de la manga—. Pero algo habrá que pueda hacer. Por favor. Me siento fatal por todo esto. Y... te echo de menos.

Miro su mano, enganchada a la tela de mi abrigo. Sus ojos buscan los míos llenos de esperanza.

—Puedes hacer algo.

—¿Sí? Lo que sea, tú solo dime.

—Puedes ayudarme a probar que tu padre está mintiendo sobre lo de Enysyule —suelto, sin andarme con rodeos—. Necesito ver cualquier prueba que él pueda tener.

—Jess... —Se suelta de mi abrigo—. No puedo.

—Sí que puedes. Sabes perfectamente que lo que está haciendo no está bien.

Me mira a los ojos y, por un instante, tengo la impresión de que me va a dar la razón.

—No es cosa mía –masculla, y echa a andar–. Ya le diré a mi padre que has estado aquí.

Llama a Maggie y se dirige a toda prisa hacia la casa, agachando la cabeza como si le estuviese cayendo encima un chaparrón.

A veces, las mentes humanas se quedan bloqueadas en la urdimbre de la vida. No ven más que lo que quieren ver y no lo que podría ser o lo que ha sido o todavía es. El corazón humano, sin embargo, es otro panorama distinto. Y, en él, lo que parece ser de roca es posible que se vea abatido por una tormenta hasta quedar reducido a la suavidad de las arenas de la ribera.

La sensación de fatiga no tarda en dejar paso a una nariz congestionada y una garganta irritada. Siento los ojos secos y calientes; las mejillas me arden. No hago té. Bebo vasos y vasos de agua del grifo. Está fría como el hielo, tanto que hace que me duelan los dientes; sin embargo, con todo, sigo teniendo sed. Acabo por admitir que este es el precio que he de pagar por mi aventura sonámbula: un tremendo constipado.

Me paso la noche tiritando bajo las mantas, con la nuca empapada en sudor. La fiebre remite un día o dos más tarde y me deja hecha un trapo. Mi cuerpo se está tomando su tiempo para librarse del malestar. Ni que supiera que, en unos días, me espera una experiencia que puede cambiarme la vida. El lunes, tendré que enfrentarme a Roger Tremennor. Y enfrentarme a la horrible perspectiva de perder este lugar.

Pero, por el momento, Enysyule es todo lo mía que puede ser. Y, dentro de sus gruesas paredes, Perrin y yo estamos al abrigo, seguros, protegidos y calentitos. A medida que pasan los días, voy obviando los defectos de la casita de campo. Opto por envolverme en su marcado carácter, en su atemporalidad, mullida y reconfortante como un edredón.

Me pongo a vaciar la habitación de invitados, arrastrando guardapolvos que llevan años en ese sitio, abriendo cajas, desenterrando tesoros y basura de todo tipo: pilas de revistas viejas, una silla rota, una maleta sin nada dentro, una cesta sospechosamente parecida a la que llevaba la mujer de mi sueño...

En una esquina, encuentro un cajón de madera tosca repleto de lo que parecen unos atillos de papeles amarillentos. Al moverlo, me llama la atención un brillo tenue entre las hojas de periódico. Extiendo el brazo y aparto con los dedos el papel, todo arrugado, hasta que toco un vidrio, fino y frágil. Retiro el envoltorio del objeto. Es un adorno de Navidad. Nunca he visto uno igual. Cuando era niña, nuestra decoración era un batiburrillo de muñecos de nieve de fieltro y carámbanos de plástico, espumillones desaparejados y una estrella de madera para poner en la punta del árbol –un preciado regalo de mi abuela de Estambul que estaba ya para el arrastre–. Este adorno, sin embargo, es bonito y delicado.

Le sacudo el polvo. El vidrio es verde oscuro, con un motivo grabado que no sé bien si son hojas o copos de nieve. Su superficie conserva el dorado, que brilla a la luz de las lámparas cada vez que lo muevo hacia un lado y hacia el otro. Con una sonrisa, devuelvo el adorno a su envoltorio original y recupero un sentimiento que no tenía desde hace años: un golpe de emoción ante la llegada de la Navidad.

Decido que, pase lo que pase y me salga con lo que me salga Tremennor, voy a pasar la Navidad en Enysyule. Y, en cierto sentido, esa decisión hace que me sienta mejor. De hecho, aunque aún tengo la garganta irritada, moqueo y me duele la cabeza, me pongo otra vez a escribir. Como si en estos días que tengo por delante el mundo real bien pudiese esperar.

Me envuelvo en el cárdigan más amplio que tengo, me calzo unos calcetines gruesos por debajo del pijama y dejo volar la imaginación. Escribo sobre un tierra de rocas y espíritus, de criaturas hechas de hielo y de cuero, sobre un mundo al que solo se puede acceder una vez al año asomándose al agujero central de una piedra...

Perrin me ayuda, cómo no, lanzándome los pañuelos al suelo, paseándose por mi teclado y poniéndoseme delante cuando considera que ya es hora de cenar. Sigue tan comunicativo y cabezota como siempre y, sin embargo, da un poco la impresión de que su ritmo ya no es el que era. Estos días, no sale tanto de casa. A lo mejor es por el frío que hace. Anda más tieso, y hace semanas que no le lanza ataques al ratón del ordenador.

Una noche, junto al fuego, lo quito de la silla y me lo pongo en el regazo. No protesta, se limita a exhibir las garras en la lana de mi jersey y a ponerse a ronronear bajito, como si tuviese sueño. Le acaricio la cabeza, y pienso que ojalá los miedos que albergaba la gente de antes en relación al valle fuesen ciertos y hubiese algo aquí, más antiguo y primitivo que los humanos, algo que protegiese este lugar con uñas y dientes, ferozmente, si fuese necesario. Al pasarle la mano a Perrin por el lomo, me fijo en el blanco que salpica su pelaje aquí y allá, como nieve pálida. «Solo es su atuendo invernal», me digo, para reprimir una sacudida de preocupación.

La tarde del domingo da paso a la noche, y, con ella, me entra una vaga sensación de temor que no había sentido desde el colegio, cuando intentaba estirar lo que quedaba de fin de semana para que durase más. Mañana, Tremennor y su abogado entrarán pavoneándose en la oficina de Michaela, sabedores de que nos tienen en la palma de la mano. Me exaspera que consiga quitarme Enysyule valiéndose de algo tan poco sólido como un trozo de papel. Y lo único que tengo para contraatacar son sueños y cuentos de viejos que, a la vista está, son lo suficientemente intensos para tenerme en vela y hacerme recorrer el valle de punta a punta al anochecer, pero no se sostendrían si tratase de usarlos contra Tremennor. «Lo siento, Thomasina –pienso al tumbarme en la cama–. He hecho lo que he podido».

Después de cuatro días en pijama, no me siento cómoda con mi ropa de calle. Esta vez, no me esfuerzo en parecer elegante. Me limito a abrigarme muy bien para el paseo que me espera hasta el pueblo. Aún no me he recuperado del todo. Estoy pálida y tengo cara de cansada y de preocupada. No estoy en forma para batallar. Acorde conmigo, el día también está gris, frío y húmedo. Una niebla baja cubre todo el valle y rodea la roca. Prestando mucha atención, paso junto a ella y atravieso el límite del bosque. Tras varios días aislada del mundo, noto una diferencia brutal. Me siento minúscula, vulnerable y muy sola.

No he ido muy lejos cuando siento un zumbido frenético en el bolsillo. Es mi teléfono. Hace tanto que no me llega nada que casi se me había olvidado que existía. Lo saco. Tengo un par de llamadas perdidas, una de mi agente y otra de mi madre, y un mensaje. Se me agarrotan los dedos en torno al aparato. Es de Alex. Me digo que quizá debería borrarlo y ya está, pero, al final, me puede la curiosidad.

Lo abro y me encuentro con que no hay nada escrito, solo una foto, que me ha enviado a primera hora de la mañana. Es una foto de un documento, una página escrita a máquina por una sola cara y firmada en la parte inferior. Con las manos temblorosas, amplío la imagen. Me la que mirando unos segundos, aguantando la respiración y sin terminar de creérmelo, antes de echar a correr.

Cruzo el bosque a la carrera, y se me olvidan mis músculos debilitados, mi garganta irritada y que no puedo respirar por la nariz. Piso con las botas en el barro y en las hojas, y me salpico los vaqueros. Doblo bruscamente un recod y me salgo del camino que va al pueblo para coger el que lleva al astillero. Bordeo el arroyo, que baja veloz cara al río y ruge por el efecto de las lluvias invernales. «Por favor, dime que estás en casa —rezo mientras corro—. Por favor, que haya alguien en casa».

Para cuando cruzo el puente a los pies de Lanford y subo dando tumbos la colina que lleva al pueblo, siento que estoy de caer a punto redonda del esfuerzo tan grande que he hecho. Pero qué importa. En mi pecho, ha cobrado vida algo: la esperanza, luminosa e imparable como una chispa de pedernal. Lo único que tengo es la esperanza de que no sea demasiado tarde. A través de la ventana de la oficina de Michaela, las veo a ella y a Liza sentadas en el escritorio y al abogado, que se inclina hacia ellas. Roger Tremennor juguetea con un pisapapeles a un lado. Michaela está mirando fijamente y con gesto sombrío el documento que tiene ante sí. En la mano, tiene un bolígrafo. Carraspeo, agarro la manilla y entro dando tumbos.

—No... —intento decir, pero las palabras se me pierden en un acceso de tos.

Se me quedan mirando los cuatro, sorprendidos por mi cara sudorosa y enrojecida, mis vaqueros salpicados de barro y mi pelo zarrapastroso, que nos les pasan desapercibidos. Liza es la primera en reaccionar y se apresura a ofrecerme un vaso de agua.

–Ah –oigo que dice el abogado mientras trago–, la inquilina. La señorita Price, ¿no? Mucho me temo que aquí no tiene gran cosa que hacer...

–¿Has firmado algo? –lo interrumpo, mirando hacia Michaela.

Debo de estar hecha una piltrafa, con los ojos llorosos y un vaso vacío en la mano. Después de unos segundos, niega con la cabeza.

–No –dice–. Quería esperarte. ¿Por qué?

Sin soltar prenda, saco el teléfono, con la foto que me envió Alex bien a la vista.

–¿Esta es su prueba? –le pregunto a Tremennor, y le acerco el teléfono.

Frunce el ceño y entorna los ojos para mirar la pantalla. Veo como le cambia la cara, como le sube la sangre por el cuello, y aparto de un tirón el teléfono antes de que pueda arrebatármelo.

–¡Eso es un documento privado! –gruñe–. ¿De dónde diablos lo has sacado?

–No ha respondido a mi pregunta. –Mantengo mi tono de voz normal–. ¿Es esta su prueba, el documento en el que Thomasina dice que ella es la inquilina?

–Jess –suplica Michaela, y se pone de pie–. ¿Qué está pasando?

Me sitúo fuera del alcance de Roger Tremennor y abro la cremallera del bolso. Dentro, llevo el cuaderno de bocetos, que acabo de recuperar de manos de Mel hace apenas unos minutos.

—Esto era de Thomasina —les explico a todos, y voy pasando las hojas con un crujido—. Lo encontré en la casita de campo. Está lleno de dibujos suyos.

El abogado ríe por la nariz.

—Lo siento, pero ¿adónde quiere llegar con esto? No estamos aquí para mirar garabatos antiguos.

—Supuestamente, ¿cuándo firmó ese documento Thomasina? —le pregunto a Tremennor.

Me observa en silencio, con los labios tan apretados que forman una fina línea.

—Creo —interviene el señor Mitchell— que fue un mes antes de que la señora Roscarrow falleciese. El veinte de mayo, si no me equivoco.

Aunque suena tranquilo, su aplomo está empezando a resquebrajarse. Le echa una mirada a Tremennor con la que es evidente que le está diciendo: «¿Qué parte no me has contado?».

—Sí —confirma Tremennor sin pestañear—. El veinte.

Poso el cuaderno de bocetos en el escritorio y lo giro para que puedan verlo. El dibujo es prácticamente imposible de reconocer, no es más que una serie de líneas finas y temblorosas. Sin embargo, yo tengo claro el tema. Es un dibujo de la roca de Perranstone tal como debe de verse desde arriba: un círculo rodeado de árboles oscuros y cuyos bordes se difuminan. En la esquina de abajo, a la derecha, hay una firma y una fecha. Apenas se leen.

—Si le costaba escribir el dieciocho de mayo —y apunto directamente a Tremennor—, explíquenos cómo firmó de manera tan nítida el día veinte. —Amplío la foto en el teléfono, y la coloco junto al dibujo. Las firmas casi dan vergüenza de lo diferentes que son—. Comprenderá que tenga serias dudas sobre la autenticidad de este... documento.

Durante unos segundos, nadie se mueve.

—¡Eso son paparruchas! —estalla Roger, y se le ahoga la voz—. Nunca antes había visto tal cuaderno. Puede muy bien ser una invención suya.

—Claro, el ladrón piensa que todos son de su condición —replico—. ¿Es otra de sus estratagemas, como tratar de envenenar a Perrin?

Se pone como las brasas.

—¡Lo que me faltaba!

—¿Qué pasa aquí? —interrumpe el abogado.

—¡Sabía que era cosa suya! —No puedo evitar alzar la voz—. ¡No se esfuerce en negarlo!

—No es cosa mía si tienes problemas con alguna plaga.

—Será desgr...

—¡Silencio! —estalla Michaela, y nos coge tan desprevenidos que nos callamos. Lanza un suspiro profundo y añade—: Gracias. En primer lugar, puedo confirmar que el cuaderno de bocetos era de Thomasina. La vi con él muchas veces. Y, en segundo lugar... —Abre una carpeta de anillas y empieza a pasar hojas—, no olvidemos que Thomasina firmó también un acuerdo con nosotros en abril de este año. —Saca de una funda de plástico un documento de varias páginas y se chupa el pulgar a toda prisa para ir pasándolas—. Debería sernos útil para hacer la comparación. A ver...

Escruto hasta el más mínimo movimiento en su cara mientras revisa la línea de la firma en el contrato. Por un vertiginoso instante, me convenzo de que me va a mirar negando con la cabeza. Pero, luego, sus labios se comban, se le marcan unas arrugas en el canto de los ojos y, con una sonrisa apenas disimulada, coloca el papel junto al cuaderno y al teléfono. Todos a una, estiramos el cuello para echar un vistazo.

—Me temo que tengo que darle la razón a la señorita Pike, Roger —dice Michaela con toda la calma mientras me sonríe de refilón—. Tu prueba tiene pinta de ser algo más que un tanto... ficticia.

De uno de los cobertizos del astillero sale el rumor de una radio. Voy directa hacia él, con el aire frío y húmedo del río clavándoseme en los pulmones. Me detengo en la entrada, agarrándome al umbral de la puerta. Jack está en el banco de trabajo, lijando un listón de madera con las mangas del jersey remangadas hasta los codos. Siento la garganta agarrotada. Hago tres intentos antes de conseguir reunir la saliva suficiente para pronunciar su nombre con un graznido.

Su sonrisa sorprendida se convierte en un gesto de preocupación al percatarse de mi estado, sin aliento y con los ojos brillándome de la emoción.

—¿Jess? —Deja el cepillo y se me acerca limpiándose las manos con un trapo—. ¿Qué pasa? ¿Algún problema?

—Lo hemos conseguido —exclamo entre risas, a pesar de que las lágrimas se me saltan otra vez—. Lo hemos conseguido, Jack. Michaela, Liza y yo...

—¿Habéis conseguido qué? —dice, ansioso.

—Hemos probado que no hay caso con Tremennor. —Me cuesta creer lo que digo, por mucho que sean mis propias palabras—. ¡Renuncia a Enysyule!

Sin saber muy bien cómo, tengo a Jack abrazándome y haciéndome girar en el aire. Yo me agarro a sus hombros y me sumerjo en el aroma a madera fresca y a lana vieja, a jabón y humo que desprenden su pelo y su piel. Me posa en el suelo y, durante un doloroso segundo, nuestros cuerpos están pegados y nuestras caras, todavía más. Luego, se separa de mí, entorna los ojos, esos ojos del color del otoño, y esboza una sonrisa.

–¡Venga ya! –dice–. Tenemos que contárselo a Mel. No se lo va a creer.

Esa tarde pasa a ser una de las mejores que recuerdo desde que llegué a Lanford. Mel saca otra vez el brandi, aunque, en esta ocasión, para brindar. Él y Jack se olvidan del trabajo durante unas horas y, juntos, en esa cocina suya con vistas al río Lan, verde y gris, comemos y hablamos y nos reímos al calor de la estufa de leña, de los espíritus y del alivio desbordante tras semanas de preocupación. Les cuento lo que ha pasado en la oficina de Michaela, cómo Tremennor ha retirado su oferta farfullando algo sobre una «falta de entendimiento» y cómo hasta el propio abogado le ha echado una mirada asesina al marcharse.

–Entonces, jovencita –dice Mel, sonrojado–, ¿significa eso que te nos quedas por aquí?

–Pues sí. –Y me río a la vez que levanto el vaso para entrechocarlo con el suyo.

«Un guardián y un protector para Enysyule mientras viva Perrin». Bebo, y me vienen a la cabeza las palabras del acuerdo. Como una nube solitaria en un cielo inmaculado, abren una pequeña brecha en la felicidad que siento al pensar en los pelos blancos esparcidos por el pelaje negro de Perrin. Me sacudo ese pensamiento y opto por escuchar a Mel.

–... solo quedan dos semanas, ¿sabes? –dice.

–¿Para?

–¡Navidad! Las fiestas de Yule. Es una época del año muy importante por estos lares. –Apura el brandi y se sirve un poco más.

Jack abre la estufa y echa unos cuantos leños más. Las llamas ascienden por el líquido ambarino que tengo en el vaso. Entre trago y trago, las imágenes acuden a mi cabeza: llamas en la oscuridad, una roca iluminada, voces que se alzan entonando una canción, hojas de acebo oscuras como un estanque escondido, bayas de un rojo sanguinolento...

–¿Y qué pasa aquí en las fiestas de Yule? –pregunto sin pensar.

–¡Más bien dirás qué no pasa! –Mel se echa hacia adelante sujetando el vaso entre sus manos como si fuese un cáliz–. Cuando el sol se agota y el año viejo pierde fuelle, las noches se vuelven cada vez más oscuras y los días, más cortos. Entonces, ¡llega la hora de Montol! –Le da un sorbo al brandi y me echa una mirada llena de pillería.

–¿Y qué es «Montol»? –pregunto, aplicada.

–El solsticio –dice Jack, adelantándose a su abuelo–. La noche más larga y el día más corto. Se hace siempre una fiesta.

–¿Como cuando se celebró el encendido de las luces de Navidad?

Mel resopla.

–¿A eso le llamas tú una fiesta? Montol es la fiesta por excelencia. –Nuestras miradas se cruzan, y sus ojos se abren de par en par–. Hay música, lámparas de calabaza y un festival popular que incluye baile, cante, juegos... Los paisanos llevan máscaras y sus mejores galas.

–Es una noche en la que no hay reglas. Una noche en la que todo es posible –dice Jack a la vez que cierra la estufa–. Hay quien se pasa meses haciéndose el disfraz.

–¿Tú también? –me burlo, al recordar que en Halloween no iba disfrazado.

–Incluido yo –asiente con solemnidad–. Las reglas son las reglas.

–Suena genial. –Me río–. Ya puedo ir buscando algo que ponerme.

—¿Significa eso que te quedas? —pregunta Jack en voz baja, y nuestras miradas se encuentran al coger él la silla que hay a mi lado—. ¿En Enysyule? Entonces, ¿qué, vendrás a Montol?

—Sí —digo, y me viene el recuerdo de sus brazos rodeándome, del calor de su mejilla junto a la mía al levantarme del suelo—. Me quedo. —Se hace un silencio que dura demasiado, así que apuro el resto del brandi de un trago y pongo cara de dolor al sentir la quemazón en la garganta—. También va a venir en Navidad mi familia desde Londres. Mi madre, mi hermana y su marido. Pero la casita de campo está aún patas arriba y no he hecho más que ponerme con la habitación de invitados.

—Parece que vas a necesitar que te echen una mano —dice Mel como quien no quiere la cosa—. A ver a quién se lo propones.

Jack se ríe ante la falta de sutileza de su abuelo.

—Será un placer ayudarte, Jess —dice, aunque yo me opongo—. Si necesitas algo, no tienes más que decírmelo.

Emprendo el camino de vuelta por el bosque, en el que ya cae la noche invernal, sintiendo una ligereza que no sentía apenas unas horas atrás. A pesar del aire gélido, mi cara refulge del calor y desprendo olor a humo de leña y a brandi. Perrin me espera en la entrada de la casita de campo. Lo veo mover la boca para maullar antes de oírlo siquiera, como si estuviese ansioso por tener noticias y me pidiese que me diese prisa. Lo levanto en brazos, bailo con él por la cocina y le cuento todo lo que ha pasado: que su casa está de nuevo protegida. Al dejarlo en el suelo, se acomoda en su puesto favorito y me hace un guiño lento, como si dijese: «Pues claro, ya sabía yo que todo acabaría arreglándose».

Esa noche, lo celebramos con una cena especial: caballa fresca que he conseguido de los pescadores. Preparo la mía exactamente como me indicaron, en las brasas calientes de la lumbre, y la casita de campo va llenándose de olor a mar y a leña. A medida que la noche invernal se hace más oscura al otro lado de la ventana, me da por imaginarme Londres en una velada fría de diciembre como esta. Parece increíble que, incluso a esta hora, haya montones de gente sacando fuerzas para hacer unas compras navideñas de última hora, charlando en las escaleras mecánicas, contribuyendo a empañar las ventanillas de los buses que van parando por las calles mientras yo estoy aquí sentada en silencio, comiendo un pescado recién retirado de las brasas.

Sonrío al pensar en la distancia que me separa de la chica que salió corriendo de la ciudad calzada con un par de zapatillas polvorientas y la cabeza llena de cosas innecesarias. Este sitio me ha cambiado. Sobre la alfombra harapienta, Perrin se afana en limpiarse la cara. Mientras lo observo, siento que me va a estallar el corazón de lo mucho que agradezco estar en este preciso lugar, en Enysyule, en este momento.

El Cazador Salvaje cabalga los cielos invernales girando en círculos con las estrellas, precipitándose con la lluvia. El año viejo —su presa— mengua ya, y cada paso en ese camino dura un día; cada tropiezo, una noche. No importa su duración exacta, pues tanto cazadores como cazados saben que a los humanos a menudo se les olvida que el tiempo no es la única medida del ser.

Coníferas. Su aroma se cuela en mis sueños y me saca dulcemente de mi abandono. Abro los ojos en la oscuridad esperando que se haya desvanecido, pero... no. El potente olor a resina y a troncos recién cortados se expande por la habitación como si alguien hubiese cubierto la cama con ramas de acebo y abeto. Me siento y respiro hondo mientras me pregunto si es un efecto producido por la propia casa. No, es demasiado intenso para eso. Salgo de la cama y apoyo los pies en las tablas. Me hormiguea la piel de todo el cuerpo, y me levanto despacio para no alterar... lo que sea que me está pasando.

El aroma se vuelve más intenso en el minúsculo descansillo, y se me hace casi insoportable al bajar las escaleras. Penetro en la oscuridad del salón, con su fuego adormecido. Junto a la chimenea, descansa la caja de madera que contiene los adornos que he encontrado en la habitación de invitados. La bajé antes de irme a la cama, impulsada por el entusiasmo de limpiar la casita y ponerla a punto para las vacaciones de Navidad.

Al acercarme, veo un destello verde. Sé perfectamente de dónde sale. Con cuidado, me arrodillo y saco el adorno de vidrio de su envoltorio de papel. En un primer momento, me da reparo observarlo muy de cerca, pues aún tengo fresco el recuerdo de lo que pasó la última vez que me quedé mirando uno de los secretos de Enysyule. Pero el olor a acebo y a conífera va envolviéndome y siento un hormigueo en la piel, como si me envolviera algo que no sé cómo definir. Sé que no tengo alternativa.

Levanto el adorno a la altura de los ojos. Gira suavemente en mi mano, y hay algo que se mueve en sus profundidades. Es una figura que pulula por un salón muy similar al que tengo a mis espaldas. Una mujer joven que está de pie en la mesa de la cocina y tiene ante sí una pila de acebo recién cortado. Se gira a coger unas tijeras de podar, y, al hacerlo, puedo verle de refilón los ojos. Son moteados, del color de la avellana. Me resulta familiar, como si se tratase de una vieja conocida. Frunce sus oscuras cejas al concentrarse en recortar con cuidado un ramito de una rama de acebo. Con la mente en otra parte, canta para sus adentros.

–*Ha'n kelynn yw an kynsa a'n gwydh oll y'n koes...*

Deja a un lado las tijeras de podar y echa un vistazo a su ropa –ese jersey de lana viejo, los gruesos pantalones amarrados con un cinturón de hombre– con cierto aire disgustado. Lo único que tiene suyo son monos o vestidos de verano descoloridos que no pegan con sus contundentes botas. Eso, además del vestido azul nuevo que está colgado arriba y los zapatos a los que les ha sacado brillo. Pero esa indumentaria es para una ocasión especial. Para una persona especial.

Es el día de Navidad. El primero que van a pasar juntos en la casita de campo, tal como ha decidido ella. Qué importa si todavía no es oficial. Dos días de asueto por las fiestas de Yule son demasiado valiosos para malgastarlos con la familia en el astillero, sufriendo sus miradas de desaprobación y sus susurros casi inaudibles con él como tema, un soldado forastero venido de muy lejos y sin casa propia. Ella sonríe, traviesa, y recorta otro ramito de acebo mientras se imagina las caras de la gente de Lanford cuando se enteren de la boda.

–Brodzki –murmulla para sí, y paladea el rastro que le deja en los labios, dulce y secreto como el azúcar del mercado negro–. Thomasina Brodzki.

Con un puñado de acebo en la mano, va hacia el enorme y antiguo aparador que hay en el rincón. Coge una caja de cartón de uno de los cajones y extrae de ella un bonito adorno de vidrio soplado decorado con una trama de estrellas. Es un regalo para su futuro marido, para que se acuerde de la Navidad en su tierra natal. Lo vuelve hacia la luz. Es lo menos que puede ofrecerle para compensar todo lo que él ha perdido, pero valdrá la pena ver la sonrisa que se le pone en Nochebuena, o eso piensa ella.

Empieza a colocar las ramas de acebo, y se le van los ojos a las placas de bronce que cuelgan de la pared, con los nombres del padre y del hermano que no llegó a conocer. Al prender un ramito de acebo detrás de la foto de su madre, que ha puesto en la balda de arriba, junto a las placas, le embarga la tristeza.

Si estuviesen vivos, ¿le darían su aprobación? No querrían que estuviese sola, de eso está segura. De todas formas, no piensa irse a ningún lado. Piotr sabe que Enysyule se convertirá también en su hogar. Y ya cuenta con el beneplácito de la única criatura que le importa además de él.

Echa un vistazo por encima del hombro en dirección al sillón. Lo ocupa un bulto negro y peludo que duerme profundamente hecho un ovillo.

—Tienes suerte de que los pescadores se sigan preocupando por ti, ¿sabes? —le dice—. De no ser por ellos, tendrías que cazarte tu propia cena, como los gatos de verdad.

El gato abre un ojo amarillo y mira por entre las patas. Soltando una risotada, la joven se gira para colocar un ramito de acebo en la balda de arriba. Pero, de repente, en su rostro se opera un cambio: abre los ojos de par en par, ausente, y aprieta entre los dedos las hojas de acebo sin importarle sus crueles espinas. No vuelve en sí hasta que no empieza a brotar la sangre. Baja la vista cuando sobre los adoquines se estampa una gota y esparce la ceniza como si lloviese.

—No... —dice cogiendo aire.

El acebo cae al suelo y queda olvidado mientras ella corre escaleras arriba, subiéndolas de dos en dos, y entra como un huracán en la que aún considera que es la habitación de su madre.

La radio está colocada en el alféizar, que es el mejor sitio para captar las ondas. Sin importarle si deja manchas de sangre en el dial, revolotea con los dedos para sintonizar.

París, Moscú, Varsovia (el país de Piotr)... Ambos han pasado días sentados como dos niños intentando averiguar algo de lo que pasa en su tierra. Pero la señal no es estable, suelta crujidos y cada movimiento del dial genera un zumbido bajo, como de electricidad estática que nunca cesa.

—Venga —suplica mientras busca emisoras locales, algún anuncio, un boletín, un aviso—. ¡Por favor!

No hay nada. Y la sensación de pánico no hace más que crecer. Lo nota en la boca del estómago. Así que deja la radio y corre escaleras abajo, y se pone esos calcetines suyos llenos de zurcidos para calzarse las botas de trabajo que hay junto a la puerta, húmedas todavía después de pasar el día en las tierras.

«Por favor —susurra inconscientemente, como si pronunciase una oración, como si fuese un conjuro—, por favor, por favor».

Abre la puerta bruscamente, y ve de refilón la cara de alarma de Perrin, que levanta la cabeza cuando pasa junto a él. Echa a correr sendero abajo, dejando atrás la casita de campo. No se molesta en llevar consigo una antorcha. Conoce esos senderos como la palma de su mano; además, la noche está clara, con la luna abultada como un ojo en lo alto del valle. Llega al vado a la carrera, atraviesa de un salto el arroyo en su fase invernal y sigue corriendo para responder a la llamada.

Al final del sendero, se levanta el bosque de acebos. Hace apenas unas horas, paseaba entre ellos sin rumbo fijo, entre esos viejos amigos, cogiendo las ramas que le ofrecían, como cada año. Ahora, se han vuelto oscuros e indescifrables, y la sangre aún mana de los cortes que sus hojas le han hecho en las manos.

Entra en el claro como una exhalación. La roca de Perranstone la espera, ciega y gris. Pero a ella no le da miedo. La roca la conoce. Sus cabellos se han quedado atrapados en ella, al igual que la sal de sus lágrimas, ha escuchado su chachareo mientras jugaba y en ella ha apoyado la espalda en sus siestas vespertinas cuando el calor apretaba en verano...

–¿Qué? –le grita mientras golpea su superficie–. ¿Qué pasa? ¡Dímelo! –Deja manchas de sangre en la pálida y silenciosa piedra–. Por favor –jadea, tratando de recuperar el aliento–. Por favor, dime que está sano y salvo.

Es un manojo de nervios. Lo único que se oye es su propia respiración. Luego, a lo lejos, surge otro sonido: el de un motor que se precipita desde el cielo. Y eso basta para hacerle levantar la vista, asombrada. Nunca antes había oído un avión por estos lares. Algo tiene el valle que mantiene a raya el ruido del resto del mundo. Pone bien la oreja. Sí, es el motor de un avión. Está segura, aunque suene averiado, como si tartamudease y tosiese. Es el sonido de una máquina a punto de estropearse. Y está cada vez más cerca. Se queda mirando hacia arriba, al círculo de cielo que enmarca el claro, hasta que por fin consigue ver algo.

Tras cuatro años de paranoia, a punto está de tirarse al suelo o de echarse a correr en busca de refugio, pero las manos se le han quedado soldadas a la roca. Además, la luz de la luna le permite ver lo suficiente para darse cuenta de que no es un aeroplano enemigo. El ruido de los decrépitos motores se ha vuelto prácticamente ensordecedor. Repara en que solo le funciona una hélice y en que del motor salen nubes de humo negro. No debería estar aquí, vuela demasiado bajo y está a millas de la base más cercana. No hay ningún lugar en el que pueda aterrizar entre las ensenadas del río y las empinadas colinas de Lanford. A no ser que...

En el preciso instante en que el avión sobrevuela la roca, entiende al fin lo que sucede. Nadie se dirigiría hacia aquí en un avión que corre el riesgo de estrellarse en cualquier momento y sin un punto seguro donde aterrizar de no ser por obligación. De no ser porque sabe que es su última oportunidad de divisar el sitio en el que esperaba empezar una vida, donde la persona a la que ama descansa en su cama o sueña junto al fuego; de ver de refilón Enysyule antes de que le llegue la hora...

–¡Piotr! –grita la joven hacia el avión tratando de vislumbrar desesperadamente la cabina en medio del humo. Grita su nombre una y otra vez, aunque es consciente de que él no puede oírla. Como mucho, verá una figurita y un rostro vuelto hacia arriba junto a la roca gris.

El avión parece bascular y suelta un quejido antes de caer a toda velocidad. Desaparece de la vista, devorado por los acebos, y ella echa a correr hacia ese lado, tratando de seguirlo, aunque sabe que es inútil. Las hojas oscuras le arañan los brazos como si la repelieran hasta que cae y regresa al claro, junto a la roca. Sus sollozos se funden con el sonido de un motor debilitado.

Del otro lado del claro, viene algo corriendo hacia ella. No levanta la cabeza –no es capaz–, ni siquiera cuando nota una pata en la mejilla, pegajosa a causa de las lágrimas.

Tengo a Perrin en el regazo y levanta una pata hacia mi cara. Huele a noche, se le ha pegado el aire frío como si acabase de entrar corriendo de fuera. En cuanto consigue llamar mi atención, se pone otra vez sobre dos patas, pero no se aleja. Respiro hondo y me limpio las lágrimas que han asomado a mis ojos.

Devuelvo el adorno a su nido de papel. Thomasina nunca contrajo matrimonio. De eso estoy segura. Siempre he dado por descontado que era una especie de ermitaña, que prefería vivir sola. Pero puede que no fuese así. Puede que no fuese capaz de compartir su vida con nadie más.

Excepto con Perrin. Le acaricio la cabeza mientras se sienta a mis pies, moviendo la cola con un frufrú, inquieto, como si recordase mi aventura sonámbula de la semana pasada. Al menos, esta vez solo se me han quedado dormidos los dedos. Cansada, subo las escaleras para irme a la cama. Caigo en la cuenta de que el aroma a coníferas se ha disipado. Perrin se coloca cerca de mis pies. Reconfortada por su presencia, no tardo en caer en un sueño profundo y sin sobresaltos.

Las noticias viajan rápido en un sitio como Lanford, y, a lo largo de la semana, en Enysyule recibimos un flujo continuo de llamadas. Michaela se pasa un día a la hora de comer con un catre y un colchón hinchable para que los míos puedan dormir a gusto cuando vengan de visita. Liza me envía un montón de sábanas y toallas que tiene de repuesto. Hasta la célebre manitas local, la señora Hesketh, hace por fin acto de presencia para encargarse de unos arreglos de fontanería. Trae consigo a su nieto para que le eche una mano, un chico callado de unos quince años que se pone rojo como un tomate cada vez que alguien se dirige a él. Por lo que respecta a la señora Hesketh, es una cascarrabias de carácter bondadoso y entra en el baño como Atila sin que le explique siquiera cuál es el problema. Me limito a observar mientras desatornilla algo en el calentador y lo tira por encima del hombro.

—Trae para acá ese chisme, Tobe —le grita a su nieto.

Es como si la gente del pueblo hubiese estado esperando a ver qué pasaba con Tremennor antes de dar un paso. Acabo pidiéndole su opinión sobre lo sucedido.

—Pues claro que sabíamos que estaba contando una trola —me dice bruscamente—, pero es que corren malos tiempos aquí y muy pocos habrían criticado a Michaela por haberse embolsado ese dinero.

No le pregunto cómo conoce los *a priori* confidenciales detalles de la negociación con Tremennor. Al fin y al cabo, esto es Lanford.

Del único del que no sé nada es de Alex. Me veo tentada a mandarle un mensaje para darle las gracias por haber hecho lo correcto, aunque eso le haya puesto en una posición incómoda respecto a su padre. Pero después me vienen a la cabeza aquellas palabras suyas la última vez que estuve en la casona —lo de «¿Por qué no nos olvidamos de eso? Tú y yo nos lo estábamos pasando bien antes de que pasase todo»— y borro el mensaje. No quiero volver a enredarme con él. Es mejor dejar las cosas como están y cortar por lo sano. Sobre todo, porque hay alguien a quien siempre estoy deseando ver...

Una tarde, Jack aparece por aquí, bote de pintura y un par de rodillos en mano.

—Pensé que te vendrían bien —anuncia antes de que los ojos le vayan directos a la mesa, al ordenador, que tengo allí encendido—. Perdona, estás escribiendo. No quería interrumpir.

—No, si no pasa nada —me apresuro a decir al ver que se da la vuelta—. Estaba a punto de hacer un descanso. ¿Te apetece una taza de té?

Como de costumbre, Perrin está monopolizando el sillón, así que nos sentamos uno frente al otro en la mesa de la cocina. Se le han metido unas virutas de madera en ese peso rizado y oscuro que tiene. Reprimo las ganas de estirar el brazo y sacárselas.

—Jess... —dice tan de repente que se me suben los colores. Solo espero que no se me note lo que estoy pensando—. ¿Puedo pedirte algo en relación a Montol?

—¿Montol? —intento darle un tono desenfadado—. ¿La fiesta del solsticio de invierno?

—Sí. Es un acontecimiento bastante importante para nosotros. Por una noche, ponemos el pueblo patas arriba.

—Me cuesta imaginarlo. —Me echo a reír—. ¿Cuándo es?

—El veintiuno. Este sábado. —Jack deja la taza y se pone serio—. Jess, quería preguntarte si tú podrías, si estarías dispuesta a...

En mi cabeza, estoy ya pronunciando un «¡Sí, Jack, me encantaría ir contigo!».

—... ir con mi abuelo.

Sus palabras caen como un mazazo en mi cabeza.

—¿Cómo dices? —consigo articular, y me pregunto si habré oído mal—. ¿Te refieres a ir con Mel?

Jack asiente sin levantar la cabeza de la taza.

—No ha ido a Montol desde que la abuela Phyllis murió. Y no creo que tenga fuerzas para ir solo. Además, no me hace caso. Pero... me da la impresión de que a ti no te diría que no. —Me mira, y sus cejas dibujan un gesto de pesar—. Le has hecho bien, Jess. Hacía años que no lo veía tan animado como en las últimas semanas. No sé... —Sonríe, arrepentido—. Creo que tu pelea le ha cargado las pilas.

Le sonrío a Jack tratando de disimular la decepción que siento.

—Pues claro que iré con él —digo—. Es lo mínimo que puedo hacer.

Se le dibuja una sonrisa de oreja a oreja.

—Gracias. —Estira el brazo y me aprieta la mano—. Para él, será todo un detalle.

Lo miro a los ojos, pero siento un picor en la nariz. Me veo obligada a retirar la mano de un tirón y coger un pañuelo antes de que me salga un estornudo tremendo.

—Aunque si no te encuentras bien del todo... —dice Jack, preocupado.

—No, estoy perfectamente. —Pestañeo para que no me lloren los ojos—. O lo estaré de aquí al sábado, te lo prometo.

Mientras se pone la cazadora, yo reúno el valor para hacerle una pregunta muy distinta.

—Jack, ¿estuvo Thomasina... comprometida o algo en un momento dado, cuando era joven? —pregunto.

—¿Thomasina? ¿Prometida? —Jack pone cara rara mientras se cala el gorro—. Lo dudo. No le dedicaba mucho tiempo a los demás De hecho, las aglomeraciones de gente no le hacían ni pizca de gracia. Pero ¿por qué lo preguntas?

—Solo quería saberlo.

—¿Sigues con los sueños? —dice intuyendo la respuesta.

—Sí —admito—. Pero no te preocupes, que no ha habido más peripecias en el exterior. —Tras dudarlo un instante, me armo de valor para abrirme a él—. Es curioso, porque se están volviendo más intensos aunque, por otra parte, ya no me molestan. De alguna manera, me hacen sentir... que hay una conexión. —Hago un mohín—. No suena muy lógico, ¿no?

Casi espero que se eche a reír, pero no lo hace.

—Te parecerá un poco raro —suspira, como si ni él mismo pudiese creer lo que está a punto de decir—, pero pienso que esta casa no está igual en invierno. Y creo que eso ha dependido siempre de las fiestas de Yule. A ver, lo lleva en el nombre: ese «enys», referido a algo que está aislado o escondido, y lo de «yule», bueno... –Se encoge de hombros, en un gesto muy significativo–. Si alguien tuviese que ponerle un hombre a día de hoy, probablemente sería «La casita de Yule».

Lo miro fijamente. Normalmente, es tan racional y sarcástico que no sé muy bien si está de broma o no.

–¿Crees que tiene algo que ver con...? –inclino la cabeza en dirección al valle, señalando hacia el claro, en el que reposa la roca de Perranstone, callada y vigilante.

–No tengo ni idea –farfulla Jack. Inconscientemente, nos hemos ido acercando, como si alguien pudiese oírnos–. Sin embargo, sería de esperar. Esa roca ha estado ahí durante cientos de años. Desde mucho antes de que la Navidad fuese la Navidad.

De repente, se oye un chirrido que nos hace pegar un brinco a ambos. Los dos a la vez, miramos a nuestro alrededor y nos encontramos con Perrin, que no nos saca ojo de encima desde el sillón.

–Me da que está de acuerdo conmigo –se ríe Jack.

–Gracias por venir –le digo ya en la puerta–. Dile a Mel que será un placer para mí ir con él al Montol.

–Gracias, Jess. –En lugar de darse la vuelta para irse, se pone a rebuscar algo en el fondo del bolsillo de su abrigo–. Yo... –Se aclara la garganta y saca un pequeño cucurucho de papel de periódico– he visto esto en el pueblo. Pensé que te gustarían.

Y me lo entrega. Sorprendida, me quedo mirando el papel que tengo en las manos. Dentro, hay un ramillete de flores blancas de estambres amarillos como estrellitas y hojas de un verde oscuro, casi tanto como las del acebo.

–¿Qué son? –pregunto, pero Jack ya ha echado a andar sendero abajo y agita una mano a modo de despedida sin volver la vista atrás.

Más alegre que unas castañuelas, miro otra vez las flores. Llevan una etiquetita anudada al tallo con un cordel en la que se lee con letra clara «Eléboros, rosas navideñas».

A medida que se va acercando el día de Montol, se extiende por Lanford una especie de fiebre colectiva. Compruebo que Jack y Mel tienen razón: parece que el festival está concebido para ser todo un acontecimiento. Dos días antes, Michaela y Liza dan su fiesta de Navidad, en la que congregan a gente en su minúscula oficina para pasar una tarde entre tartaletas de frutas, vino caliente y la alegría generalizada. Llegado un punto, las ventanas están tan empañadas que no se ve nada por ellas y nadie piensa ya en volver al trabajo.

Entre tanta charla animada y canciones navideñas atronando desde los altavoces del ordenador, veo a Geoff, de pie y solo, mirando un mapa de la campiña que hay en la pared. Voy hacia él.

–Hola, Geoff –digo, vacilante, pues no me gustaría perturbar su ensimismamiento.

Se le suben los colores.

–Señorita Pike, ¿cómo está?

–Mucho mejor que la última vez que te vi –Sonrío–. Gracias por tu ayuda.

–Michaela me contó que fue más lista que Roger. –Me guiña un ojo a través de las gafas–. Muy bien pensado eso de sacar ese cuaderno de bocetos.

Se me va la vista al mapa que tenemos ante nosotros en la pared, y busco automáticamente Enysyule.

–Geoff, ¿sabes si hubo algún accidente de avión por esta zona durante la Segunda Guerra Mundial? –pregunto mientras repaso la ribera, densamente cubierta de árboles, y las colinas.

—Una pregunta interesante, la verdad. —Se saca las gafas y se pone a limpiarlas con las camiseta, como si eso fuese a ayudarle a afinar su visión del pasado—. Había una base aérea no muy lejos y otra más abajo, en la costa. Algunos de los pilotos estuvieron acantonados en el pueblo. Pero accidentes... —Se coloca las gafas—. No sabría decirle. Puede que sí. Normalmente, el gobierno optaba por silenciarlos para no desmoralizar a la gente. —Me mira y levanta una ceja—. ¿Otro misterio más que pretende resolver?

—Digamos que sí.

—¡Señorita Pike! —Oigo que me llaman, y se me arrima Reg, el de la tienda del pueblo, con sus mejillas sonrosadas y una tartaleta montada en equilibrio sobre su vaso—. Vendrá al Montol, ¿verdad? Vamos, eso espero.

—Sí, sí —le contesto, y me toco la cara con la palma de la mano para refrescarme—. De hecho, seré la acompañante de Mel.

Reg parpadea y suspende la tartaleta en el aire, a un palmo de la boca.

—¿Mel? —pregunta, incrédulo—. ¿Mel Roscarrow?

—Sí. —Me río al verlo tan sorprendido—. Nos hemos hecho amigos, y Jack me dijo que necesitaba un empujoncito para salir de casa, así que vamos juntos.

Le doy otro sorbo al vino caliente, que está dulce.

—Mel apuntándose al Montol —farfulla Reg con los ojos como platos—. Discúlpeme usted, señorita Pike.

Se marcha a la carrera y se pierde entre la gente.

—¿Qué rollo es ese? —me pregunta Liza, que aparece con una bandeja de palitos de queso en la mano—. ¿Acabo de oírte decir que vas a ir al Montol con Mel?

—Sí. ¿Cuánto dices que tardan en extenderse las noticias? —bromeo, tomando un palito de queso.

—¿Y qué piensas ponerte? —pregunta, seria.

216

—¿Qué? —La miro frunciendo el ceño—. Y yo qué sé. No lo he pensado. La gente va disfrazada, ¿no?

—¿Que la gente se disfraza? —Michaela nos ha oído y se hace hueco hasta apretujarse a mi lado. Lleva puesto un cárdigan con motivos navideños y unas astas de reno le sobresalen del moño—. ¿El Papa es católico?

Se traga un eructo y estira el brazo para coger un palito de queso.

—Mi abuela solía decir que lo que la gente llevaba eran «*farrapos y anacos*». —Sonríe Liza—. Andrajos y jirones. Porque de lo que trata Montol es de que las cosas no son lo que parecen: el pobre es rico, la oscuridad se hace luz.

—Mejor será que le prestes algo, Liza, o va a dar el cante en la procesión —sugiere Michaela.

—¿Procesión? —repito mientras Michaela se marcha en busca de vino caliente—. Jack no hizo referencia a ninguna procesión...

Liza se echa a reír.

—Lo siento, pero Mel siempre va a la procesión. Antes, por lo menos, lo hacía, hasta que dejó de ir hace unos cuantos años. Está bien que vuelva. —Me echa una mirada de reojo—. ¿Debo deducir entonces que tú y Jack habéis arreglado las cosas?

—Sí, aunque, visto lo visto, voy a tener que echarle un rapapolvo. —Le doy un sorbo al vino caliente—. ¿Sabes si... está con alguien?

—¿Te refieres a salir? —resopla Liza—. Lo dudo. Siempre dice que está demasiado liado en el depósito como para eso.

—Ah —intento que no se me note en la cara la decepción.

—¿Por qué lo preguntas?

—Por nada. —Espero que no se dé cuenta de que me estoy poniendo colorada—. Entonces, ¿a qué hora empieza la procesión el sábado?

—A las seis en punto.

—¿Hasta?

Liza sonríe y me sirve más vino.

—Hasta bebernos el año viejo y dejarlo sequito.

Un estruendo de cascos, tambores y corazones; un torrente de sangre corriendo por las arterias de la tierra. El fuego ruge. Los árboles se despojan de su verdor. El sol se pone en el día más corto para darle paso a la noche más larga...

El sábado tarda un siglo en llegar, y otro tanto en pasar las horas hasta que llega la noche. Invierto la mañana en escribir, acercándome cada vez más al final de la novela. En unos cuantos días, la tendré lista. Cosa buena, ya que tampoco es que disponga de mucho más tiempo. Mi editor se ha mostrado bastante inflexible y quiere tener el manuscrito en Nochebuena para poder llevárselo a casa y leerlo durante las vacaciones. Me da pena pensar en lo poco trabajado que estará al no tener margen para darle un buen repaso. Lo que me queda es disculparme y prepararme para recibir un aluvión de notas a principios de año.

A medida que van pasando las horas y se acerca la tarde, ya no consigo estarme sentada. Dejo a un lado el portátil y me voy a preparar el disfraz para la noche. Liza me ha prestado un vestido que me va por el tobillo, de terciopelo color verde botella y unas mangas tan largas que me cubren las manos. Me queda demasiado grande, pero me pondré un cinturón de cuero y... ¡listo! Siguiendo las instrucciones de Liza, me pongo a desenmarañar un manojo de collares y pulseras que tengo en el joyero. «Cuantos más, mejor», según ella. Me ha crecido el pelo y ya me llega por los hombros, así que me lo recojo para despejar la cara y compruebo el resultado, que no acaba de convencerme. Con todo lo que llevo encima, tengo un poco de pinta de druida o de asistente a un festival *hippie*, lo que, a mi entender, no queda tan lejos de lo que se pretende.

Afuera, va cayendo la noche, y la oscuridad se cierne desde los confines del cielo. Es hora de irse. A pesar de mis reservas, algo se me debe de haber pegado del frenesí entusiasta de los de Lanford. De la ilusión que me hace, siento como si tuviese mariposas en el estómago. «En esta noche, todo puede suceder...».

Perrin no está en su sitio de siempre junto al fuego. Se ha sentado en el alféizar, cual mancha de pelo negro en la oscuridad. Lo llamo, y él se gira. Tiene los ojos brillantes como la flor de la aulaga y la mirada aguda de un búho. Una criatura ancestral dispuesta para salir a cazar. Al parpadear, la imagen desaparece. No es más que Perrin, que maúlla bajito hacia mí y se vuelve para seguir contemplando la noche que asoma.

Cruzo el valle a toda prisa, y el cielo se tiñe rápido de azul oscuro a negro. Me veo obligada a recurrir a una linterna buena parte del camino, así que es un alivio cuando la tierra arcillosa del bosque deja paso al terreno accidentado del depósito y a las luces del cobertizo, que se proyectan sobre la superficie del agua a modo de bienvenida.

–¿Mel? –llamo al entrar–. Siento llegar tarde, he tenido que...

Me quedo petrificada. En la cabecera de las escaleras, hay una figura como salida de un cuento antiguo. Su pelo y su barba son un amasijo de ramitas y sus ojos se hunden tras una máscara de vegetación. Lleva en la cabeza una corona de acebo, con sus bayas brillantes como el sol bajo de invierno.

Sobre los hombros, porta una magnífica capa formada de harapos dorados, verdes y rojos. Luego, la expresión majestuosa de la máscara se resquebraja y deja paso a Mel, que se libera de ella y sonríe tímidamente.

—No pasa nada, Jessie —dice.

—¡Mel! —suelto tras quedarme un momento sin saber qué decir—. Estás.... ¡increíble!

—Bueno, soy el Rey Acebo —dice lleno de orgullo—. Los paisanos esperan que haya un poco de espectáculo. Sube, ven.

Lo sigo a la planta de arriba pensando que ojalá me hubiese esmerado un poco más con mi disfraz.

—Y Jack ¿dónde está? —pregunto. El resto de la casa está en silencio—. ¿No viene?

—Ha subido ya —dice Mel. Por donde no le cubre la barba, se pone un poco colorado al entregarme una caja—. Le he pedido al tipo de la floristería que me hiciese esto —suelta de corrido— por si te apetecía llevarlo. Si no, tampoco hay problema.

Levanto la tapa, llena de curiosidad. Huele a conífera recién cortada, a resina, a savia y hojas, y el aroma es tan intenso como en mi sueño. La cojo: es una corona. Mientras que la suya es de acebo, la mía es de hiedra. Las hojas y las ramas están entretejidas formando una espiral, adornada con ramitas peladas que brillan como si estuviesen cubiertas de escarcha.

—Es bonita —susurro—. Y claro que voy a ponérmela.

—Muy bien —Se lo ve encantado—. Pero también vas a necesitar una máscara. Tengo una de sobra.

Con la máscara tapándome la parte superior de la cara y la guirnalda de hiedra en la cabeza, me siento como si me estuviese metiendo en la piel de otra persona. Desde luego, no en la de Jessamine Pike —ni en la de Jessie, mucho menos en la de Jess—, sino en la de una mujer de nombre desconocido y hecha de hojas. Cogidos del brazo, Mel y yo ponemos rumbo a la cabeza de la procesión. No está muy lejos, pues se reúne junto al puente que lleva a Lanford y forma una especie de alfombra luminosa en la oscuridad. Arden las antorchas y titilan los faroles, en los sombreros y prendidas a los abrigos alumbran guirnaldas de luces y hay farolillos de papel que penden de varas altas cual luciérnagas enormes y pesadas.

—Mel... —susurro mientras los demás van ocupando sus sitios—, ¿tengo que hacer algo?

Sacude la cabeza.

—Bah, no. Solo ir andando conmigo hasta la otra punta del pueblo.

Sus palabras se las llevan los hurras que suelta alguien. Los instrumentos (violines, tambores y gaitas) se arrancan a tocar y nos ponemos en marcha como llevados por una voluntad un tanto ajena a la nuestra. Subimos la colina y llegamos al pueblo, que está abarrotado.

Las luces de Navidad disipan la oscuridad y, aun así, por cada esquina o grieta se cuelan sombras danzarinas. Los disfraces son tan exuberantes como desconcertantes. Hay gente con deslumbrantes mantos harapientos y vestidos de noche pasados de moda, chicas con plumas y lazos en el pelo, hombres con astas en el sombrero y otros con máscaras de pájaros, bestias y otras criaturas sobrenaturales. Y todos se apiñan en el borde de la calle para ver pasar la procesión. Echo un vistazo entre la multitud en busca de alguna cara conocida. Una mujer vestida con una máscara de plumas y un niño de la mano levanta el brazo para saludarme. Me parece que es Liza. Le devuelvo el saludo como puedo.

El gentío aumenta al dejar atrás El Cordero, y se extiende colina abajo en dirección al río. Hay un ambiente absolutamente magnético. Y siento que voy entrando yo también en el espíritu del Montol. Estoy dispuesta a beberme hasta la última gota esta noche de un invierno que ya se acaba. En la orilla del río, han montado una enorme hoguera con descartes de madera y restos arrastrados por las corrientes que está esperando que la prendan. La muchedumbre me lleva hacia el extremo opuesto, con las oscuras aguas del Lan a mi espalda. Busco entre la gente, pero sigue sin haber rastro de Jack. A mi lado, Mel hace un ruido como si tragase saliva.

–¿Estás bien? –grito por encima del gentío y la música.

–Sí. –Me da unas palmaditas en el brazo, y noto que le tiemblan las manos–. Es que esto me recuerda a Phyllis, nada más. Nos pusimos de novios en el Montol, hoy hace casi cincuenta y un años.

Tomo su ajada mano entre las mías.

–Ella estaría encantada de verte aquí.

Me sonríe con tristeza y asiente.

–En eso llevas razón. Gracias por hacerme de acompañante, jovencita.

Desde el frente de la hoguera, retumba una voz. A mi lado, Mel se cuadra y vuelve a parecer más alto y majestuoso.

–Vamos allá –farfulla entre dientes y echa a andar a buen paso tras cogerle su antorcha a uno de los asistentes. La levanta hacia el cielo, y la gente aplaude y lanza vivas; luego, se agacha y la acerca para prender la hoguera. En cuestión de un par de segundos, las llamas se alzan como aguerridos acróbatas y saltan de un trozo de madera a otro, obligando a la muchedumbre a recular un poco para apartarse del calor.

–Y ahora, ¿qué? –le pregunto a gritos a Mel mientras vamos mezclándonos con la gente.

–Ahora... –Me da unas palmaditas en el brazo–. Digo yo que ha llegado el momento de que los jovenzuelos vayáis a divertiros por vuestra cuenta.

Mira por encima de mi hombro, así que me giro y me encuentro a un hombre plantado detrás de mí. Va completamente vestido para el Montol, con su chaleco hecho de harapos y remiendos y una bufanda de un vivo rojo al cuello. Lleva una máscara negra que le oculta los ojos. Al verme dudar, se la retira y deja a la vista un par de ojos claros del color de la avellana. Los entorna, divertido.

—¡Jack! —Me echo a reír—. ¡No te había reconocido!

Me devuelve la sonrisa.

—Ese era el objetivo.

Me giro buscando a Mel. Me siento mal por abandonarlo, pero ya lo está monopolizando un grupo de gente que ha venido a felicitarle.

—Venga —Jack se agacha para susurrarme al oído—, que en nada ya estará fardando en El Cordero.

Me agarra de la mano y tira de mí hacia la muchedumbre.

Hay puestos de venta de vino caliente, de sidra y ponche, de carne de cerdo asada; y grupos de músicos y bailarines. De repente, me veo arrinconada junto a un brasero con Jack y algunos amigos suyos, jugando a adivina quién con unos cuantos. Localizo a Michaela, que va vestida de Maestro de Caza, con una cola de zorro asomándole del abrigo. Jack distingue a Pete, el primo de Liza, que lleva puesto un vestido de noche de un amarillo chillón. Hasta nos encontramos a Roger Tremennor, con su capa negra y una máscara veneciana, rodeado de la gente que estaba en la fiesta de la víspera del Día de los Fieles Difuntos. Cuando uno de los amigos de Jack señala hacia ellos, él me pone una mano en el hombro, pero no es que me importe. Me lo estoy pasando demasiado bien para pararme a pensar en los Tremennor.

Una copa lleva a otra... u otras tres; luego, cuatro. Tomo del brazo a Jack y vamos sorteando a la gente. Me apoya las manos en la cintura para auparme a un buzón y que pueda ver una actuación sin que me obstaculicen. La noche avanza, se hace tarde, y vamos acercándonos hasta que noto el calor de su piel atravesando la camisa de algodón que lleva, hasta que no puedo parar de pensar en sus labios, tan cerca de los míos cuando se agacha para decirme algo al oído. Cada vez que nuestras miradas se cruzan, es como si se estableciese un diálogo silencioso hasta que uno sonríe o se ríe o aparta la mirada para disipar la tensión.

La muchedumbre que hay en nuestro entorno se lanza a bailar frenéticamente, y Jack me tiende la mano invitándome a seguirlo. Cosa que hago con gusto y, por un instante, me imagino arrastrándolo hacia la penumbra, donde no alcanzan las luces navideñas, para estar a solas con él mientras la música invade nuestros cuerpos... Pero entonces, aparece Dan, el marido de Liza, y, con un gesto, nos invita a unirnos a la danza colectiva. En nada, nos fundimos con la masa de cuerpos que dan vueltas y vueltas. Es una especie de baile en círculo, y acabo separándome de Jack y bailando con una mujer a la que no había visto nunca. Nos echamos a reír de la impotencia al confundir los pasos y trotamos en sentido opuesto al resto. Y, aunque lo haga a traición, estoy más que feliz de seguirle el juego a esa mano que noto que me toma la mía y tira de mí con ansia para apartarme del grupo.

Algunas antorchas empiezan a parpadear y apagarse. Sin su luz, las esquinas de los edificios se sumen en la oscuridad. «Tanto mejor», dice una voz malvada dentro de mi cabeza.

Tropiezo con el bordillo, Jack me agarra y me levanta. El baile nos ha dejado sin aliento a los dos. Me río, y le cuento que he perdido el paso por completo; él se inclina y me empuja contra la pared. Pega su cuerpo al mío. Sus labios me buscan, ávidos.

Me quedo petrificada un instante. He imaginado tantas veces este momento que... Pero no, así no. Esto no está bien. Hay algo que me echa para atrás. Me llega un brizna de un olor que me resulta tristemente familiar, y caigo en la cuenta de por qué. Furiosa, aparto la cara.

–¿Qué demonios crees que estás haciendo?

Respirando agitadamente, le doy un empujón. Alex tropieza. Lleva puesta una camisa blanca y una máscara negra similar a la de Jack.

–Por favor, Jess –masculla y vuelve a acercarse. Levanta una mano hacia mi cara.

Justo cuando estoy a punto de empujarlo otra vez, noto movimiento a sus espaldas. Jack está plantado al borde del círculo de bailarines, con la máscara colgando de la mano. Nos mira fijamente. Se me hace un nudo en el estómago, más todavía cuando Alex se me echa encima para intentar besarme, yo lo rechazo, pero no lo suficientemente rápido. Jack desaparece entre el gentío. Lleva la ofensa grabada en el rostro.

Trato de ir tras él, pero Alex me sujeta por la mano.

–Jess, por favor. –Aun a cierta distancia, puedo oler el alcohol en su aliento–. Es que estás tan guapa... Dame una oportunidad, anda.

Esta vez, lo empujo con todas mis fuerzas y lo hago recular dando trompicones. No pierdo el tiempo en gritarle, me limito a abrirme paso entre la gente que está bailando, entre la música que tanto me chirría y los cuerpos que ahora se sacuden sin más y antes parecían tan alegres. A mi alrededor, flotan las notas mientras me encamino a empujones hasta el otro lado de la calle. Pero, incluso antes de que lo consiga, sé que llego demasiado tarde.

*En estos días oscuros de diciembre, la tierra se mantiene a
la espera. Espera mientras el Maestro de Caza pasa sin que
lo oigan, como un trueno, rumbo al oeste. Espera mientras
el año viejo se desvanece como la niebla al sol, a pesar de que
el año nuevo no ha nacido todavía. Espera mientras todo se
sopesa en la balanza.*

La mañana del 22 de diciembre se desliza entre las cortinas,
y me despierto con dolor de cabeza y el corazón magullado.
Aguanto unos cuantos segundos sin moverme, pero no tarda
en venírseme todo encima. Sus labios en los míos, el olor a
alcohol, la cara de Jack, su expresión pasando de la sorpresa
y la consternación al sufrimiento mientras se daba la vuelta.
Hundo la cabeza en la almohada. Estaba tan centrada en
Jack que ni se me había pasado por la cabeza que Alex también pudiese estar en la fiesta del Montol. Debería haberme
fijado más en quien me cogía la mano, debería haber puesto
más empeño en hablar con Jack y explicarle lo sucedido.
En el lapso que separa la noche del día, todo esto se habrá
enquistado; no será sencillo limpiar la herida.

Hecha una piltrafa, empujo las mantas y salto de la cama.
Mi ropa está tirada en una pila en el suelo, justo allí donde
me la saqué anoche entre lágrimas. También está la guirnalda
de hiedra, que se ha marchitado y ha perdido el lustre. Me
miro al espejo; estoy pálida, tengo los ojos hinchados de
tanto llorar y se me ha corrido el maquillaje.

Aún no estoy lista para afrontar el día que me espera. Perrin
me saluda con su habitual torrente de maullidos pidiendo
el desayuno, aunque no tan alto o de manera tan insistente
como de costumbre, como si entendiese que hoy necesito

que el mundo me trate con cariño. En lugar de preparar mis tostadas de siempre y de desayunar con él, me calzo unas botas y me voy al baño. Aunque el calentador aúlla y rechina igual que si tuviese un *poltergeist* atrapado dentro, el apaño ese de la señora Hesketh ha dado resultado. El vapor que desprende el grifo del agua caliente casi me arranca una sonrisa. A toda prisa, me desvisto tiritando sobre el suelo de piedra, que está congelado, y me zambullo en el agua hirviendo antes de que se enfríe. Me restriego la cara con fuerza, y también el pelo y la piel, tratando, sin mucho éxito, de que el agua se lleve los recuerdos de la pasada noche.

Debería estar sentada escribiendo e intentando teclear los capítulos que me quedan antes de que venza el plazo en Nochebuena. Pero es que no puedo. Tengo que ver a Jack. Tengo que contarle lo que pasó, aunque eso implique confesarle lo que siento por él en unas circunstancias nada favorables.

Pongo rumbo a la ribera, y se me pasan por la cabeza un buen puñado de posibles conversaciones. En el claro, la roca está como siempre, aunque es como si en el ambiente hubiese hoy de una especie de fatiga, como si de la tierra brotasen unos ojos medio dormidos que esperan la llegada de algo o de alguien que les permita al fin descansar.

Tengo el estómago vacío y, al acercarme al embarcadero, empieza a hacer ruidos. «A lo mejor, va todo bien y en diez minutos estoy sentada a la mesa de la cocina, comiendo panceta con huevos y riéndome de este asunto», me digo. Avanzando paso a paso, me obligo a llegar hasta la puerta principal.

No contestan. Aunque no creo que aún estén durmiendo, ¿no? A punto estoy de llamar otra vez cuando oigo el crujido de unos pasos que se acercan desde el lateral de la casa. Con el corazón en un puño, espero allí plantada.

–Jack...

Mel dobla la esquina con un haz de leña en los brazos. La luz le hace entornar los ojos, y camina despacio y con cuidado. Hago un esfuerzo y le dedico una sonrisa.

–Tienes tan mala pinta como yo me siento –le grito.

Levanta la vista, sorprendido.

–Jessie –Hace una mueca, pero en seguida la sustituye por una sonrisa de compromiso. Es evidente que sabe que ha pasado algo malo–. ¿Una taza de té?

–Sí, por favor. –Le abro la puerta–. ¿Está...? –Intento tragar saliva– ¿Está Jack? Necesito hablar con él.

–Me temo que no –dice Mel, y deja caer el haz de leña con un gemido–. Se marchó temprano esta mañana, aunque no sé ni cómo consiguió salir de la cama a esas horas.

–Ah... ¿Y sabes cuándo volverá? Podría esperarle aquí.

Mel sacude la cabeza y se le dibuja una sonrisa incómoda.

–Va para rato. Se ha ido a recoger a su hermana al aeropuerto. Por lo menos, eso decía en su nota.

Me muerdo la mejilla por dentro para evitar que se me salten las lágrimas, aunque noto que se me acumulan ya en el pecho.

–¿Os ha pasado algo? –pregunta Mel–. Cuando se marchó ayer por la noche, Jack tenía una cara que ni una nube de tormenta. Aunque no me dijo ni mu, vamos.

No consigo aguantarme las lágrimas por más tiempo, así que me doy la vuelta para disimular cuando empiezan a asomar entre las pestañas.

–Venga, venga –dice Mel, pasándome un brazo por encima del hombro–. No es para tanto. Por muy malo que sea, al final se solucionará. ¿Habéis tenido una riña, tortolitos?

Asiento a la vez que me limpio las lágrimas que siguen brotándome de los ojos.

—No es más que un estúpido malentendido –le explico con la voz ronca–, pero Jack... va a pensar que soy lo peor mientras no consiga aclarárselo.

—No te preocupes, Jessie. Aunque sea terco como una mula, ya entrará en razón.

Eso me hace suficiente gracia como para secarme la cara con la manga y esbozar una sonrisa.

—A ver... –dice Mel–. Las fiestas de Yule no son para llorar. ¿Y no decías que esperabas visita estos días?

—Sí –Sorbo por la nariz–. Vendrán en tren a pasar la Nochebuena.

—Entonces, supongo que tienes aún mucho que hacer antes de que lleguen –dice Mel sacando su lado práctico–. Y no te sobra el tiempo como para andar con el mocho y poniendo a la vez cara mustia por el bobo de mi nieto.

—¿Me avisarás cuando vuelva? –le pregunto.

—Te avisaré –promete Mel–. Ahora, entra y tómate una taza de té. Tengo una resaca de aquí a mañana.

Mel me da el número de Jack, aunque se me hace raro pedírselo, y me paso la mitad del camino de vuelta a casa intentando redactar un mensaje. Antes de llegar al claro, reviso las pocas palabras que tengo escritas en la pantalla. Es lo único que se me ha ocurrido.

Jack, lo siento. ¿Podemos hablar? Jess.

Me parecen ridículas, demasiado pobres e insignificantes para expresar todo lo que siento. Pulso el botón de enviar y observo como se esfuman esas seis palabras cargadas de esperanza.

Por mucho que Mel diga que son las fiestas de Yule y que es tiempo de felicidad, no consigo centrarme en nada. Escribo apenas unos cientos de palabras y ya estoy otra vez dando vueltas por la habitación y buscando excusas para salir afuera y ponerme donde hay mejor señal para comprobar si me ha contestado. Al final, entre la tarde y la noche, me entra un mensaje en el teléfono, aunque no es el que quería.

Perdón por lo de anoche. Estaba muy borracho, pero eso no es excusa para comportarme como un idiota. Perdón. Un beso. Alex.

No es que me levante el ánimo, precisamente. Eso díselo a Jack, le contesto sin pararme a pensarlo.

Perrin también está inquieto. Anda dando vueltas por la casa como si buscase algo y no se aguanta acurrucado en ninguno de sus sitios favoritos. Al instante, salta dando bandazos con la cola, que se le eriza como si el ambiente estuviese cargado de electricidad. Para cuando cae la noche, estamos ambos agotados, así que nos sentamos espatarrados y nos quedamos mirando al fuego.

—Esto es ridículo —le digo—. Y Mel tiene razón: con sentarme y comerme el coco no voy a conseguir nada.

Como si me entrase un chute de energía, abro la puerta de golpe. Fuera, en la entrada, me esperan las brazadas de acebo que corté hace poco en el bosque. Las ramas están húmedas del rocío de la noche. Al meterlas en casa, esta se llena de su intenso olor a verde, igual que en mi sueño. Le pondré un aire festivo con el acebo y unos adornos. Cuando lleguen de visita los míos, se darán cuenta de por qué me gusta tanto este sitio. Nos sentaremos junto al fuego y les contaré todo lo ocurrido. Brindaremos y comeremos hasta que el cuarto se llene de aromas navideños: a naranjas y especias, a azafrán y a oporto. El día de Navidad, Perrin andará a la caza de los trocitos de papel de regalo y de las cintas que caigan en los adoquines mientras nosotros reímos.

En un momento dado, caigo en la cuenta de que se me ha metido en la cabeza una melodía y de que estoy tarareando la canción que aprendí en mis sueños.

–*Kelynn, kelynn* –canto en voz baja mientras coloco ramitas de acebo sobre la chimenea.

Uno a uno, voy sacando los adornos de sus cajas. Perrin me observa trabajar con la cabeza apoyada en las patas, como si estuviese perdido en sus cavilaciones. Encuentro bolas de vidrio, formas metálicas con los cantos dentados y figuritas de madera descoloridas que representan barcos, reyes y pastores. Las cuelgo entre el acebo, y forman su propia procesión entre las ramas. Sobre ellas, brillan unas estrellas de hojalata. Por último, cojo el adorno de cristal verde y lo cuelgo en el mismo centro. Brilla como una luna o un sol... o una ventana abierta a otro mundo.

El día de Nochebuena amanece claro, luminoso y frío. Tremendamente frío. Abro la puerta para echar un vistazo. El valle tiene un algo mágico. No hay rama que no esté cubierta de escarcha por culpa de la helada y brille al pálido sol de invierno. Entre las piedras de los charcos se ha formado hielo. Hasta la última hierba se ha quedado tiesa y congelada, como si el propio tiempo se hubiese detenido en ellas. Perrin viene junto a mí y olisquea el aire, pero no tardamos en retirarnos ambos para tomarnos el desayuno al calor del fuego. Repaso con la mirada la casita de campo mientras intento no tirar migas en el suelo limpio. Al menos, mi falta de concentración ha servido para algo: todo está limpio y ordenado. He barrido el hogar, he abrillantado la mesa, y los adornos refulgen con el reflejo de las llamas y su chisporroteo. Arriba, las camas están listas, con una pila de mantas bajo las que arrebujarse tras una alegre velada. Ahora, solo me falta tener con quien compartir todo esto.

El cielo despejado me levanta el ánimo. Me anudo una buena bufanda al cuello y meto el portátil en el bolso. En su disco duro, hay un manuscrito, escrito deprisa y corriendo, esperando a ser enviado.

–Es Nochebuena –le digo a Perrin con tono decidido–, y pienso divertirme. Si Jack Roscarrow es demasiado cabezota para escuchar mis explicaciones, él se lo pierde. ¿O no?

Perrin no contesta. Se limita a mover una oreja y a esperar pacientemente junto a la puerta a que me prepare. Cuando salgo, viene tras de mí, aunque intento disuadirlo. Lleva unos días moviéndose más lento, y me preocupa que este tiempo gélido empeore su estado. Por no variar, no me hace caso e insiste en acompañarme de camino a la roca, andando a mi lado sin hacer ruido.

No le pega estar tan callado, así que, al llegar al claro, me agacho, le acaricio las orejas y le miro los ojos para asegurarme de que está bien. Me echa una mirada seria, casi estoica, y, por un instante, me olvido de que es un gato y siento el impulso de preguntarle a esta extraña y solemne criatura qué es lo que le pasa. Pero él se limita a restregar la cabeza contra la palma de mi mano y se sienta, dejándome paso para que cruce el claro. Al mirar atrás, veo a través del agujero que hay en la roca que ahí sigue, observándome y nada más. Aunque sea absurdo, me da por despedirme de él levantando la mano.

Lanford es un hervidero: niños que no tienen clase, gente de vacaciones, parientes que vienen a pasar el primer día de las fiestas. A través de las ventanas, refulgen los árboles de Navidad, las guirnaldas de acebo y las flores de Pascua; de las puertas, cuelgan lazos brillantes. Hasta han decorado algunas barcas con espumillón enrollado en el mástil.

El café/oficina de Correos/tienda de pesca es un hervidero

de gente que busca refugio frente al frío cortante y se calienta las manos en torno a una taza de chocolate caliente. Consigo hacerme un hueco en una mesa en la parte trasera y me conecto al wifi para enviarle el manuscrito a mi editor. Le escribo un mensaje avisándole de lo verde que está y deseándole una feliz Navidad. Le doy a «Enviar» y suspiro aliviada al verlo desaparecer.

Por mucho que me haya propuesto disfrutar de las fiestas, no paro de pensar en Jack y me pongo a observar embobada a los que pasan por delante de la cristalera empañada, como si esperase oír su risa entre el bullicio. Al final, hago de tripas corazón y dejo la mesa libre para un trío de señoras mayores. De camino a la tienda del pueblo, me suena el teléfono.

¡Hola, hermanita! Vaya tiempecito hace, ¿eh? El tren lleva retraso, pero, en teoría, no tardaremos mucho en ponernos en marcha. Besos.

Miro hacia arriba, escéptica. No me había fijado antes, pero no cabe duda de que el tiempo está cambiando. Se aproximan unas nubes grises y cargadas como lana mojada que amenazan con apoderarse del cielo. En la tienda, unos y otros van esquivándose por los pasillos mientras compran algún chisme que se les ha olvidado.

—Señorita Pike. —Reg sonríe al verme con un gorro de elfo navideño encasquetado en su cabeza calva—. ¿Ha recibido bien su pedido? ¡Espero que usted y Perrin no se lo hayan comido todo ya!

—No —Me río—, es solo que quería felicitarte la Navidad, Reg.

—Feliz Navidad, señorita Pike. ¿No decía que venía a verla su familia de Londres?

—Están de camino. O eso espero. Hace mal tiempo por allá, por lo que parece.

Un hombre que lleva un voluminoso abrigo, y al que identifico como uno de los pescadores, coloca sin miramientos una botella de jerez en el mostrador.

—Se está armando una buena —anuncia—, y no me sorprendería que acabase nevando.

—¿Nieve? ¿En Cornualles? —Se me sale la risa por la nariz—. Si no lo veo, no lo creo.

—Pues, según mis cálculos, lo verá está noche —dice el hombre, guardándose la botella en uno de los bolsillos—. Que pase una feliz Navidad, señorita Pike. —Se detiene en la puerta—. Y él... también.

Para cuando llego al puente y lo cruzo, ya se ha levantado un viento helado que eriza la superficie del agua. Aunque me había propuesto no hacerlo, no puedo resistir la tentación de dar un rodeo por el embarcadero. De todas formas, soy consciente de que es probable que se hayan marchado a casa de los padres de Jack. Como era de esperar, cuando pongo un pie en el depósito, la impresión que da es de que está cerrado a cal y canto. Las ventanas desaparejadas, que normalmente brillan invitando a entrar, están a oscuras. No se oye nada en los talleres y los cobertizos. Llamo a la puerta, solo por si acaso, pero nadie contesta.

Un poco triste, me dirijo hacia el bosque, rumbo a Enysyule. A medida que avanzo, la luz de la tarde se va diluyendo en el cielo y adquiriendo un rubor cada vez más oscuro, a pesar de que aún falten unas horas para que caiga la noche. Es como si el aire se me solidificase en los pulmones, igual que si respirase hielo triturado. Al internarme en el claro, se apagan todos los sonidos, como si ese sitio estuviese al margen del mundo. He de admitir que el viejo pescador tenía razón.

Suavemente y casi sin que me percatase, han empezado a caer copos de nieve en forma de espiral sobre el terreno sin árboles y la roca de Perranstone. Observo cómo aterrizan los primeros, convertidos en motas de un blanco puro sobre esa superficie llena de nudos e historia. Alzo el rostro hacia el cielo y dejo que la nieve me roce las mejillas, los ojos y se derrita al calor de mi piel. Es entonces cuando oigo unas voces que se topan con mis oídos en su vagar, apenas perceptibles.

Y, aunque no puedo distinguir sus palabras, aunque en ellas se mezclan susurros y gritos, lamentos y canciones, sé que proceden de este valle. Sé que Enysyule ha atesorado dichas voces y me las entrega ahora, siglos después, en forma de ecos.

Unas manos esculpen la piedra, unos pies echan a correr, van galopando unos cascos, se arrancan a cantar unos labios, caen lágrimas en la nieve; y, en todo lo sucedido, hay una presencia constante, una que no ha cambiado: unos ojos entrados en años, amarillos y salvajes como los de un halcón. Pensaba que era cosa de imaginación, eso de verlo en todos mis sueños. Pero ¿y si no es ningún truco? ¿Y si siempre ha estado aquí, vigilante y protector? De todos modos... Abro los ojos. Esta no es una noche cualquiera, sino Nochebuena. Es la parte central de las fiestas de Yule, la brasa que aguanta la lumbre. Una noche en la que la gente de antes creía que los muros entre los mundos se volvían más finos y los espíritus entraban en la tierra.

De repente, me viene el recuerdo de lo raro y serio que se ha mostrado Perrin esta mañana, la manera en que se ha sentado en el claro y me ha visto marchar, como si fuese un alma consciente de que le está llegando su hora y que debe quedarse a esperarla. Del mismo modo que espera la roca que tengo a mis espaldas. Bajo la nieve, parece más grande. Se alza imponente en el claro, con su color gris oscuro en contraste con suelo manchado de blanco, impaciente porque esta noche comiencen las fiestas de Yule.

Me asaltan una serie de pálpitos.

–Perrin –susurro, y pongo rumbo a casa corriendo.

Donde hubo fuego, siempre quedan rescoldos. Donde hubo fuego, cenizas quedan. Dondequiera que haya humanos, siempre cabrá la esperanza. Y la esperanza –eso lo sabe bien la Tierra– es el mejor combustible posible...

Para cuando llego a la puerta, jadeante y con un punto en el costado, la nieve que cae ha empezado a cuajar. Se está acumulando ya en la valla del jardín, y hace que parezca que el tejado de paja de la casita está rebozado en harina. Entro y cierro la puerta de un empujón. En apariencia, todo está como lo dejé esta mañana.

–¡Perrin! –lo llamo, pero no responde a mi saludo.

Tampoco maúlla enfadado. El sillón junto al hogar está vacío. Paso la mano por el cojín: la tela está fría.

Grito su nombre otra vez y me quedo quieta, a la escucha, esperando oír el sonido de sus patas sobre el piso de madera de la planta de arriba y precipitándose escaleras abajo. Compruebo todos sus lugares de descanso favoritos (los alféizares, la alfombra...), pero no lo veo por ninguna parte. Salgo a toda prisa y miro incluso en el cuarto de baño, no vaya a ser que se haya quedado encerrado.

–¿Perrin? –exclamo desde la puerta de entrada.

Le doy golpecitos a una lata de atún, un truco que suele funcionar. Pero no se mueve nada, nada excepto la nieve que sigue cayendo rápida y silenciosa por todo el valle. Cierro la puerta. La cabeza me da vueltas mientras repaso todos los posibles escenarios. Y ninguno es bueno.

«En los dormitorios –me digo tratando de calmarme–. A lo mejor se ha quedado dormido y no te ha oído». Así que voy y compruebo si está en los dormitorios.

Corro arriba subiendo de dos en dos las escaleras, que crujen y gimen bajo mis pies, e irrumpo en la habitación de invitados. Está sin tocar, con las camas perfectamente hechas y listas. Tampoco hay nada en el alféizar. Salgo pitando hacia mi habitación, a la vuelta del pasillo, y me llevo un buen golpe en la espinilla contra el baúl que hay a los pies de la cama.

–¡Mierda! –se me escapa.

No está aquí; por lo menos, no en la cama ni en la pila de ropa que hay en un rincón. Se me saltan las lágrimas, y no precisamente por el dolor que siento en la pierna. «Volverá –pienso a la desesperada–. En cualquier minuto, arañará la puerta o repiqueteará en la ventana de la despensa». Sin embargo, no puedo ignorar la ansiedad que me corroe y la inexplicable certeza de que algo malo ha sucedido.

El baúl ha quedado medio torcido. Lo empujo para devolverlo a su sitio apoyando las manos en los múltiples arañazos que tiene la madera, allí donde debe de haberse afilado las uñas Perrin una y otra vez a lo largo de los años. Toco algo con lo dedos, algo que asoma por el lateral. Me agacho a mirar: es un cubo de madera, oscurecido por el paso del tiempo, que pasa totalmente desapercibido en el baúl en el que está insertado. A base de estirar, consigo sacarlo. Sale hacia fuera, pero llegado un punto se atasca, como si hubiese un seguro para garantizar el cierre de algo. Me quedo mirándolo, y el corazón me late desbocado. He estado buscando una llave para abrir el baúl, pero... ¿y si no hay tal llave? ¿Y si, como todo en Enysyule, el baúl protege sus secretos de otra manera?

A toda prisa, me pongo a palpar del otro lado. Cómo no, me encuentro con lo mismo: un cubo que sobresale lo justo para permitirme agarrarlo con la punta de los dedos. Cae al suelo armando un gran estrépito. El baúl, con esos nudos en la madera que parecen ojos, me observa a la tenue luz del atardecer mientras yo, medio hipnotizada, coloco las manos sobre la tapa y la levanto.

En ese ambiente plomizo, surge un despliegue de color en forma de hilos verdes, ocres y grises cosidos en lo que tiene pinta de ser una colcha, cuidadosamente doblada al fondo del baúl. Sobre ella, hay algo que me corta la respiración: un sobre grueso, de papel color crema, cuyo destinatario condensan dos únicas palabras: «Estimado desconocido».

Las manos se mueven como si no fuesen mías. Lo cogen y rompen el lacre sin pensárselo dos veces. Dentro, no hay más que una hoja de papel de carta, escrita con una caligrafía que ya conozco y fechada en la Nochebuena de hace un año.

Estimado desconocido:

¡Espero que divierta tanto leer esto como a mí me ha divertido escribirlo! Si lo lees, supongo que es porque estoy muerta (en caso de que no lo esté y tú no seas un desconocido sino mi sobrino Melvin o la señora Welwyn, del pueblo, que siempre andáis husmeando, DEJAD DE LEER AHORA MISMO Y DEVOLVED ESTO A SU SITIO. No es para vosotros).

Es para ti, desconocido. Y espero que a estas alturas hayas empezado ya a descubrir los gozos de este valle, mi querido Enysyule —digo «comenzado» porque yo he vivido aquí toda mi vida y todavía no conozco todos sus secretos. Pueden pasar semanas sin que note nada. Pero, de repente, un día me quedo prendada de una gota de rocío en el prado o se me mete en los oídos el graznido de un cuervo o la nariz se me satura de olor a azafrán y lluvia sin saber de dónde sale. Entonces, es como si desapareciese durante un rato. A la vuelta, sé un poco más

*sobre este sitio. Desconozco si para ti será igual, pero estoy
segura de que el valle encontrará la forma de hacerse escuchar.
Hasta ahora, siempre lo ha hecho.*

*Lo más importante es que, a estas alturas, ya lo habrás co-
nocido a él. Si estás leyendo esto, tienes necesariamente que
haberle entrado por el ojo. Si no, imagino que no habrías du-
rado aquí mucho más de una noche. Perrin es muy intuitivo
para la gente, ya lo verás, y confío en su criterio a la hora de
determinar si eres o no la persona adecuada para este lugar.
Como confío también en que tú cuides de él, al igual que yo
lo he hecho, y al igual que lo hizo mi madre antes de mí y la
familia de mi padre antes de ella.*

*Estas van a ser mis últimas fiestas de Yule en Enysyule,
desconocido. Tengo ese presentimiento. Por eso, en cuanto
haya pasado el año viejo y el nuevo haya echado a andar,
pienso empezar los preparativos. Tú —espero— serás su fruto:
una persona que cuide de Perrin, que le recuerde al hogar y a
la lumbre, que vigile que no se asilvestre. Alguien que traiga
una mirada fresca y un nuevo apellido, alguien que no sea pri-
sionero de quinientos años de rencor y resentimientos. Tenía
la esperanza de ser yo la que trajese un apellido distinto a este
sitio, la que tuviese niños que llevasen ese apellido y en cuya
sangre hubiese una mezcla de aquí y de allá. Pero no fue así.
Así que, desconocido, en tus manos lo dejo.*

*No sé cuándo vas a leer esto, si será con la luz veraniega en-
trando por las ventanas de la casita, con la lluvia golpeando en
la paja del techo o la helada cubriendo la tierra. En todo caso,
te deseo unas felices fiestas, aunque solo sea porque esta es la
última oportunidad que tengo de hacerlo. Guárdate la felicitación
para la propia noche de Navidad, si quieres. No me cabe duda
de que descubrirás, si no lo has hecho todavía, lo fuera de lo
común que es esta época del año en el valle. No tengas miedo.*

Celebra Yule con mi bendición y cuida de Perrin tanto como él ha cuidado de mí y tanto como, según espero, velará por ti.
Tu amiga que ya no está,

Thomasina Roscarrow

Miro fijamente lo que está escrito en la hoja, y me parece oír la voz de Thomasina, su cadencia. Me la imagino flexionando sus dedos nudosos al final de cada frase, sentada en la mesa de la cocina, mientras se pregunta quién leerá su carta, de qué color serán sus ojos, qué carácter tendrá, cuál será su apellido... La releo una y otra vez deseando poder contestarle, deseando poder viajar en el tiempo y susurrarle que estoy aquí y que lo entiendo todo.

Al final, se me duermen las piernas, y eso me hace volver en mí. Parpadeo compulsivamente y levanto la vista del papel mientras intento fijar la vista en lo que hay a mi alrededor en esta habitación. La luz que entra por la ventana es tenue, moteada y púrpura como un moratón antiguo. ¿Cómo es posible que ya esté anocheciendo?

Escarbo en el bolsillo en busca del teléfono. Frente al delicado papel y a su textura seca, ahora se me hace raro, torpe y escurridizo. Me quedo mirándolo, horrorizada. Ha pasado una hora desde que me senté aquí a leer. Una hora entera, mientras en el exterior sigue nevando y la luz va bajando sin que Perrin vuelva a casa. Lo peor es que tengo mensajes pendientes, llamadas perdidas. Debe de haber cogido cobertura en algún momento y ha estado sonándome en el bolsillo sin que me enterase.

Me pasan por delante las siguientes palabras: «con retraso», «transporte de sustitución», «cancelado». Cruzando los dedos para que la cobertura aguante, me junto a la ventana y pulso el botón de llamada. Mi hermana contesta casi al instante.

–¿Dónde te has metido? –me pregunta con la voz entrecortada por la distancia–. ¡He estado llamándote sin parar!

–Perdón, no lo he visto hasta... ¿Ha habido algún problema? ¿Qué pasa?

–Estamos bloqueados –dice, y, por su voz, parece tensa–. El tren se ha parado en medio de la nada, a la entrada de Swindon. Hay un lío que no veas por culpa de la nieve, Jess.

–Cálmate, Ana. ¿Está mamá por ahí?

Oigo ruido como de arrastrar algo antes de que mamá conteste. Se están pasando el teléfono.

–Ay, Jessamine, ¡por fin! Estábamos empezando a preocuparnos.

Su voz me resulta tan familiar que me dan ganas de llorar. Ojalá pudiese salvar las millas que nos separan y darle un abrazo.

–Lo siento –me limito a decir–. ¿Qué está pasando?

Al otro lado del teléfono, la oigo soltar un suspiro profundo.

–Es por los trenes, Jessamine. La nieve lo ha bloqueado todo. Llevamos una hora sin movernos. El maquinista dice que, como mucho, podrían llevarnos de vuelta a Londres esta noche. Pero nada más. –A mi madre se le quiebra la voz–. Cariño, lo siento muchísimo. Tendríamos que haber salido antes.

–No, mamá... –Por su bien, intento que mi voz suene tranquila y controlada–, no es culpa tuya. Es este estúpido tiempo. Seguro que la gente ya no se atreve a pedir que nieve en Navidad.

Eso le hace gracia, y la oigo reír por la nariz y sonarse.

–Lo importante es que volváis a Londres sin problemas –le digo–. A lo mejor, podéis intentar coger un tren el día después de Navidad. Para entonces, deberían estar libres las vías.

—¿Y tú qué vas a hacer? —suena abatida—. No vas a estar sola en Navidad...

—No estoy sola –intento sonar alegre, aunque la preocupación me está oprimiendo el pecho–. Te recuerdo que tengo a Perrin. Él me hará compañía mañana.

—Me refiero a compañía humana, Jessamine. ¿Y tus nuevos amigos, esos del embarcadero? ¿No podrías ir a su casa?

—Sí –le miento para evitar empeorar las cosas–. Estaré bien, te lo prometo, Y el pavo puede aguantar uno o dos días más, sin problema.

Responde algo, pero la cobertura empieza a fallarme. Me apoyo en el cristal frío, apretando el teléfono contra la oreja para evitar que se me escape su voz.

—Te quiero, mamá. Por favor, no te preocupes.

—Yo también te quiero.

Se le corta la voz y se hace el silencio. El teléfono pita: no hay cobertura.

No sé cuánto tiempo me paso así, de pie y con el aparato aún pegado a la oreja. Pensaba que estas Navidades serían distintas, que marcarían el principio de una nueva vida y que podría compartirlo con la gente que más quiero. Pero ninguno de ellos está conmigo. Ni mi madre, ni mi hermana ni mi padre, que murió hace años. Ni siquiera está Perrin.

«Cuida de él como él me ha cuidado a mí».

Desvío la mirada hacia la ventana. En el exterior, es noche cerrada. La luz del dormitorio me permite ver la nieve formando remolinos. Oigo el viento batiendo contra la casita. Bajo ningún concepto pienso dejar a Perrin fuera con un tiempo así. No tengo alternativa.

En la entrada, me pongo el abrigo y me embuto en unas botas mientras busco frenéticamente una linterna. Encuentro una junto al aparador, y abro la puerta de un tirón, lista para sumergirme en la noche sin pensarlo demasiado.

Una figura oscura me bloquea el paso, como la sombra de un manchurrón en la nieve. A punto estoy de soltar un grito de la sorpresa sin darle tiempo a que se saque la capucha y la luz le ilumine esos ojos suyos, claros y del color de la avellana, y esa piel rosada del frío.

—Jess —dice—, yo...

Lo rodeo con mis brazos. No puedo evitarlo. No después de todo lo que ha pasado. Se queda parado durante un segundo que se me hace eterno. Luego, me coge entre sus brazos y —de un modo casi instintivo— nuestros labios se juntan. Me entra una alegría tremenda cuando me devuelve el beso y sus manos me recorren el cuello, la cara y sus dedos se me enredan en el pelo. No me importa que tenga el abrigo mojado y frío por culpa de la nieve. La piel me arde allí donde nos tocamos, y buscamos nuestros labios sin cesar. Llega un punto en que necesito tomarme un respiro. Me refugio en su hombro.

—Lo siento, Jess... —Oigo que me susurra tratando de recuperar el aliento—. He sido tan idiota... Cuando te vi con Alex, simplemente...

—Entre nosotros no hay nada —consigo decir a la vez que levanto la vista hacia él—. Ya no.

—Ya lo sé. —Jack suelta una risa incómoda y me aparta un mechón de pelo de la mejilla—. Me mandó un mensaje, cosa rara, para explicarme lo que había pasado y me dijo que no quería que lo pasaras mal siendo Navidad. Cogí el coche en cuando lo recibí. —Me mira a los ojos—. Lo siento. Hace días que debería haber venido.

Se inclina y vuelve a besarme. Esta vez, nos damos un beso largo, demorado; me entran ganas de abandonarme a él, pero no lo consigo. La carta, mi familia, la alegría y el alivio de ver a Jack, la preocupación por Perrin... Es demasiado. Noto que las lágrimas se me desbordan, y siento una sacudida en el pecho. Jack se echa hacia atrás.

—¿Qué pasa? —pregunta con cara de preocupación—. Jess, ¿hay algún problema?

—Lo siento. —Me limpio los ojos con la manga—. Es... Perrin. No lo encuentro por ninguna parte. Le ha pasado algo, lo sé.

Me gustaría que me dijese que no me preocupe, que a Perrin no le va a pasar nada. Sin embargo, veo que se pone lívido.

—¿Que Perrin no aparece? —dice.

—Sí. —Lo agarro del brazo—. ¿Por qué lo preguntas? ¿Sabes algo?

—Nada. —Sacude la cabeza—, solo cuentos de viejos.

—Tengo que salir a buscarlo.

Doy un paso hacia la puerta esperando que me detenga. Pero no lo hace. Se limita a volver a ponerse la capucha.

—Hace un tiempo horrible —dice—. Voy contigo.

Juntos, avanzamos a zancadas en la oscuridad. El viento, que viene acompañado de nieve, azota nuestros abrigos y nos da en la cara hasta el punto de que me escuecen los ojos. Voy abriendo camino con la linterna, Jack examina el terreno.

—¡Perrin! —grito una y otra vez en el vacío de la noche.

Jack toma el relevo en cuanto el frío me agarrota la garganta, silba y lo llama. Ambos aguzamos el oído por si recibimos alguna respuesta en medio de la tormenta. Un siglo después, llegamos al vado. Se está congelando, y el hielo cruje en los bordes, junto a la orilla. Ni rastro de él. Seguimos adelante. A medida que el sendero va bajando hacia el bosque de acebo, en mi cabeza toma forma una idea, una especie de pálpito. Suelto una palabrota para mis adentros de lo obvia que me resulta. Me echo a correr tropezándome en raíces ocultas y cegada por la nieve. La linterna se bambolea y apenas me permite ver en la oscuridad. Oigo que Jack me llama, pero no me detengo.

Los acebos se ciernen sobre mí a la traición. Tambaleante, me detengo entre ellos sin resuello y examino el terreno desesperadamente con ayuda de la linterna. Me fijo en una huella medio borrada por la nieve y con forma de garra. Luego, veo otra... Voy siguiendo el rastro, aunque ya sé a dónde me lleva.

A los pies de la roca, yace entre la nieve un pequeño bulto negro. Poso la linterna y avanzo trastabillando.

—¡Perrin!

Me arrodillo a su lado en el suelo, frío y duro. La nieve ha empezado a pegársele al pelo. Se la sacudo de la carita, de los ojos, casi esperando que se revuelva y suelte su habitual chillido a modo de saludo. Pero tiene los ojos cerrados y el cuerpo rígido. Por mucho que lo intento, no le encuentro respiración. Su pecho no se mueve. Cuando lo cojo en brazos y lo aprieto contra mí para reanimarlo, aunque soy consciente de que es demasiado tarde, las patas le cuelgan sin vida.

Ha muerto.

En lo más hondo de la oscura noche de Yule, las fronteras se difuminan, se vuelven intercambiables. La medianoche se infiltra en la mañana, la tierra se cuela en la memoria, la piedra en el espíritu. Lo viejo y lo nuevo se juntan al calor del hogar, y el tiempo es, fue y será todo a la vez. Aun así, lo más excepcional reside en el corazón humano que, frágil y efímero como una ola que rompe en la playa, es lo suficientemente vasto como para acogerlos a todos.

Apenas recuerdo a Jack tirando de mí para levantarme y cogiéndome de la cintura para ayudarme a mantenerme en pie en el largo camino de vuelta a la casita. Una vez allí, me obliga a soltar a Perrin, lo coge con cuidado de mis manos, lo envuelve en una manta como si estuviese dormido y lo coloca en el suelo de la despensa, cerca de sus platos favoritos. Siento como si mi cabeza se hubiese independizado de mi cuerpo y no consigo que vuelva a ensamblarse a él hasta que no noto el abrazo de una manta. Levanto la vista y veo a Jack, con cara de preocupación.

—Deberías irte a casa —le digo, anestesiada—. Es Nochebuena, tu familia te echará de menos.

Se le escapa una sonrisa burlona.

—No te creas. No he sido muy buena compañía estos últimos días. —Se sienta a mi lado—. ¿Y qué hay de los tuyos? —pregunta—. ¿No contabas con que viniesen?

—No pueden venir. —Dejo caer la cabeza contra el respaldo de la silla y cierro los ojos—. Cancelaron los trenes por culpa de la nieve.

Al rato, oigo movimiento y levanto la vista. Me encuentro a Jack desatándose los cordones de las botas.

—¿Qué estás haciendo? —me oigo decir.

Se saca un calcetín, empapado.

—¿No creerás que voy a dejarte sola en Nochebuena, no? Además, nieva demasiado para conducir.

Se me llenan los ojos de lágrimas.

—No es necesario.

Se agacha y me da un beso mientras me pone la mano, caliente, en la mejilla.

—Me quedo, Jess —se limita a decir.

Subo y me pongo un jersey seco y unos pantalones. El baúl sigue abierto y la carta de Thomasina está sobre la cama, donde la dejé. Hurgo en su interior y saco la manta que hay doblada al fondo. Es pesada y fría al tacto, huele a cedro. Me llevo abajo ambas cosas.

—Las encontré antes —le cuento a Jack en voz baja, y le paso la carta—. Estaban en el baúl, a los pies de la cama. No había conseguido abrirlo hasta ahora.

Jack repasa lo escrito antes de pararse en la manta que tengo en las manos.

—Esta la había visto —susurra— en otra ocasión, siendo un crío. Era verano, mis padres se habían ido de viaje y Amy estaba en casa de una amiga. Yo me quedaba en el embarcadero, pero el abuelo había tenido que ir con la abuela Phyllis al hospital y no había nadie a mi cargo. —Me la coge—. Así que vine hasta aquí. Thomasina me preparó una cama y me tapó con esta manta para dormir... —La sacude y la extiende sobre la raída alfombra.

Nunca he visto nada igual. Qué bonita es. Y está hecha de retales y de parches de tela en diferentes tonos, siguiendo los colores predominantes en Enysyule: gris, verde y ocre. Con raso de un tono similar al de la roca, lino como el cielo sobre el claro en un día de invierno y antiguos brocados dorados que simulan la filigrana del musgo en el tejado de paja. Hay una docena de matices de verde: vivo y escurridizo como el limo de la ribera, increíblemente brillante como el de las hojas que brotan, suntuoso y denso como el del acebo. Los parches parten del centro mismo de la manta, donde hay cosidos unos trozos de terciopelo negro formando curvas y arcos, con dos círculos del amarillo de la aulaga bordados entre ellos. Salta a la vista lo que esas figuras representan.

Acaricio la tela, suave como el pelo de las orejas de Perrin. Se me vienen las lágrimas a los ojos otra vez: por Thomasina, por Perrin, por todo lo que pudo ser y no fue. Jack se sienta y me atrae hacia él para abrazarme. En un momento menos triste, el corazón se me saldría del pecho viéndonos así. Pero, ahora mismo, cualquier alegría queda empañada.

—Tendré que marcharme de Enysyule —susurro apoyando la cabeza en su hombro—. El acuerdo que redactó Thomasina solo era válido mientras viviese Perrin...

No soy capaz de continuar. Me limito a agarrarlo más fuerte.

—Todo irá bien —susurra también Jack, apoyando los labios en mi pelo—. Te lo prometo, Jess. Todo saldrá bien.

Tira de la manta y nos tapamos con ella. Los colores de Enysyule resplandecen a la luz del fuego, y me recuerdan al día que llegué al valle. Entre la emoción y el calor del fuego después de la nevada, me entra el sopor así como estoy: echada en el sillón y en brazos de Jack.

Las ramitas de acebo llenan la casita de campo del olor de los árboles en invierno. Un adorno de vidrio gira sin parar en la corriente de aire que entra por la chimenea. Los dos jóvenes duermen, envueltos en el sueño de otra mujer. A escondidas de ellos, los jinetes de la Caza Salvaje tiran de las riendas de sus agotadas monturas. Su presa se yergue de donde ha caído y se aleja brincando para desaparecer en menos que canta un gallo dentro de un remolino de nieve. La noche de Navidad va dando paso a la mañana de Navidad...

Se me han quedado dormidas las piernas, y también los brazos. Por no hablar del tirón que me ha dado en el cuello. Suelto un gemido y me estiro, pero me veo enredada en las piernas de alguien. Levanto la mirada, legañosa, y me encuentro a Jack frotándose los ojos.

Me sonríe con cara de sueño y el pelo enmarañado.

–No siento las piernas –farfulla.

–Yo tampoco.

Se ríe, y se apoya en el otro costado mientras tira de la manta hacia arriba. Dejo caer la cabeza sobre su hombro y noto como se inclina para darme un beso en el pelo. ¿Qué es lo que me ha despertado? «Un ruido sordo –pienso, somnolienta–, como una riña». Me pregunto si serán ratones. Nunca he tenido ratones. Justo cuando estoy volviendo a quedarme dormida, empieza otra vez. Arañazos, rascaduras y una especie de llanto fúnebre... Me incorporo como un tiro. Vuelvo a revivir lo de la noche pasada.

–¡Perrin!

–¡Jess! –Jack me agarra mientras intento quitarme la manta de encima–. Jess, espera...

Pero no lo hago. Sin tener en cuenta el hormigueo de las piernas, cruzo la habitación a trompicones y abro la puerta delantera de un tirón. La luz del día se mete dentro y me ciega. La nieve ha cubierto el valle. Los árboles, el prado y hasta el sendero han desaparecido bajo una perfecta e inmaculada capa blanca, excepto por una pequeña fila de huellas que salen del bosque y vienen a dar a la entrada.

Conteniendo la respiración, bajo la vista al suelo. Me están mirando unos ojos, amarillos como la aulaga, como el maíz, salvajes como los de un halcón. «*Unos pies que atraviesan el valle corriendo, con nieve y sol, al atardecer crepuscular; una roca que se ha mantenido en pie durante miles de inviernos y por mil más perdurará*».

El gatito maúlla indignado, y yo me agacho para cogerlo en brazos y hundir la cara en su frío y suave pelaje al igual que hacía antes. Suelta un chillido y me engancha sus uñitas en la lana del jersey. Es grande para ser una cría y tiene el pelo negro como el carbón. Mira por encima de mi hombro y maúlla otra vez. Me giro y me encuentro a Jack plantado en la entrada de la despensa, con la manta que usó para envolver a Perrin entre las manos, vacía.

—Jess —dice, apremiante.

Entonces, repara en el gatito, que se entretiene presionando sus patitas, frías, contra mi manga, y se queda boquiabierto.

No soy capaz de hablar. Llorando de felicidad, me echo a reír cuando se acerca y, sin mucha seguridad, extiende la mano hacia la cabeza del gatito. Este lo mira con aire solemne; luego, le da con la cabeza en la palma.

—Lo sabía —susurra.

—¿Sabías qué? —consigo articular por fin.

—Nada —dice, y se le dibuja una sonrisa—. Historias de viejos.

Metemos dentro al gatito y lo llevamos junto al hogar. Lo dejamos sobre la manta, y se queda maravillado mirándola y olisqueando la figura del gato negro que tiene cosida. Luego, sale pitando y se sube al sillón. Después de dar unas cuantas vueltas, se acomoda con todas las de la ley formando un pequeño bultito negro, como si ese hubiese sido siempre su sitio.

—¿Cómo le ponemos? —farfullo con la cabeza echa un lío.

—Creo que ya tiene nombre. Siempre lo ha tenido.

—Piedra y espíritu —susurro, y el gatito levanta la vista en mi dirección.

—¿Cómo? —pregunta Jack.

—Nada. —Me giro hacia él buscando su mano y se me dibuja una sonrisa de oreja a oreja—. Sueños, nada más.

Sonriéndome también, tira de mí para atraerme hacia él. Aunque no tarda en interrumpirnos un «miau» largo y exigente.

Unos minutos después, estamos los tres acomodados otra vez junto al fuego. Jack y yo nos hemos envuelto en la manta y tenemos al lado una humeante taza de chocolate caliente. Respiro profundamente: toda la casita de campo huele a especias, ramas verdes y nieve.

Perrin está sentado en el hogar, hincándole alegremente el diente a un trozo de salmón navideño.

Levanto la taza.

—Feliz Navidad, Jack.

Él levanta la suya, y sus ojos de avellana resplandecen, sonrientes.

—Feliz Navidad, Jess. ¿Por qué brindamos?

Miro a nuestro alrededor, hacia los adoquines desgastados y las vigas, la chimenea y la mesa envejecida, las ramitas de acebo por las ventanas, y hacia el valle, protegido ahí fuera por la roca.

—Por Enysyule —le digo.

—Por Roscarrow y Tremennor —Jack sonríe con picardía—. Y Pike.

—Por la roca de Perranstone.

—Por las fiestas de Yule.

—Por Perrin —digo, y entrechoco la taza con la suya—, porque siempre ha habido un gato en la casita de Yule.

Y siempre lo habrá.

Agradecimientos

Este libro le debe mucho a algunos recursos disponibles en internet que son increíbles. Entre los cuales, me gustaría darle las gracias a Internet Archive por su esfuerzo continuado a la hora de hacer accesibles textos históricos como el fascinante documento de 1602 *A Survey of Cornwall. Cornwall*, de Richard Carew. El Archivo municipal y el Servicio de Estudios Córnicos también me han proporcionado valiosísimos datos sobre conflictos históricos y el registro de tierras, mientras que An Daras: Proyecto artístico sobre folclore córnico me ha proporcionado perspectiva histórica y un toque de color. Le agradezco especialmente a Mery Davey que me permitiese usar una frase de su traducción al córnico del «An Ula». Gracias a mi agente y a todo el equipo de la editorial por su excelente trabajo a la hora de pulir este libro y prepararlo para publicar. A mi familia, por prestarme atención cuando, en un primer momento, me costaba arrancar esta historia y por leer toda la maraña de borradores iniciales. A mi pareja, por acompañarme en muchas de mis aventuras córnicas. Y, por su puesto, le doy las gracias a mis amigos felinos. Por despertarme en plena noche, por intentar sentarse en mi ordenador, por hacerme compañía y, en general, por hacer de este mundo un lugar mejor.

Índice